二哈和他的白猫師尊

바보 허스키와 그의 흰 고양이 사존

二哈和他的白猫師尊

바보 허스키와 그의 흰 고양이 사존

육포부출육 장편소설

6권

BLab

목차

141장 사존은 흰 달빛이고, 붉은 점이고, 제 심장에 흐르는 피이고, 제 운명이에요

아무리 눈치가 없는 묵연이라 한들, 릉아의 뜨거운 눈빛을 보고도 알아채지 못하는 건 불가능했다.

"릉아 낭자, 술을 많이 마신 것 같으니 할 말이 있으면 내일 다시 얘기합시다."

"꼭 오늘 얘기해야겠어요!"

이 소녀도 화를 내니 꽤 표독스러웠다. 머리카락은 조금 헝클어져 있었고 눈빛은 강렬했다.

성가신 일이 될 것 같았다. 묵연은 경공을 써 달아나고 싶었지만, 그녀가 소매 끝자락을 잡고 있었다. 부아가 치밀기도 하고 우습기도 했다. 그가 말했다.

"이거 놓으십시오."

"싫어요."

겁쟁이도 술을 마시면 용감해진다는데, 하물며 평소에도 배

짱이 대단한 릉아였다. 사생지전의 선군을 향한 마음 역시 하루 이틀 일이 아니었다. 그녀가 큰 소리로 말했다.

"저는 선군이 마음에 드는데, 선군은 저 어때요?"

남자가 아무런 반응이 없자 릉아는 초조해지기 시작했다.

그녀는 묵연이 옥량촌에 처음 왔을 때부터 그의 당당하고 총명한 외모에 반했다. 그리고 그가 바로 명성이 자자한 '묵 종사'라는 걸 알게 되자, 그를 향한 마음이 쉽게 단념할 수 없을 정도로 깊어졌다.

농번기가 끝나 가니 묵연도 얼마 후면 이곳을 떠날 터였다. 하수진계에 사는 평범한 여인에 불과한 그녀가 유일하게 내세울 수 있는 것이라고는 예쁜 얼굴과 몸매뿐이었다. 묵연이 자신을 어떻게 생각하는지는 몰랐지만, 지금 자신의 마음을 표현하지 못하면 다시는 기회가 없을 것 같았다. 그래서 오늘 밤 술기운을 빌려 용기 내어 묵연을 뒤쫓아 가서 고백하게 된 것이다.

이 엄청난 용기에 묵연은 적잖이 놀랐다.

릉아의 얼굴이 새빨갛게 달아올랐다.

묵연이 자신의 고백을 받아 준다면 말 그대로 좋은 일이었다. 잘생긴 애인이 생기는 건 차치하고라도, 그와 가까워진다는 건 사생지전과 가까워지는 것과 마찬가지였다. 그렇게 되면 자신도 더는 이런 구닥다리 촌 동네에서 더러운 모욕을 참으며 사는 대신 편하게 살 수 있고, 또…….

"미안합니다. 릉아 낭자, 이 손 놓으십시오."

그러나 그의 한마디는 설렘 가득했던 그녀의 머릿속 상상을 너무나 쉽게 무너뜨려 버렸다.

릉아의 얼굴은 붉은 기가 가라앉기도 전에 곧바로 창백해지더니, 순간 납빛이 되었다. 잠시 후 그녀가 다급히 물었다.

"저, 저 어디가 안 예쁜가요?"

"다 예쁩니다."

묵연은 예의를 차리며 가볍게 그녀의 손을 떼어 놓았다.

"하지만 좋아하지는 않습니다."

그가 '다 예쁘다'라는 말로 약간의 체면이라도 남겨 주지 않았다면, '좋아하지는 않는다'라는 말은 그녀의 마지막 남은 자존심까지 손쉽게 짓밟아 버렸을 것이다.

순간, 릉아의 눈에 눈물이 가득 고였다. 속상한 건 두 번째 문제였다. 그녀가 묵연을 흠모한 건 맞지만, 그렇다고 해서 아주 깊은 정이 든 건 아니었다. 오히려 신분 상승에 대한 갈망이 더 컸다. 달콤한 꿈이 물거품이 되었다는 실망감이 밀려왔다.

"그럼……."

그녀가 눈물을 참으며 물었다.

"그럼 선군은 어떤 사람을 좋아해요?"

"전……."

그녀의 질문에 묵연은 말문이 막혔다.

내가 어떤 사람을 좋아하냐고?

그는 습관처럼 자신이 좋아하는 사람은 사매 같은 사람이라고 생각했다. 그러나 막상 꼭 그런 건 아니라는 생각이 스치자 그의 말이 입 안에 머물렀다. 그는 어쩔 줄 몰라 하며 대답하지 못했다.

"말해 봐요, 어떤 사람을 좋아하냐고요."

릉아가 한 걸음씩 다가왔다. 아름다운 두 눈은 묵연의 얼굴을 응시하며 그의 표정에서 나타나는 사소한 변화도 놓치지 않았다.

그녀도 불쌍한 사람이었다. 언니가 하나 있는데, 상수진계의 평범한 비단 상인에게 시집간 후 일찍이 뇌주(雷州)로 거처를 옮겨 안온한 삶을 살고 있었다.

그녀는 어머니와 함께 언니를 보러 간 적이 있었다. 고향의 산초나무 열매와 어포를 잔뜩 싸 들고 갔는데, 형부는 어포의 비린내가 심하다며 싫어했다. 또, 초라한 행색의 릉아 모녀가 자신의 집에 묵는 것은 체면이 구겨지는 일이라고 생각해 며칠 만에 모녀를 돌려보냈다. 이 일은 릉아의 마음에 깊은 상처로 남았다. 그녀는 그날부터 궁상맞은 생활이 싫었다. 반드시 언니보다 성공해서 그때 받은 수모를 모조리 갚아 주겠다고 다짐했다.

그래서 그녀는 줄곧 자신의 운명을 바꿔 줄 영웅호걸을 찾기 시작했다.

그녀는 묵미우를 놓치고 싶지 않았다.

그래서 거의 안달 난 지경에 이르렀다. 그녀는 술기운에 의지해 휘청거리며 그에게 다가갔다. 그녀의 몸매는 선이 부드럽고 풍만했다. 여름날 그녀가 논밭을 지나가면 남자들은 하나같이 몰래 그녀를 훔쳐보았다. 그녀는 아예 자신의 따뜻하고 부드러운 몸으로 묵 종사의 철벽같은 마음을 무너뜨릴 작정이었다.

"제가 어디가 부족한 거죠? 생각도 안 해 보고, 고민도 안 해 보고 거절하는 건가요?"

그녀의 뜨겁고도 부드러운 몸이 달라붙자, 묵연은 도저히 적응되지 않아 필사적으로 그녀를 뿌리쳤다. 그의 얼굴은 거의 흙

빛이 되었다.

"릉아 낭자, 낭자를 알게 된 지 얼마 되지도 않았는데 어떻게 낭자를 좋아하고 생각하겠습니까?"

"해 보지도 않고 어떻게 알아요!"

그녀가 또 다가오려 하자 묵연이 얼른 말했다.

"가까이 오지 마십시오!"

"그렇게 싫은 거예요?"

릉아가 눈을 동그랗게 뜨고는 믿을 수 없다는 듯 말했다.

"선군께선 조금도…… 정말 조금도……."

"조금도 안 좋아합니다."

묵연은 자신의 말이 불분명하게 느껴졌다. 정확하게 매듭을 짓는 게 나을 것 같아 잔인하지만 한마디를 덧붙였다.

"전혀 설레지 않습니다."

릉아는 입을 딱 벌리고 아무 말도 하지 못했다.

좋아하지 않는 건 이해할 수 있었다.

그러나 설레지 않는다니…….

혼인하지 않은 남자 가운데 얼굴과 몸매가 모두 출중한 여자를 앞에 두고, 이렇게 적극적으로 자신의 품을 내주는 여자를 앞에 두고 당당하게 '설레지 않는다'라고 말할 수 있는 사람이 몇이나 될까? 따뜻하고 부드러운 여자를 앞에 두고 눈곱만큼도 욕망이 생겨나지 않는 게 가능할까?

그녀는 한참을 그 자리에서 우두커니 서 있다가 입을 열었다.

"선군께선…… 어떻게…… 어떻게……."

그녀는 말을 하기가 망설여졌다.

어떻게 조금의 욕망도 없죠? 그건 비정상이에요.

묵연도 그 머뭇거림 속에서 그녀의 의중을 알아챘지만, 해명하고 싶지는 않았다. 애초에 우연히 만난 사이인 데다, 여자는 짧은 만남 속에서도 인연이 닿는다고 생각했지만 남자는 전혀 그런 마음이 없었다.

그녀가 어떻게 생각하든, 결국 내버려 두는 편이 나았다.

묵연이 낮은 목소리로 그녀에게 말했다.

"미안합니다."

그러고는 어둠 속으로 사라졌다.

밤바람이 불어와 그는 어쩔 수 없이 눈을 가늘게 떴다.

릉아와의 대화에서 그는 문득 깨달았다. 자신이 줄곧 사랑에 대해 뭔가 잘못 생각하고 있었다는 것을 말이다.

릉아가 그에게 물었다.

어떤 사람을 좋아해요?

한 번도 가슴에 손을 얹고 자신에게 물어본 적이 없는 질문이었다.

따뜻한 보살핌을 받아 본 적이 없는 사람은 언제나 선택권이 없는 법이다. 그저 누군가 조금이라도 잘해 주면 모든 것을 다 내주게 될 뿐이었다.

어떤 사람을 좋아해요?

그에겐 무의식에서도 감히 생각해 볼 수 없는 질문이었다.

세상 모든 사람은 다 자신만의 독특한 기호와 취미가 있다. 묵연은 어릴 때 길에서 다른 아이가 부모님의 옷자락을 당기며 '나는 이게 좋아요. 파가 들었잖아요', 혹은 '엄마, 빨간색 초롱불이 노란색보다 예뻐요. 전 빨간색이 좋아요'라고 말하는 걸 종종 듣곤 했다.

그러나 그는 이런 말을 할 수 없었다. 말해도 소용이 없었다. 그가 먹을 수 있었던 건 언제나 가장 저렴한, 밀가루로만 만든 전병이었기 때문이다. 그마저도 어머니와 반씩 나누어 먹어야 했다.

이후 주점에서 지낼 때는 연극을 보러 온 돈 많은 손님이나 부잣집 자제들을 몰래 살피곤 했는데, 그들은 비단부채를 흔들며 '난 저번의 그 취아라는 아이가 좋던데, 이번에도 고것을 데려오너라. 얼굴도 곱고 목소리도 달큼하니'와 같은 말을 아무렇지 않게 했다.

사실 묵연이 보기엔 취아 누나보단 백용 누나가 더 예뻤다. 하지만 누가 그의 생각에 신경이나 쓰겠는가?

아무도 그에게 '넌 뭘 좋아하니?'라고 묻지 않았다. 아름다움에 관한 것이든, 선택에 관한 것이든, 이런 사치스러운 질문은 부자들에게만 해당하는 것이었다. 묵연은 그저 다른 사람이 뭔가를 주면 그것으로 끝이었다. 먹을 것을 갖다 주면 마땅히 감사했고, 몸을 가릴 옷이 있으면 당연히 감격의 눈물을 흘려야 했다.

'좋아하니?' 그에게는 꿈조차 꿀 수 없는 말이었다. 자신이 뭔데, 감히, 무슨 자격으로 좋아한단 말인가? 필사적으로 발버둥 쳐야만 겨우 목숨이나 부지할 수 있는 박복한 운명이었다.

세월이 흐르면서 자신의 것을 필사적으로 지켜 내는 습관은 뼛속 깊이 새겨졌다. 아무리 많은 금은보화로 몸을 휘감아도,

아무리 용연[#1]과 용뇌[#2]를 재채기가 나올 때까지 피워도 그의 뼛속까지 스며든 궁상맞은 기질을 덮을 수 없었다.

묵연의 일생을 쭉 보면, 어릴 때는 가난하고 초라했다. 그의 희로애락은 마치 신발 밑의 진흙처럼 아무 가치도 없는 것이었다. 그래서 아무도 '넌 뭘 좋아하니?'라는 질문을 하지 않았다.

출세 가도를 달려 제왕이 된 후에는 걸핏하면 살육을 벌였다. 가까운 신하들은 그의 속마음을 추측하며 조심히 모셨다. 그래서 '뭘 좋아하시는지요?'라는 질문을 감히 할 수 있는 사람이 없었다.

그러니 조금 전, 릉아가 너무나도 간단한 이 질문을 했을 때 그는 말문이 막혔다.

그는 한 사람을 사랑할 때 무조건 상대방에게 정중해야 하고, 상대방을 떠받들어야 하고, 그 어떤 터무니없는 생각도 해선 안 된다고 생각해 왔다.

사매를 대하듯이 말이다.

그것이야말로 사랑이라고 여겼다. 그는 그것이 옳다고 믿어 왔다.

그러나 지금 이 순간, 사랑은 그가 생각하던 그런 게 아니라는 것을 어렴풋이나마 깨달았다.

고집부리는 것보다 자상한 걸 더 좋아한다고?

강인한 것보다 온순한 걸 더 좋아한다고?

매서운 봉안과 날카로운 눈썹보다 복숭아꽃 같은 아련한 눈을

#1 **용연** 龍涎. 고래의 장에서 분비된 액으로 만든 향료
#2 **용뇌** 龍腦. 갈포라나무의 진액으로 만든 향료

더 좋아한다고?

내가…… 내가 정말 사명정을 좋아한다고? 아니면…… 아니면…….

그는 감히 그 이름을 떠올릴 수 없었다. 그러나 심장은 그의 마음대로 되지 않았고, 피는 뜨겁게 끓어오르고 있었다.

묵연은 자신의 애욕에 몸서리쳤다.

애욕, 애욕. 사랑과 욕망은 본디 나눌 수 없고 떨어뜨려 놓을 수 없었다. 상대의 외모에 끌린 순간 상대의 목소리나 체취, 심지어 상대의 눈빛에 매혹된 순간 상대를 점령하고 싶고, 소유하고 싶고, 원래 자신과 아무 관련 없는 육체에 나의 숨결을 남기고 그 육체 안에 뜨거운 나를 밀어 넣고 싶어지는 것이다.

그는 언제나 사랑은 신성하며, 사랑하는 사람을 더럽혀선 안 된다고 생각해 왔다.

그런데 더럽히지 않는 것이 정말 가능한가?

사랑하는, 간절히 원하는, 흠모하는 육체가 눈앞에 있는데, 어떻게 몸이 달아오르지 않고 마음이 심란해지지 않을 수 있단 말인가?

세상에 수많은 사랑이 있지만, 연인 간의 사랑만이 깨끗함과 거리가 멀다.

연인 간의 사랑은 끈적하고 뜨거운 땀을 섞고 육체적 색깔을 지닐 수밖에 없는 운명이다. 서로의 귀밑머리가 뒤엉키고 홍가시나무의 비린내를 풍길 수밖에 없는 운명이다. 그리고 그것은 신음, 격정과 관련이 있으며 질척거리고 축축한 온상에서만 요염한 군침을 흘리는 꽃을 피우는 운명인 것이다.

묵연은 밤중에 마구 내달리다 갑자기 멈춰 섰다. 눈은 두려움에 반짝였고, 표정에는 공포가 어려 있었다.

머릿속에서 뭔가 끊어진 듯했다. 여태까지 그가 꺼내 보려고 하지 않았던, 어리석고 고집스럽게 눌러 놓았던 광기가 산을 밀어 치우고 바다를 뒤엎을 기세로 그를 집어삼켰다.

그는 모골이 송연해져 제자리에 우뚝 섰다.

욕망, 정욕.

사랑.

초만녕…….

그는 마침내 그 이름을 쥐어짰다.

모래와 진흙이 다 쓸려 가자 진귀한 보석이 모습을 드러냈다.

언제나 초만녕이었다……. 이렇게 은밀한 감정이, 이렇게 끓어오르는 애욕이, 언제나 초만녕을 향한 것이었다니!

눈앞이 캄캄해졌다. 두 번의 평생에 가졌던 집념이 산산이 부서졌다. 깨진 기와 조각과 무너진 담장이 사나운 밀물에 씻겨 들어와 그의 마음에 부딪쳤다. 그는 숨을 쉴 수가 없었다.

놀라웠다.

설마, 애초부터…… 이랬던 걸까…….

내가 좋아했던 사람이, 내가 생각했던 사랑이, 늘 틀렸던 걸까?

묵연이 이화백주를 품에 안고 모닥불이 있는 곳으로 왔을 때, 릉아는 그곳에 없었다.

사람들은 소녀 하나가 자리를 뜬 것쯤은 안중에도 없었고, 당연히 묵연과 그녀가 나눈 대화를 아는 사람도 없었다. 모두 술잔을 나누고 이야기를 주고받으며 시끌벅적한 분위기를 즐기고 있었다.

술잔이 세 바퀴를 돌았다. 마을 사람들은 함께 놀기 시작했다. 볏짚으로 머리에 쓰는 관을 만든 다음, 한 사람이 북을 두드리고 북소리가 멈췄을 때 볏짚관을 가지고 있는 사람이 질문을 받아야 하는데 그 질문을 회피하면 안 되는 놀이었다.

하수진계 농민들이 무료하게 휴식하던 중에 생각해 낸 놀이로, 규칙이 간단해서 금방 익숙해질 수 있었다. 초만녕처럼 놀이에 영 젬병인 사람도 전혀 무리가 없었다.

"자, 백 씨 당첨! 자자, 제비 뽑아!"

얼굴을 찡그린 백 씨가 커다란 사발에서 잘 접힌 쪽지 하나를 집었다. 그러고는 쪽지를 펼쳐 그 안의 질문을 소리 내 읽었다.

"가슴이 큰 여자가 아름다운가, 아니면 엉덩이가 큰 여자가 아름다운가?"

사람들이 다들 폭소를 터뜨렸다.

백 씨는 얼굴이 새빨개져서는 쪽지를 들어 올리며 욕을 뱉었다.

"어느 멍청이가 이런 질문을 넣은 거야? 내가 아주 혼쭐을 내주겠어!"

"에이."

마을 사람 하나가 그의 옷소매를 붙잡았다.

"누군지는 좀 있다 찾아내고, 일단 답부터 해야지."

아래쪽에 앉아 있던 백 씨의 아내도 황소개구리 같은 눈으로 그를 지켜보았다. 등골이 오싹해진 백 씨는 한참을 우물쭈물하다가 겨우 작은 소리로 말했다.

"둘 다 비슷한 것 같은데."

곧바로 누군가가 웃으며 외쳤다.

"무슨 소리야! 거짓말하면 재미없지! 며칠 전에만 해도 나한테 엉덩이가 큰 여자가 예쁘다고, 애도 잘 낳을 것 같다고 해 놓고! 마셔, 마셔! 벌주!"

백 씨는 어쩔 수 없이 얼굴을 찡그린 채 이를 악물고 술을 마셨다. 그다음엔 어김없이 마누라에게 귓불을 잡힌 채 잔소리를 들었다.

초만녕은 사람들 사이에 섞여 있었다. 눈앞의 광경이 민망하기도 하고 신기하기도 했지만, 이런 질문은 너무 저속하다고 생각했다. 자신이 이런 질문을 받으면 그는 정말 대답하지 못할 것 같았다.

이때, 촌장이 마침 1척 길이의 검은 천을 들고 와 빙그레 웃으며 말했다.

"북 치는 사람을 바꿉시다. 장 씨도 놀아야 하니 내려보내고, 누가 대신해 줄 텐가?"

초만녕이 바로 말했다.

"제가 하지요."

그는 두꺼운 소가죽이 덮인 요고[#3]가 있는 곳으로 가 북채를 건네받은 다음 자리에 앉았다.

촌장은 검은 천으로 그의 눈을 잘 가리고 묶은 후 좌우에서 살펴보며 물었다.

"너무 꽉 묶었나요?"

#3 **요고** 腰鼓. 허리에 차고 두드리는 북

"아니요."
"빛은 들어와요?"
"아니요."
촌장이 웃으며 말했다.
"그럼 선군께서 북을 치시지요. 언제든지 멈추고 싶을 때 멈추면 됩니다."
초만녕이 말했다.
"네."
그는 북채를 쥐고 북의 가죽 표면을 두드려 보았다. 그러고는 능숙하게 장단을 바꿔 가며 북을 쳤다.
그는 눈을 가리고 있어 모닥불 건너편에서 혼란스럽고 흐리멍덩한 눈빛으로 자신을 바라보고 있는 묵연을 보지 못했다.
묵연은 그를 바라보고 있었다. 허공에 떠다니는 작은 불씨들이 밤하늘을 날아다니는 주황색 반딧불이 같았다. 그는 흰옷을 입고 어둠 속에 앉아 있는 남자를 바라보았다. 눈빛은 조금씩 날카로운 칼날처럼 초만녕의 이마와 코끝, 입술과 아래턱을 스쳤다.
검은 천으로 눈을 가린 초만녕은 이상하게 매혹적이었다. 이번에는 이 느낌이 그저 휙 지나가게 두지 않았다. 그는 찬찬히 곱씹었고, 훑어 보았다.
그는 사랑의 느낌을 맛보았다.
그는 또 한 번 깊은 전율을 느꼈다. 그리고 다시 한번…… 틀리지 않았음을 확인했다.
그는 초만녕에게 사랑의 감정을 느끼고 있었다. 그 사랑은 사제 간의 정과는 무관했고, 은정(恩情)과는 더더욱 상관없었다.

그는 순수하게 초만녕을 사모했고, 갈망했고, 소유하고 싶었다.

나는…….

마침내 알게 되었어. 난 초만녕을 사랑하고 있어.

사랑이었던 거야.

그는 그 정도로 어리석었고, 고집스러웠고, 멍청했다.

오늘에서야 완전히 깨닫게 된 것이다.

난 초만녕을 사랑하고 있어.

이 사실을 완전히 깨닫고 나자, 그동안 머릿속에 쌓여 있던 굳은 흙이 드디어 무너졌다. 그가 이해하지 못했던 많은 일과 찾지 못했던 많은 답이, 이렇게 늦게 찾아온 사랑의 감정 속에서 끊임없이 밀려왔다.

그러나 그는 아직 그것을 음미하고 깊이 생각할 틈이 없었다.

'두둥' 하는 소리와 함께 북소리가 멈췄다. 여음이 잔잔한 물결처럼 퍼져 나갔다.

볏짚관은 이르지도 늦지도 않게 바로 그 순간, 묵연의 무릎 앞에 놓였다. 그는 멍한 표정으로 그것을 집어 들었다. 눈을 드니 초만녕이 숨을 돌리며 한 손으로 검은 천을 푸는 게 보였다. 초만녕은 달빛이 비치는 듯한 봉안을 뜨고 시야가 또렷해질 틈도 없이 주변을 둘러보았다.

그 역시 자신이 북 치는 걸 멈췄을 때 볏짚관이 누구에게 떨어졌는지 궁금했기 때문이다.

그의 눈이 묵연의 시선과 만났다.

두 사람은 조용히 서로를 바라보았다.

그가 날 몰래 훔쳐보고 있을 때 나도 그를 몰래 훔쳐보는 것보다 더 민망한 일은 없을 것이다. 교차한 두 사람의 시선이 동시에 서로를 피했다.

그러나 초만녕은 금방 다시 그를 쳐다보았다. 묵연의 준수하고 또렷한 얼굴에 모호하고 복잡한 감정이 어려 있는 것을 알아챘기 때문이다. 불꽃이 피어오르는 모닥불 너머, 왁자지껄한 사람들을 지나 직접적이고 불타오르는 표정의 얼굴, 그 얼굴은 표정을 숨기지도 않았고, 숨길 수도 없었다.

초만녕이 봉안을 크게 떴다.

"묵 선군, 운이 좋으시구려."

촌장이 웃으며 묵연을 일으켜 세웠다.

머뭇거리던 묵연은 규칙에 따라 볏짚관을 머리에 얹었다. 그의 까만 눈동자가 빛났다. 그러나 어찌할 바를 모르겠다는 듯, 관을 쓴 그는 조심스럽게 다시 한번 초만녕을 쳐다보았다. 햇빛에 보기 좋게 그을린 그 잘생긴 얼굴이 불빛 속에서 점점 달아올랐다.

초만녕은 평소답지 않은 그의 행동에 놀라 눈을 더욱 크게 뜨고 그를 주시했다.

묵연은 초만녕의 시선을 한 몸에 받으며 속눈썹을 내리깔고는, 입술을 닫은 채 아무 말이 없었다. 얌전해 보이는 것 같으면서도 수줍어 보였다.

마치 아무것도 몰랐던 소년이 사춘기에 갓 접어들어 사랑에 눈을 뜬 것처럼 모든 게 어설프고 너무 서툴러 불쌍해 보이기까지 하는, 그리고 귀여워 보이기도 하는 그런 모습이었다.

초만녕이 조금 전 느낀 게 놀라움이었다면, 지금은 소름이 돋을 정도였다.

……내 눈이 어떻게 된 건 아니겠지!

그렇지 않고서야 기골이 장대한 저 얼간이가 어떻게 돌연 약 잘못 먹은 사람처럼 여려 보일 수 있는 거지?

142장 사존, 제가 좋아해요

묵연이 큰 사발에서 쪽지 한 장을 꺼내 펼쳤다.

그는 쪽지에 쓰인 내용을 보자마자 안도의 한숨을 쉬었지만 이내 약간 긴장되었다.

"뭐예요?"

촌장이 물었다.

묵연이 쪽지를 건넸다. 내용을 본 촌장이 말했다.

"하하, 묵 선군이 사저나 사매와 함께 오지 않은 게 다행이네요. 그랬으면 아마 누군가의 미움을 샀을 텐데."

그러지 않아도 초만녕은 묵연이 집은 질문이 매우 궁금하던 참이었다. 그런데 촌장의 말을 듣고 나니 궁금증이 더욱 커졌다. 그는 종이에 구멍이라도 뚫을 기세로 쪽지를 노려봤다.

묵연이 웃으며 말했다.

"촌장님, 근데 이건 반칙이에요. 다른 사람들은 다 질문이 하나인데, 이건 세 개나 마찬가지라고요."

"선군께서 하필 정확하게 이 쪽지를 집으셨네요."

촌장이 말했다.

"내키지 않으면 다시 집으시지요."

새로 뽑았다간 또 무슨 '다리가 긴 여자가 아름다운가, 아니면 허리가 가는 여자가 아름다운가'와 같은 질문이 나올 수도 있었다. 묵연이 웃으며 말했다.

"아닙니다. 그냥 이걸로 할게요."

그는 쪽지를 촌장에게 돌려주며 말했다.

"제가 뽑은 질문은 '삶에서 가장 좋아하는 사람 세 명을 말하시오'입니다."

이때, 눈두덩이 붉게 부어오른 릉아가 돌아왔다. 그녀는 자신이 울었다는 걸 사람들이 알아볼까 봐 모닥불 가장 바깥쪽에 자리를 잡고 앉았다. 그래서 묵연은 그녀가 온 것을 알아채지 못했다.

묵연은 질문을 읽은 후 아무도 쳐다보지 않았다. 이렇게 사적인 질문은 누구를 쳐다봐도 껄끄럽고 어색할 것이다. 그는 그저 불만 응시했다.

모닥불이 그의 까만 눈동자 속에서 일렁였다. 그의 준수한 얼굴은 불빛에 밝아졌다 어두워지기를 반복했다. 그는 모닥불을 보며 한참을 멍하니 있다가 드디어 입을 열었다.

"그럼 저의 어머니부터 얘기하지요. 제 어머니는 일찍 세상을 떠나셨어요. 이제는 얼굴도 잘 기억이 안 나는데, 하나 기억나는 건 어머니가 살아 계실 때 제가 잘 먹고 잘 잤다는 거예요."

묵연이 말을 이었다.

"그래서 세 명을 꼽아야 한다면 그중 한 명은 제 어머닙니다."

촌장이 고개를 끄덕였다.

"자식 사랑이 지극하셨구먼요. 자, 한 명, 인정합니다."

"두 번째는 제 사형입니다. 저한테 정말 잘해 주거든요. 비록 피가 섞이진 않았지만 친형제보다 가까운 사람이에요."

초만녕은 이 대답을 예상했다. 그래서 외적으로나 심적으로나 별다른 충격의 파장이 일지 않았다. 묵연이 사명정을 좋아한다는 것은 너무나 확실한 사실이었다. 지난번 금성호에서 두 귀로 직접 들었으니 별로 놀랄 일도 아니었다.

그는 밤의 불빛에 비친 그 남자를 바라보았다. 남자의 얼굴은 조각칼로 깎은 듯 윤곽이 또렷했다. 잘생겼고, 약간 고집스러워 보이기도 했다. 사람의 원기는 눈에서 드러나기 마련인데, 묵연의 눈은 까맣고 빛이 나는 원기 충만한 눈이었다. 기름이 다 닳기 전에는 절대 꺼지지 않는 등잔불 같았다.

이런 눈을 가진 사람은 성격이 매우 고집스러웠다.

초만녕은 이런 고집에 매혹되었지만, 아쉽게도 묵연의 고집은 자신을 향하지 않았다.

묵연이 사명정의 이런저런 점이 좋다고 말하는 동안 초만녕은 듣는 둥 마는 둥 했다. 그는 밤바람이 조금 차다고 생각하며 자신의 찻잔에 따뜻한 차를 따른 후 손으로 받쳐 들고 천천히 마셨다.

차는 그의 목구멍을 따뜻하게 데워 주었다. 위까지 내려가자 몸 전체가 따뜻해졌고, 마음마저 포근해지는 기분이었다.

그는 또 말없이 한 잔을 따랐다. 차를 마시려는 순간, 사명정에 관한 얘기를 끝낸 묵연이 약간 머뭇거리다 말을 이었다.

"한 명이 남았네요. 세 번째는 제 사존입니다."

"캑캑캑!"

초만녕은 데기라도 한 것처럼 차를 뿜었다. 연신 기침을 하는 그의 얼굴이 시뻘겋게 달아올랐다. 그는 고개를 묻고 얼굴을 닦으며 절대 묵연을 쳐다보지 않았다.

감정적으로 메마른 사람은, 누군가 그를 바닥에서 일으켜 세워 주어도 자기 몸에 묻은 흙먼지 때문에 어쩔 줄 몰라 하다가 결국 또다시 어두운 곳으로 피하고 싶어 한다. 몸을 잔뜩 웅크리고 숨어 버린다.

그러나 묵연은 그에게 피할 기회를 줄 마음이 전혀 없어 보였다.

초만녕은 정말 답답한 사람이었다. 만약 그의 마음대로 내버려 두면 그는 언제나 뒷모습만, 뒤통수만 보일 게 뻔했다. 그는 성격이 불같고 난폭하고 미간을 찌푸리고 언제나 벼락처럼 불호령을 내릴 준비를 하는 사람처럼 보였지만, 묵연은 그게 다 정교하게 갈고 닦은 그의 가면일 뿐이라는 걸 잘 알고 있었다.

그는 초만녕의 따뜻한 마음씨를 본 적이 있었다. 맹파당의 모락모락 피어나는 김 속에서 초만녕은 너무나 가련했고 처량했다.

다시는 초만녕이 스스로를 망가뜨리도록 방치하고 싶지 않았다.

초만녕이 다시는 그런 무시무시한 가면을 써서는 안 되었다. 만약 이 자존심 센 사람이 가면을 안 벗으려 하면, 그러면 초만녕 대신 그의 가면을 벗겨 줄 작정이었다.

차는 조금밖에 내뿜지 않았기 때문에 금방 깨끗이 닦였다. 그런데도 초만녕은 깨끗하게 닦여 없어진 물 자국을 계속 닦고 있었다.

그는 자신을 옭아매는 버릇이 있었다. 그래서 고개를 들지 않았다.

그는 서서히 주위의 정적을 알아챘다. 기괴한 고요함이었다. 잠시 후, 한 아이가 키득키득 웃었다. 목소리가 작았지만 모두가 들을 수 있을 정도였다.

"엄마, 초 선군 정말 바보 같아요."

어머니는 황급히 순진한 아이의 작은 입을 틀어막았다.

"읍……."

그러나 초만녕도 들었다.

바보 같아요…….

아니, 만야옥형은 평생토록 '바보'라는 말과는 관련이 없었다. 그는 오만하고 예리했으며, 난폭하고 잔인했다. 그리고…….

"사존, 더 닦다간 탁자에 구멍 뚫리겠어요."

검은 가죽신이 그가 앉아 있는 탁자 앞에 나타났다. 가죽신은 거의 무례할 정도로 가까이 와서야 멈췄다. 시커먼 그림자가 초만녕 위로 드리워지더니 산처럼 거세게 그를 제압했다. 숨도 못 쉴 정도로, 굴욕감을 느낄 정도로, 수치심 때문에 화가 날 정도로 그를 눌렀다.

그는 갑자기 분통이 터졌다. 자신의 갑작스러운 연약함에 화가 났다.

그래서 손수건을 내던지며 도발적으로 고개를 홱 들었다. 노기가 가득한 봉안이 묵연을 노려보았다. 팽팽한 긴장감이 가득했다.

그러나 거의 동시에 묵연이 아주 예의 바르고 부드러운 목소리로 말했다.

"사존, 저 좀 봐 주세요."

마치 저주처럼, 이 말은 초만녕의 반응과 동시에 이뤄졌다. 그가 묵연의 '저 좀 봐 주세요'라는 말 때문에 고개를 든 게 아니라는 건 초만녕 자신만 알고 있었다. 그저 우연의 일치일 뿐이었다.

하지만 그게 무슨 소용인가?

그를 제외한 묵연과 주위의 구경꾼들 모두가, 초만녕이 제자의 간청을 듣고 나서야 즉시 반응을 해 줬다고 생각했으니 말이다.

즉시.

이 단어보다 더 사람에게 굴욕을 주고 체면을 깎는 말은 또 없을 것이다.

초만녕의 표정은 얼음처럼 차가웠지만, 눈에서는 불꽃이 타오르고 있었다.

그의 눈은 묵연의 따뜻하고 자상한 시선과 마주했다. 그 시선은 마치 끝없는 봄물처럼 너무나도 쉽게 초만녕의 분노와 날카로운 이빨을 포근하게 감쌌다.

묵연이 말했다.

"사존, 세 번째 답은 사존이에요."

자신의 분노를 터뜨릴 곳을 찾지 못한 초만녕은 정색을 했다.

"……음."

그의 반응은 정말 담담하고 냉랭했다.

침착하고 기개 있는 모습은 속세의 감정을 부정적으로 바라보는 영락없는 초 종사였다. 그러나 속에서는 기쁜 마음에 손뼉을 치고 있었다.

묵연은 우스워죽겠다는 듯 그를 바라보았다.

묵 종사는 생각했다. 우리 초 종사님, 정말 바보 꼬맹이는 아니겠지.

초만녕은 제자가 마음속으로 자신에게 바보 꼬맹이라는 꼬리표를 붙였다는 사실을 꿈에도 알지 못했다. 그는 긴장해서 더욱 쌀쌀맞고 교만한 태도로 일관했다.

그가 말했다.

"그래서? 뭘 하고 싶은 게냐?"

초만녕의 질문은 뜻밖에도 좋은 결과를 얻었다. 묵연의 얼굴에 피어 있던 미소가 사라졌기 때문이다.

묵연은 무엇이든 하고 싶었다.

그러나 아무것도 할 수가 없었다.

그가 초만녕을 좋아한들 무슨 소용인가? 너무 늦게 깨달아서 이미 멀리 가 버린 사람을 잡을 수도 없었다. 두 번 사는 동안 내내 사매의 뒤꽁무니만 쫓아다니다가 어느 날 갑자기 자신이 그동안 엉뚱한 사람을 사랑했다며 그에게 돌아오라고 말한다면, 묵연 스스로 생각해도 쉽게 납득이 될 것 같지 않았다.

환생한 직후에 자신의 마음을 제대로 깨달았다면 모든 걸 되돌릴 시간이 있었을지도 몰랐다.

그러나 지금은 이 '깨달음'이 오히려 고통만 더할 뿐이었다.

전생에서 그는 초만녕의 육체에 엄청난 고통을 가했다. 잠자리의 즐거움이 이 대쪽 같은 성격의 남자에게 가하는 가장 잔인한 고통이라고 생각했다.

묵연의 마음속에서 초만녕은 언제나 속세를 초월한 선인 같은 모습이었고, 사랑과 욕망 같은 것이 있을 거라고는 상상도 하지 않았다.

초만녕을 파괴하기 위해 그는 온갖 종류의 경망스럽고 저속한 방법을 짜냈다.

그러니 초만녕에게 잘해야 했다.

그는 많은 걸 생각하지 못했다.

갑자기 멍청해져서 사존과 거리를 유지해야 한다는 생각뿐이었고, 사존을 신단에 모시고, 자신은 그 아래에서 무릎 꿇고 맞이해야 한다고 생각했다.

'좋아한다'라는 말은 뜨겁고도 은밀한 애욕을 담고 있었다.

초만녕이 알아서는 안 되었다. 묵연은 어쩔 수 없이 자신을 억눌렀고, '사제의 정'을 핑계 삼아 그를 좋아하는 마음을 포장한 다음 초만녕의 앞에 공손히 바쳤다.

묵연이 대답했다.

"그냥 사존이 알아주셨으면 해서요."

초만녕은 말없이 그를 쳐다보았다.

묵연이 말했다.

"그냥, 다들 알았으면 좋겠기에……."

"뭘?"

웃고 있는 묵연의 까만 눈이 반짝였다. 그 빛은 깊은 곳에서 세차게 출렁이는 욕정을 덮고도 남을 정도로 눈부셨다.

"제가 운이 좋다는 걸요."

그가 빙그레 웃었다.

"세상에서 제일, 제일, 제일 좋은 사존을 모시고 있으니까요."

그는 '제일'이라는 단어를 세 번이나 반복했다. 참으로 졸렬했으나 아주 애쓴 표현이었다.

묵연의 소박하고 투박한 풍격이 담겨 있는 단어였다.

그윽하게 그를 바라보는 초만녕의 속눈썹만 미세하게 움직일 뿐이었다.

묵연은 심호흡을 했다. 어디서 그런 용기가 났는지는 몰라도, 지금 이 순간을 놓치면 앞으로 평생 자신의 마음을 표현할 수 없을 것 같다는 생각이 들었다.

그가 갑자기 한쪽 무릎을 꿇었다. 탁자에 앉아 있는 초만녕과 눈높이를 맞추려고 했지만 키가 커서 이렇게 꿇어앉아도 사존을 내려다보고 있었다.

많은 생각을 할 겨를이 없었다. 심장이 너무나 빨리 뛰고 피가 빨리 흐르고 있었다.

"사존."

초만녕은 문득 뭔가 이상했다.

뜨거운 남자의 시선 때문에 그는 자기도 모르게 뒤쪽으로 고개를 젖혔다.

그런데 결국 예리한 화살이 심장에 날아들어 꽂혔다.

"제가 사존을 좋아해요."

그는 도망갈 곳이 없었다. 숲에서 뛰놀던 노루가 사냥꾼의 화살에 다리를 맞아 넘어진 것이다. 초만녕은 얼떨떨한 표정으로 묵연을 보았다. 머릿속에서 우르릉하는 소리가 났다. 다른 건 아무것도 들리지 않았고, 보이지 않았다.

좋아해요. 이 얼마나 함축적이고 모호한 말인가.

'사랑한다'처럼 상대의 마음에 화상을 입힐 만큼 직접적이고 노골적이지 않았다. '좋아한다'라는 말은 다양한 해석이 얼마든지 가능했다. 그래서 사랑에 빠진 남녀에게 많은 여지를 주기도 한다. 일부러 마음에 있는 말을 슬쩍 꺼내며 가슴 가득한 사랑을 꺼내 보일 수 있는 것이다.

묵연은 조용히 생각했다. 난 당신을 좋아하지만, 당신을 괴롭히지도 않고 강요하지도 않을 거야. 좋아한다는 말을 그저 사제간의 정이라고 생각한다면 나로선 아쉬운 일이지만, 당신에겐 더없이 좋은 일이겠지.

초만녕도 조용히 생각했다. 날 좋아한다는 말은 연민에서 비롯되었고 가르침을 받는 자의 정이며 목숨을 구해 준 사람에 대한 은혜일 거야. 내가 원하는 그런 감정은 아니겠지만, 난 지금만큼 네가 나에게 호감을 느끼게 하기 위해서 할 수 있는 일은 다 했다. 이제 더는 쓸 힘도 없고, 더 깊은 네 마음을 얻는 방법도 몰라. 나를 스승으로 인정하고 좋아해 준다면 그걸로 됐다. 강요하지 않을 거야.

두 사람 모두 더는 말이 없었다. 구경하던 사람들은 사제 간의 깊은 정을 칭찬했다.

구석에 있던 릉아만이 어딘가 이상하다는 느낌을 희미하게 받을 뿐이었다. 그녀는 묵연의 준수한 얼굴을 바라보았다. 그의 얼굴에는 억제된 강한 욕망이 있었고, 어딘가 괴이하게 느껴지는 열정이 있었다.

그러나 그녀 역시 작은 시골에서 자란 순박한 사람이었으므로 동성연애라는 말은 들어 본 적도 없었다. 그저 이상하다고만 느꼈지, 어디가 이상한지는 말로 표현할 수가 없었다.

이 세상에는, 좋아하는 감정이 없을 때는 양심 없는 사람처럼 방자하고 거리낌이 없고, 제멋대로 굴면서 하늘 같은 권력자가 와도 무서워하지 않는 부류가 있다.

그러나 이런 부류가 누군가를 사랑하게 되면, 타는 불에 기름을 끼얹는 격이 되어 마음이 뜨거워지고 눈이 이글거린다. 그들은 늘 상대가 자신의 마음속 애욕을 알아차려 주길 원하며, 상대와 함께 욕망의 바다에 빠져 찰싹 들러붙고 싶어 한다.

그런데 만약 상대가 정말 눈치챘다면? 막상 그렇게 되면 몹시 불안해하고 무서워하면서 상대가 자신을 좋아하지 않으면 어쩌나, 거절하면 어쩌나, 걱정이 끊이질 않는다. 하늘 같은 권력자는 말할 것도 없고, 나무 위에서 늦가을 매미의 울음소리만 들려도, 사실과 다른 터무니없는 일인 걸 알아도 안절부절못하게 된다. 세상에나, 나무 위에서 매미가 울다니, 이럴 수가, 그 사람이 날 좋아하지 않는 것은 아닐까?

가장 모호한 사랑은 서로 추측만 하고 숨기만 하면서, 떨어져 있어도 그들 주위에 가득한 시큼한 냄새를 맡을 수 있는 사랑이다.

묵미우는 전생에 답선군이었고, 지금은 묵 종사다.

그때는 악명이 자자했고, 지금은 지혜롭고 총명하게 살고 있다.

그는 가장 악한 귀신이었지만 지금은 선한 사람이 되었다. 그러나 그의 몸에서 나는 시큼한 구린내는 결국 벗겨 내지 못했다.

초만녕은 어떤가?

그 녀석은 영원히 그물에 잡힌 물고기였다. 사랑의 감정에서 일어나는 미세한 변화도 그에게는 머리 아픈 골칫거리였다.

그래도 어쨌거나 체면은 지켜야 했기에, '흥' 하며 콧방귀를 뀌었다. 이렇게 진부하고 따분한 건 얘기할 가치가 없단 말이다.

정말이지 혼자 엉뚱한 길을 걷는 사람이었다.

143장 사존에게 밥 친구가 생기다

울긋불긋 단풍이 들고 가을이 깊어지면서 농번기도 끝이 났다.

옥량촌 사람들은 육포, 떡, 향료, 무명천 등을 넣은 크고 작은 보따리 몇 개를 준비해 초만녕과 묵연의 품에 잔뜩 안겨 주었다.

사생지전에 먹고 입을 것이 부족한 건 아니었지만, 이 또한 마을 사람들의 성의였으니 거절하는 것도 도리가 아니었다. 그래서 두 사람은 사양하지 않고 전대까지 꽉 채웠다.

릉아도 품에 대바구니를 들고 왔다. 바구니 위에는 청화색의 작은 천을 덮어 놓았는데, 천을 젖히자 잘 쪄진 찐빵과 삶은 녹색 계란이 열 개 남짓 들어 있었다.

그녀는 묵연이 타고 있는 말 앞으로 다가와 까맣고 큰 눈동자를 깜박거렸다. 묵연을 쳐다보고 싶었지만, 반쯤 취한 상태로 대담하게 고백했던 그날의 기억이 떠올라 부끄러웠다. 한참을 망설이다가 바구니를 머리에 이고 말 위의 잘생긴 남자를 향해 말했다.

"묵 선군, 이거…… 제가 아침에 찐 거예요. 가면서 초 선군과 같이 드세요."

묵연은 그녀의 의도를 몰라 머뭇거렸다. 거절해야 할지 받아야 할지 알 수 없었다.

릉아는 그의 망설임을 알아차리고 돌연 고개를 들었다. 볼은 발그레했고 눈에는 억울하고 속상한 눈빛이 어렸다.

훌륭한 선군과 가까워지려고 최선을 다했지만, 거절당한 마당에 죽기 살기로 들러붙는 여자는 아니었다.

그녀가 말했다.

"걱정하지 마세요, 다른 뜻은 없어요. 그저 보름 동안 선군께서 옥량촌에 베풀어 주신 데에 감사드려요."

묵연은 그제야 대바구니를 건네받았다. 그가 말 위에서 속눈썹을 내리깔고 그녀를 바라보며 진심으로 말했다.

"고맙습니다, 낭자."

"별말씀을요."

묵연은 덤덤해 보이는 그녀를 보며 마음에 순간 감정이 일어 그녀에게 물었다.

"앞으로 계획이 어떻게 됩니까?"

"그건 왜요?"

"여기서 계속 살고 싶어 하지 않는 것 같아서요."

미소 짓는 릉아의 눈빛이 고집스러웠다.

"상수진계에 가 보고 싶어요. 듣자 하니 유풍문의 장문인이 인자해서 천하의 가난한 선비들을 기꺼이 구제해 준다던데요.

우리 같은 하수진계 사람들은 임기에서 입에 풀칠할 거리만 찾으면 내쫓지 않는대요. 전 예쁘장하고 밥도 할 줄 아니까 어떻게든 살아갈 방도는 있지 않을까요."

물론, 그녀는 가장 중요한 건 말하지 않았다. 10대 문파 중에서도 유풍문은 제자가 가장 많았고 문파 소유의 땅도 넓어, 크고 작은 성을 다 합치면 일흔두 개에 이르렀다. 게다가 임기는 선문의 도시였다. 길에 걷는 사람 열 중 다섯은 수사였으므로, 임기에 가면 좋은 남편감을 찾기가 더 쉬울 터였다.

그녀의 마음을 알 리가 없는 초만녕은 임기에 가고 싶다는 그녀의 말을 듣자마자 미간을 찌푸리며 말했다.

"유풍문은 심오한 곳입니다. 낭자가 생각하는 것처럼 간단치가 않습니다. 상수진계에서 살고 싶다면 양주의 임령서를 생각해 보는 편이 더 나을 겁니다."

"양주는 안 돼요. 물가가 비싸거든요."

릉아가 말했다.

"호의는 감사합니다만, 저도 제 나름의 생각이 있어요."

그녀가 이렇게까지 말하니, 초만녕은 자신이 아무리 말해도 소용이 없다는 걸 깨닫고 더는 말하지 않았다.

두 사람은 가득 찬 보따리를 말에 싣고 채찍을 휘둘렀다. 초만녕은 채접진 근처를 지날 때 유심히 결계를 지켜봤는데 다행히 영류가 충만했고 모든 게 안정적이었다. 그래서 그들은 쉬지 않고 달려 정오 무렵 드디어 사생지전에 도착했다.

초만녕은 설정옹에게 그간의 일들을 보고했다. 묵연은 딱히 할 일이 없어 이곳저곳을 어슬렁거리다가 내하교 옆에서 다리

기둥에 있는 사자상을 닦고 있는 누군가와 마주쳤다.

또 누가 잘못을 했길래 여기 와서 궂은일을 하는 거지?

벌을 받는 사람은 보통 약간의 죄스러운 표정을 띠고 있기 마련이었다. 그래서 묵연도 다리를 건너지 않고 돌아서려는데, 갑자기 가까운 곳에서 그 사람이 자신을 부르는 소리가 들렸다.

"연아!"

"……."

자세히 보니, 사자상을 닦던 사람은 다름 아닌 사매였다. 묵연은 어리둥절했다. 그런데 무언가 이상했다. 첫째로는 사매처럼 규율을 잘 지키는 사람이 내하교를 닦는 벌을 받았다는 사실이다.

둘째로는 사매의 모습이 괴이해 보인다는 점이었다.

사매가 정말 오랜만이긴 했다. 그러나 그의 모습은 익숙해지는 게 아니라 오히려 시간이 흐를수록 낯설게 느껴졌고, 다리에서 얼핏 봤을 때는 정말 그를 알아보지 못할 정도였다.

"사매가 왜 여기에 있어? 뭐 잘못한 거야?"

묵연이 그에게 다가가 물었다.

사매는 조금 민망해했다.

"응……. 소주님과 같이 처벌받았어."

"몽몽이?"

묵연이 뜸을 들이다 웃었다.

별로 놀랄 일도 아니었다. 설몽이 사고 치는 건 하루 이틀 일이 아니었기 때문이다.

"그놈이 사매를 꼬드겨 뭔 짓을 한 거야?"

"뒷산의 금지된 땅에 가서 귀신들을 잡아 와 연습해야겠다고 하셨어."

"……."

"결국, 사존이 떠나기 전에 쳐 놓으신 결계에 구멍이 날 뻔했지."

묵연은 웃지도 울지도 못했다.

"그놈은 귀신이 무슨 개나 고양이인 줄 아나? 잡고 싶으면 잡고 키우고 싶으면 키우게. 사매도 그래. 그놈이 허튼짓한다고 동조하면 안 되지. 왜 안 말렸어?"

사매는 한숨을 쉬었다. 체념한 기색이 역력했다.

"당연히 뭐라고 했지. 그래도 소용없었어. 혹시 무슨 사고라도 칠까 봐 어쩔 수 없이 따라나섰는데…… 됐다, 그만 얘기하자. 다행히 큰 사고가 나진 않았으니까. 연아, 네 얘기 좀 해 봐. 한동안 사존이랑 옥량촌에 가서 농사일을 도왔다며?"

"응."

"어땠어, 잘 끝내고 왔어?"

"응, 다 잘 끝났어."

두 사람은 별 흥미 없는 이야기로 수다를 잠시 떨었다. 사매와 헤어진 후, 묵연은 혼자 조용히 오솔길을 걸으며 자신의 마음을 다시 꺼내 찬찬히 돌아보았다. 그는 사매를 향한 자신의 마음이 집념이며 습관일 뿐, 자신이 생각하는 사랑은 아니라는 것을 점점 확실히 깨닫게 되었다.

예전에 그는 사매의 외모가 사람들이 놀랄 정도로 아름답다고 생각했다. 그리고 사매가 아주 편했다. 그가 욕망이라고 생각했던 게 사실은 아니었던 것이다.

사람은 아름다운 것을 보면 감상하려고 한다. 그는 사매의 외모를 감상했지만, 곰곰이 생각해 보면 이런 감상에는 친밀함이 전혀 들어 있지 않았다.

그는 가을 산을 물들인 단풍 구경을 좋아하듯이, 여름 연못에 가득 핀 연꽃 보는 걸 좋아하듯이 사매를 감상했다. 최근 몇 년 동안 선을 넘고 싶다는 허튼 생각은 해 본 적이 없었다.

그는 지금까지 해 왔던 것처럼 사매를 아끼고 소중히 여겼다.

그러나 지금까지 해 왔던 것과는 달리, 지금의 묵연은 마침내 사랑이 무엇인지 알게 되었다. 그는 유하혜가 아니었다. 그의 사랑은 축축하고 불타오르는 것이었으며 점유하는 것이었다. 또한 서로의 살갗을 비비는 것이었고 뜨거운 피가 솟구쳐 오르는 것이었다.

그는 이리였다. 장미의 냄새에 민감한 이리.

그러나 날카로운 이빨로 입을 벌려 삼키는 것은 당연히 꽃과 풀이 아닌 피와 살이었다.

저녁 먹을 시간이 되자 설몽은 마침내 장서각의 두 번째 경전 구역에 있는 책들을 다 정리했다. 그는 피곤한 탄식을 뱉으며 맹파당에 엎드려 하소연해 댔다. 평소에 그렇게 좋아하던 고추 닭고기볶음도 그의 기분을 풀어 주진 못했다.

허한 마음을 달래려 젓가락질을 하고 있는데, 식당 안으로 들어오는 초만녕이 보였다. 정신이 번쩍 든 그가 몸을 꼿꼿이 일으키며 소리쳤다.

"사존!"

초만녕이 설몽을 힐끔 보더니 고개를 끄덕였다.

묵연은 설몽 옆에 앉아 있었다. 묵연, 설몽, 사매 세 사람은 항상 밥을 같이 먹었다. 그런데 오늘 묵연은 초만녕이 들어오자마자 식탁 위의 그릇과 접시들을 옆으로 밀어 자리 하나를 만들었다.

"뭐 하는 거야?"

묵연은 설몽을 향해 웃기만 할 뿐 대답이 없었다. 그가 일어나 초만녕을 향해 손을 흔들었다.

"사존, 여기 와서 앉으세요."

설몽과 사매는 돌연 할 말을 잃었다.

사존을 존경하지만 같이 밥을 먹는 것은 다른 문제였다.

항상 같은 식탁에 앉아 뼈다귀를 뜯을 수 있다는 건 별로 까다롭지 않은 관계라는 걸 의미했다. 최소한 같이 밥 먹는 사람의 쩝쩝거리는 소리에 익숙해야 하고, 게걸스럽게 먹는 모습이나 가끔 보이는 추태도 감당할 수 있어야 하기 때문이다.

설몽과 사매의 표정을 보아 하니, 초만녕이 식사하는 모습이 아무리 조용하고 고고한들 같이 밥을 먹는 건 여전히 어색하고 꺼려지는 일인 듯했다.

가끔일지라도 사존과 밥을 먹는 것은 그들에게 접대와도 같은 일이었다. 긴장해야 하고 예의를 차려야 했다. 밥 한 끼 먹는데 등이 뻣뻣하게 굳고 밥이 어디로 들어가는지도 몰랐다.

이를 잘 아는 초만녕이 의외라는 눈빛으로 묵연을 쳐다보다 이내 고개를 저었다. 그러고는 담백한 채소 접시들을 들고 평소늘 앉던 자리로 걸어갔다.

오 년 만에 먹는 맹파당의 밥이었다. 그가 앉으려는데, 식탁 모서리에 조각된 작은 동판이 눈에 들어왔다. 그 위에는 '옥형 장로 전용석'이라는 글자가 작게 새겨져 있었다.

설정옹이 미친 것인가!

초만녕은 나무 쟁반을 식탁 위에 거칠게 내려놓은 후 우울한 모습으로 자리에 앉았다. 아직 몇 입 먹지도 않았는데 갑자기 누군가가 그의 맞은편에 있는 의자를 빼더니 '옥형 장로 전용석'에 앉았다. 그러고는 자신이 가져온 쟁반을 초만녕의 접시 앞에 거의 부딪칠 정도로 가까이 놓았다.

초만녕이 눈을 들었다.

"……왜 왔느냐?"

"저쪽에 사람이 너무 많아서요."

묵연이 빙그레 웃으며 밥그릇을 들었다.

"사존이랑 같이 먹으려고요."

초만녕은 설몽이 있는 쪽을 흘끗 보고는 좀 황당하다는 생각이 들었다. 사람이 많다고?

초만녕 외에도, 묵연에게 버림받은 두 사람 역시 표정이 복잡한 건 마찬가지였다. 그들은 조용히 초만녕과 묵연이 있는 쪽을 쳐다보았다.

설몽이 중얼거렸다.

"개새끼, 저거 미친 거 아니야?"

묵연은 많은 걸 개의치 않았다. 그저 조금 전에 음식을 받는 초만녕을 보니 마음이 안 좋았을 뿐이다. 초만녕 이 사람은 입맛이 까다롭고 음식에 대한 기준이 너무 높았다. 이건 맛이 없어 못 먹겠다, 저건 속이 메스꺼워 못 먹겠다, 하는 말들을 입에 달고 살았다. 이런 모습은 좋지 않으며, 나이가 들면 분명 병에 걸릴 거라고 묵연은 생각했다.

예전에는 초만녕이 뭘 먹든 별로 신경 쓰지 않았지만 지금은 달랐다. 좋아하는 마음은 차치하고라도, 존경하는 마음으로 사존을 잘 먹여야 했다.

그러나 초만녕을 먹이는 건 하나의 학문에 맞먹는 수준이었다. 고양이를 먹이는 것처럼 한 번에 입에 쑤셔 넣으려고 하면 안 되었다. 먹기 싫어하면 묵연 역시 강요할 수 없었다.

그래서 묵연은 머리를 굴렸다. 비계와 살코기의 비율이 적절한 홍소육을 집어 초만녕의 그릇에 놓았다.

"사존, 이것 좀 드셔 보세요."

아니나 다를까, 초만녕이 미간을 찌푸리며 말했다.

"난 삼겹살 안 좋아한다. 가져가거라."

당연히 그럴 줄 알았던 묵연은 웃으며 말했다.

"달달하대요. 강남의 맛이 난대요."

초만녕이 말했다.

"강남의 고기 요리는 달라."

"드셔 보지도 않고 어떻게 아세요?"

"보기만 해도 알지."

"하지만 주방장이 이건 강남의 맛이라고 했어요."

묵연은 그물망을 펼치고 고양이가 걸려들길 기다리며 웃었다.

"맹파당의 주방장은 오래 일한 전문가인데, 설마 틀린 말을 했겠어요? 사존이 고향을 떠난 지 너무 오래돼서 홍소육이 어떻게 생겼는지 잊어버리신 게 분명해요."

초만녕이 말했다.

"……말 같지도 않은 소리군. 내가 어찌 이걸 몰라본단 말이냐?"

묵연은 홍소육 하나를 집어 자신의 입에 넣었다. 그러고는 정말 열심히 맛을 보는 척하다가 진지하게 말했다.

"아무래도 사존이 틀리신 것 같은데요. 단맛이 엄청 강해요. 못 믿겠으면 하나 드셔 보세요."

묵연의 꿍꿍이를 알 리가 없는 초만녕은 약간 분통이 터졌다. 그래서 젓가락을 들어 그릇의 홍소육을 집어 입 안에 넣었다.

"어때요?"

묵연이 웃음을 참으며 덫에 걸려든 커다란 하얀 고양이를 쳐다보았다.

초만녕이 진지하게 미간을 찌푸리며 말했다.

"아니야. 팔각향이 너무 강해. 내가 가서 주방장한테 말해야겠다. 강남의 홍소육은 이렇게 만드는 게 아니다."

"어어……."

묵연이 얼른 그를 붙잡았다. 약간 어이가 없었다. 이 사람이 원래부터 이렇게 진지했나? 주방장한테 가서 애기하면 내 작전이 다 탄로 나잖아? 묵연이 황급히 말했다.

"급하실 필요 없어요. 지금 주방장이 한창 바쁠 때잖아요. 사존이 드시고 아니라고 하시면 당연히 아닌 거겠죠. 이따 제가 가서 애기해 볼게요. 일단 우리 밥부터 빨리 먹어요."

그 말에도 일리가 있다고 생각했는지, 초만녕도 다시 자리에 앉아 밥을 먹기 시작했다.

묵연은 또 그를 놀려 먹을 속셈으로, 이번엔 생선을 집어다 놓았다.

초만녕의 젓가락이 멈췄다.

"준치?"

"예."

"안 먹는다. 가져가거라."

"왜 안 드세요?"

"싫어하니까."

묵연이 웃었다.

"가시가 많아서요?"

"……아니."

"사존은 항상 생선 고르실 때 가시가 없거나 가시가 커서 잘 발리는 것만 고르시던데요. 설마 가시가 작은 생선은 못 드시는 거 아니죠? 하하하."

그는 초만녕의 약점을 너무나 잘 알았고, 그 약점을 다루는 데에 특화되어 있었다. 역시나 초만녕은 또 걸려들었다. 그는 약간 화가 나서 말했다.

"정말 황당하군."

그러면서 묵연이 자신의 그릇에 놓은 준치를 집어 먹었다. 자신은 절대 가시가 많은 생선을 못 먹는 게 아니라는 걸 몸소 보여 주려는 것이었다.

그리하여 초만녕은 묵연의 작전에 넘어가 평소보다 훨씬 많은 고기 요리를 먹게 되었다. 거의 모든 채소와 고기를 다 맛본 셈이었다. 혼자 먹으면 금방 끝나던 한 끼 식사가 자기도 모르는 사이에 반 시진이 지나도록 끝나지 않았다.

그들이 그릇과 젓가락을 반납했을 때는 설몽 일행이 진즉에 그곳을 떠난 후였다. 맹파당에는 몇몇 제자만 남아 있었다. 묵연은 초만녕과 함께 홍련수사로 가는 오솔길을 걸었다. 석양이 저물고 저녁이 내려앉고 있었다.

저녁 바람이 불어왔다. 묵연은 손을 깍지 끼고 뒤통수에 댄 채 한가로이 걷다가 갑자기 웃었다.

"사존."

"뭐 하는 게냐?"

"아뇨. 그냥 사존 부른 거예요."

"……너 저녁에 너무 많이 먹은 것 같다."

묵연이 더욱 따뜻한 미소를 지었다.

"맞아요, 배가 엄청나게 부르네요. 사존, 저 앞으로도 사존이랑 밥 먹으면 안 돼요?"

묵연에게 다른 뜻이 없다는 걸 알면서도, 초만녕의 심장은 또다시 두근거렸다. 다행히 눈빛은 침착함을 유지했다.

"왜? 설몽이랑 싸웠느냐?"

"아뇨, 아뇨."

묵연이 손을 내저으며 웃었다.

"그냥, 그들과 같이 밥 먹은 지 너무 오래됐잖아요. 오 년 만에 다시 함께 먹으려니 좀 어색해서요. 불편하시면 내일은 다른 자리에 앉죠, 뭐. 혼자 먹으면 되니까요."

그는 당연히 '사존 혼자 먹는 모습이 안쓰러워서요'라거나 '더 많이 먹이고 싶어서요'와 같은 말은 할 수 없었다. 그런 말은 할 필요도 없었다. 어차피 통하지 않을 걸 알기 때문이었다. 결국 약한 척을 해야 했다. 혼자 먹는 내가 불쌍하다고, 같이 먹을 사람이 필요하다고 초만녕의 선한 마음을 건드려야 거절하지 않을 터였다.

묵연은 초만녕의 눈빛이 흔들리는 걸 놓치지 않았다. 조금만 더하면 걸려들 수 있다.

묵연이 말을 이어 갔다.

"그런데 사실 전 혼자 먹는 게 싫어요."

"왜?"

묵연은 부드러운 속눈썹을 내리깔았다. 그 미소의 반은 진짜였고 반은 초만녕을 살살 꼬시려는 가짜였다.

"사존은 안 그래요? 혼자 대충 먹으면 그건 그냥 배만 채우는 거죠."

그는 뜸을 들였다. 붉은 노을이 아름다웠다. 불어오는 바람이 이마의 머리칼을 쓸어 넘겼다. 그는 보조개가 쏙 들어간 얼굴로 다시 상대방을 응시했다.

"둘이 같이 먹으면 수다도 떨고, 이야기도 하고, 맛도 느끼고, 배 속이 따뜻해져요. 그거야말로 식사를 한다는 거죠."

"……."

"사존, 내일도 사존이랑 같이 먹어도 되죠?"

작은 사냥개의 가슴 따뜻한 얘기를 듣고 거절할 수 있는 사람은 없을 것이다.

묵연은 고집스럽게 사람의 마음을 움직였다.

"사존, 저 혼자 밖에서 오 년을 보냈어요. 사존이 깨어나셨으니 이제 사존이랑 같이 먹을 거예요."
그가 달콤하게 속삭였다.
"사존이 안 계시면 어색해요."
급기야 이런 말까지 했다.
"토끼 대가리도 안 먹고, 오리목도 안 먹을게요."
마지막에 가서는 푭, 하고 웃음이 터졌다. 이제는 초만녕의 옷소매를 잡고 떼쓰는 수준에 이르렀다.
"사존이랑 같이 쪽파두부무침도 먹고 계화연근조림도 먹을게요. 허락해 주세요, 네?"
마지막 말은 하지 않는 게 좋았을 뻔했다. 그 말을 듣자마자 초만녕은 갑자기 해묵은 빚이 생각나 안색이 어두워졌다. 그가 쓴웃음을 지으며 말했다.
"되긴 되지. 하지만 아침엔 나와 같은 걸 먹어야 한다."
묵연은 아무 생각 없이 대답부터 하고 다시 물었다.
"좋아요. 그게 뭔데요?"
"간장 넣은 연두부."
초만녕은 잔인하기 그지없었다.
"김도 넣어서."
알고 보니, 전부 사존이 하사역일 때 퐁당탕 먹던 날을 떠올린 복수였다!
초만녕이 이를 악물고 한 글자씩 힘주어 말했다.
"그리고 건새우."

144장 사존, 그 여자가 혼인한다는 게 진짜예요?

그날부터 맹파당에서는 기이한 광경이 펼쳐졌다.

아무도 감히 앉으려 하지 않았던 '옥형 장로 전용석'에 묵미우가 앉기 시작한 것이다.

맹파당을 오가는 제자들은 묵연과 초만녕이 마주 앉아 밥 먹는 모습을 항상 볼 수 있었다. 묵연은 종종 반찬을 집어 사존의 그릇에 놓아 주었다.

"오, 저기 좀 봐. 묵 사형이 장로한테 또 소고기를 집어 줬어. 저렇게 큰 걸 주다니, 난 옥형 장로가 안 먹는다는 데 걸게."

멀지 않은 곳에서 제자 몇몇이 속닥거렸다. 그들은 작은 소리로 내기하고 있었다.

"나도 안 먹는다에 한 표. 옥형 장로는 소고기를 별로 안 좋아하는 것 같아."

"그럼 난 먹는다에 건다. 방금 비둘기알도 몇 개 받았으니까."

그들은 숨죽여 두 사람을 주시했다. 초만녕이 미간을 찌푸린 채 젓가락으로 소고기 한 점을 툭툭 건드리며 우울한 표정으로 묵연에게 무어라 이야기했다.

거리가 멀어 정확히 무슨 말인지는 들리지 않았다. 묵연이 몇 마디 하자 초만녕의 표정은 더욱 어두워졌다.

초만녕이 먹지 않는다는 것에 걸었던 제자 갑, 을, 병의 표정이 즉각 밝아졌다. 그들은 너무 몰입한 나머지 국 뜨는 국자를 콧구멍에 넣을 뻔했다.

"빨리 봐. 장로가 안 먹는다, 안 먹어!"

"팔꿈치로 좀 치지 말고 조용히 해. 우리가 내기하는 걸 옥형 장로가 알기라도 하면 산 채로 살가죽을 벗겨 버릴걸!"

"헤헤, 그러거나 말거나, 은전 20냥은 내 것이다~."

그 제자가 식탁 위의 은전을 가져가려 했다. 손을 뻗는 순간 옆 사람이 매우 긴장된 목소리로 나지막이 말했다.

"잠깐, 아직 단정하긴 일러. 장로가 다시 젓가락을 들었어!"

"뭐라고?"

다시 보니 정말 초만녕이 소고기를 집어 들고 있는 게 아닌가. 내기 돈을 건 제자들의 마음이 요동쳤다. 백옥 젓가락이 심장을 들었다 놨다 했다. 숨통이 조여 아플 지경이었다.

"먹는다, 먹는다……. 은전 20냥, 20냥……."

초만녕이 소고기를 먹는다는 것에 승부를 건 제자가 끊임없이 중얼거리며 긴장한 나머지 다리까지 떨었다. 일순간 그의 시선이 멈추더니 그대로 얼어붙었다.

"아!"

옥형 장로가 집어 든 소고기를 다짜고짜 다시 묵연의 그릇에 내던진 것이다!

"하하하, 아슬아슬하게 이겼다!"

"내가 분명 안 먹을 거라고 말했잖아. 자, 은전은 다 내 거야."

내기에 진 제자는 탄식하며 풀이 죽은 표정으로 식탁에 머리를 처박고는 고개를 돌려 초만녕이 있는 곳을 멍하니 바라보았다.

장로님, 제가 잘못했어요. 장로님을 두고 내기하는 게 아니었는데. 이번 달에 영석 사려던 돈마저 다 날렸어요!

자신의 잘못을 후회하고 있을 때, 갑자기 묵연의 팔꿈치가 움직이는 게 보였다. 그가 커다란 몸을 앞으로 기울이더니, 초만녕에게 또 몇 마디를 건넸다. 그 후, 처참하게 패한 제자는 그들의 묵 사형이 다시 고기를 집어서, 거기에 야채까지 곁들여 초만녕의 입가로 가져가는 걸 두 눈으로 똑똑히 보았다.

"……."

"?"

제자들은 깜짝 놀라 할 말을 잃었다. 묵 사형이 지금 장로한테 음식을 직접 먹여 주는 건가?

초만녕도 적잖이 어색한 듯 젓가락을 들어 조금도 용납하지 않고 묵연의 젓가락을 쳤다. 그러면서 엄한 표정으로 말했다.

입 모양만 봐도 무슨 말인지 알 수 있었다.

내려놔!

묵연이 웃으며 야채와 소고기를 내려놓았다. 그러나 내려놓은 곳은 자신의 그릇이 아닌 사존의 그릇이었다. 초만녕은 어이가 없어 한숨을 쉬더니 그가 알아채지 못한 열몇 개의 눈이 쳐다보는 가운데 말없이 야채와 소고기를 먹었다.

"……."

내기한 제자들은 아연실색했다. 조금 전만 해도 자신이 수월하게 이겼다고 생각했던 제자들은 믿을 수 없다는 표정으로 손에 쥐고 있던 은전을 떨어뜨렸다.

풀이 죽은 채 엎드려 있던 제자는 곧바로 일어나 기운을 회복했다. 그가 눈빛을 반짝이며 열정적으로 말했다.

"하하하, 역전! 역전이야! 사형, 사제, 미안하게 됐네. 이 은전들은 다 내 거야. 하하하, 돈 벌었다! 내일 또 하자, 하하, 내일 또 해!"

저쪽에 앉은 스승과 제자는 이 사실을 꿈에도 몰랐다. 묵연은 젓가락을 들고 천천히 그릇 안의 밥을 헤집으면서 초만녕이 고개를 숙이고 소고기를 삼키는 모습을 지켜보았다.

맹파당 안은 조금 더웠다. 묵연이 왼팔 소매를 팔꿈치까지 걷어 올리자 튼튼하고 쭉 뻗은 팔뚝이 드러났고, 불끈 솟은 근육이 꿀색 피부 아래서 움직였다. 그가 국을 한 그릇 떴다. 그러고는 초만녕이 보지 않는 틈을 타 그의 그릇에 갈비 몇 덩어리를 더 넣었다. 고기는 아래쪽에 가라앉아 잘 보이지 않았다.

"사존, 몸속 한기를 쫓으려면 국 더 드세요."

"건더기는 없지?"

묵연이 눈을 깜박였다.

"그럴 거예요. 뜰 때 제대로 안 봐서 잘 모르겠지만요."

초만녕은 국의 표면을 쳐다봤다. 푸른색의 가느다란 풀 같은 것들이 떠다녔다. 보아하니 입맛에 맞을 것 같아, 초만녕은 거절하지 않고 한 숟가락 떠서 먹었다.

"어때요?"

"나쁘지 않다."

"그럼 남기면 안 되겠네요."

묵연이 웃으며 말했다.

"많이 드세요."

초만녕이 냉담하게 그를 흘겨보았다.

"감히 나한테 그런 말을 해? 앞으로는 음식을 많이 담아 오지 말거라. 네가 다 못 먹으면 나에게 떠넘길 것 아니냐."

"하하, 알겠어요. 다음부턴 조금만 가져올게요."

고개를 끄덕이는 초만녕을 보며 묵연은 그제야 자신의 국그릇을 들었다. 국이 뜨거워 호호 불자, 그릇 안에 가득했던 김이 퍼지면서 그의 강인한 얼굴이 한결 부드러워 보였다.

뜨거운 국은 참 오묘한 음식이었다. 그저 끓인 물에 고기와 야채, 조미료를 조금 넣은 것뿐인데 배 속과 마음을 따뜻하게 했다. 게다가 좋아하는 사람과 국을 함께 먹으니, 마치 작은 돌멩이 하나로 호수 위에 잔잔한 물결이 퍼져 나가며 반짝이는 빛을 내는 것처럼 마음이 충만했다.

묵연은 이 한평생 얻기 힘든 평온함 속에서 자기도 모르게 가벼운 한숨을 내쉬었다.

천천히 흐르는 세월을 삼키니 그저 국 한 그릇의 맛인데.

그는 이 국 한 그릇을 위해 그동안 이를 갈고 피를 빨았으며 수많은 사람을 죽였다. 국 한 그릇을 위해 뼈에 사무치도록 후회하고 창자가 녹아내리는 고통을 겪었다.

그는 국그릇을 두 손으로 들고 재빨리 마셨다.

마음속 불안감이든, 불확실한 미래든, 뉘우침과 죄책감이든, 지금 이 순간 그는 아무것도 생각하고 싶지 않았다. 그의 인생에서 평화로운 나날이란 손에 꼽을 정도로 적었고, 밤낮을 쉬지 않고 치열하게 쟁탈해야 얻을 수 있었다. 여유롭게 음미하고 싶지 않은 게 아니었다. 그는 설몽 같은 사람이 몹시 부러웠다. 날 때부터 부유해서 언제나 여유가 넘쳤기 때문이다.

묵연은 여유로울 수 없었다. 그가 가진 것은 언제나 적었다. 항상 이빨을 드러내며 빼앗아야 했고, 빼앗은 것은 다시 빼앗길까 두려웠다. 그러니 얻은 것은 무조건 재빨리 게 눈 감추듯 먹어 치울 수밖에 없었다. 그러므로 그는 원시적인 야생의 습성을 가지고 있었다. 음식을 배 속에 집어넣어야만, 위장에 숨겨야만 안심되었고 다시는 다른 사람에게 빼앗기지 않은 것처럼 진정으로 소유한 느낌이 들었다.

어렸을 때 그는 다른 아이와 음식을 놓고 싸웠다.

전생에서 그는 많은 선군과 천하를 놓고 싸웠다.

그런데 이번 생에서 그는, 그저 국 한 그릇이 먹고 싶을 뿐이었다.

그는 자신이 저지른 수많은 악행 때문에 언젠가 운명이 자신에게 철저한 계산을 요청하는 날이 올까 두려웠다. 그래서 아주 약간의 행복만 손에 넣은 뒤 미친 듯이 도망가고 싶었다. 운명을 저만치 멀리 따돌리고 싶었다.

큰 죄를 뉘우친 후 다시 처음부터 시작하고 싶은 사람들처럼, 묵연도 늘 웃고 있었지만 언제나 불안했다. '인과응보'가 괜히 있는 말이 아니라고 생각했다. 시끌벅적한 소란이 잦아들 때면 그는 눈앞의 평온함이 신기루처럼, 환영처럼 거짓 같았다. 언젠가 꿈에서 깨어나 결국 아무도 없는 무산전으로, 지옥으로 돌아갈 것 같았다.

그래서 그는 국이 식기 전에 몇 모금 더 마시고 싶었다.

언젠가 저지른 악행에 대한 벌로 사람들에게 멸시당하고, 운명의 심판을 받고, 차디찬 호수의 심연으로 다시 떨어지더라도, 이 한 모금의 열기가 그를 홀로 걸어갈 수 있게 할 것 같았다.

"무슨 생각을 하느냐?"

초만녕이 물었다.

"아."

정신을 차린 묵연이 낮게 대답했다. 그가 웃었다.

"아니에요. 배부르면 멍하니 있는 걸 좋아해요."

초만녕이 그의 빈 그릇을 힐끔거렸다.

"다 먹었느냐?"

"예."

"오늘 나온 갈비탕을 아주 좋아하는 모양이구나."

"하하, 네."

초만녕이 그의 그릇을 가져가며 말했다.

"더 갖다주마."

그가 얼른 국을 더 받아 왔다. 그릇이 다시 국으로 가득 찼다. 조금 뜨거웠는지, 초만녕은 그릇을 내려놓자마자 손가락으로 귓불을 녹였다. 귀는 따뜻해졌고, 손가락은 식었다.

그가 다시 앉으며 말했다.

"먹어라."

"그릇 가득 있네요."

"천천히 먹어."

초만녕이 말했다.

"부족하면 더 있다. 아무도 안 뺏어 먹어."

별거 아닌 이 한마디에 묵연의 마음이 꿈틀했다. 그는 국그릇을 두 손으로 든 채 새카만 속눈썹을 내리깔았다. 그러고는 옅은 비음이 섞인 웃음소리로 대답했다.

"예."

초만녕은 모를 것이다. 이 순간 '부족하면 더 있다, 아무도 안 뺏어 먹어'라는 말에 눈물 흘리지 않기 위해, 가득 찬 국그릇을 들고서 평생을 통틀어 가장 필사적인 노력을 했다는 것을.

초만녕이 떠나고 오 년이 흐르는 동안, 그는 자책하며 고통의 시간을 보냈다.

오 년 후, 그의 사존은 그에게 천천히 먹으라고 했다.

묵연은 갑자기 마음이 너무 아팠다. 초만녕과 가까워질수록 슬픔이 밀려왔다. 사실 대부분의 일은 주의를 기울이지 않으면 뒤에 숨겨진 감정을 알아차리기 힘들지만, 그는 요즘 열심히 주의를 기울였고 초만녕이 자신에게 얼마나 너그러운지, 얼마나 따뜻한지 알게 되었다.

이런 사람을, 내가 전생에 그렇게 짓밟았다니.

이번 생에선 덕행도 없고 능력도 없는데 군자 근처에나 갈 수 있을까?

그의 심장이 고통스럽게 요동쳤다. 난 그에게 어울리지 않아.

초만녕에게서 멀리 떨어져야 해. 내가 무슨 염치로 이렇게 초만녕을 향해 웃고 잘해 주는 걸까? 정말 후안무치가 따로 없었다!

그러나 다른 한편으로 그는 언제나 갈망했다. 이러면 되지 않을까. 그냥 이렇게 지내면 안 되는 걸까. 긴긴 이번 생을 바쳐 과거의 잘못을 조금이나마 갚을 수 있지 않을까?

나는 온몸에 죄업을 진 채 시체의 산에서 돌아왔다.

나는 전생에서 피투성이가 되었던 손으로, 이번 생에서는 따뜻한 국그릇을 들고 있다.

나는 여생을 무릎 꿇은 채 살다가 연옥으로 돌아가도 되지만, 당신만큼은…… 잔을 들고 음미하길 바란다.

"사존."

어느 틈엔가 설몽이 와 있었다.

묵연은 정신을 차렸다. 사실 초만녕이 죽은 후, 그는 거의 온종일 이렇게 자책과 불안의 나날을 보냈다. 이런 감정에 오랫동안 빠져 있다 보니 사람이 우울해 보였고, 주위 사람들에게도 좋은 일은 아니었다. 그래서 그는 계속 감정을 조절하려고 노력했고, 최근 일 년 동안 조금씩 나아지고 있었다.

그러나 일상에서 가끔 한두 가지가 그의 마음을 건드렸다. 말 한마디나 사소한 일에도 그는 또다시 깊은 갈등과 자기혐오에 빠지곤 했다.

그가 고개를 들어 설몽을 쳐다봤다. 얼굴에 가시지 않은 우울함이 설몽을 깜짝 놀라게 했다.

"아이고. 야, 이 개새끼가 지금 뭐 하는 거야? 왜 그런 눈으로 날 봐? 내가 빚이라도 졌냐?"

묵연은 조금 전 그 감정의 표류에서 금방 제자리를 찾지 못한 걸 알고 억지웃음을 지어 보였다.

"배가 너무 부르네. 사존한테 볼일 있어? 얘기 나눠. 난 나가서 바람 좀 쐴게."

"가지 마. 너도 앉아. 너랑도 관련 있는 일이야."

"나랑? 무슨 일인데?"

설몽의 얼굴에 알 수 없는 표정이 스쳤다.

"실망하지 말고 들어……."

초만녕이 말했다.

"됐다, 설몽. 그냥 말하거라."

"네네."

묵연의 조바심을 끌어내려던 설몽이 사존의 말을 듣자마자 서둘러 말했다.

"그게 말이야, 방금 청첩장을 받았어. 송추동이 혼인한대."

묵연이 질겁하며 순식간에 안색이 변하더니, 백지장처럼 하얗게 질려 버렸다.

송추동 때문이 아니라 설몽 때문이었다. 묵연은 이번 생에서 송추동이 어떤 여자인지 알고 있었기 때문에 어떻게든 그녀를 피하려 했다. 그와 그녀는 맑은 물보다도 더 맑은, 그 어떤 특별한 사이도 아니었다.

그런데 설몽은…….

설몽은 왜 내가 송추동의 혼인 때문에 실망할 거라고 생각한 거지?

묵연의 심장이 오그라들었다. 그는 불현듯 얼마 전 계속 자신을 괴롭힌 가짜 구진이 떠올랐다. 수면 밑에 숨어 정체를 꼭꼭 감춘, 배후 세력이었던 그자.

그자도 환생했을 가능성이 높았다. 그렇다면 그는 묵연의 과거에 대해서도, 묵연이 전생에 저지른 악행에 대해서도 손바닥 들여다보듯 훤히 알고 있을 터였다!

묵연은 하얗게 질린 얼굴로 침착한 척하려 애썼다. 그는 담담하게 설몽을 바라보았다.

"그게 어떻게 나와 관련이 있다는 거지?"

"설마 몰랐어?"

설몽이 이상하다는 듯 말했다.

"오늘 유풍문에서 청첩장이 왔는데 그 송 낭자가 너한테만 특별히 서신을 써서 보냈대. 너랑 아무 관계도 아닌데 뭐 하러 서신을 썼겠어? 묵연, 너한테 뭐라고 하는 건 아니고 도대체 언제 그 낭자를 건드린 거야?"

"……."

묵연은 가시방석에 앉은 듯 마음을 가라앉히지 못했다. 한참이 지나 그가 입을 열었다.

"나한테 서신을 보냈다고? 잘못 보낸 거겠지……."

"그럴 수가 없어."

설몽이 옷섶에서 서신 한 통을 꺼내 묵연이 앉은 식탁에 탁 내려놓았다.

"하얀 건 종이요 까만 건 글자니라. 묵 선군께, 추동 드림. 이래도 잘못 보냈다고?"

서신을 본 묵연의 심장이 요동쳤다. 머릿속에서 수많은 생각이 스쳤다.

송추동의 글씨가 맞았다. 어째서 송추동과 이번 생에서 우연히 마주치고, 혼인하기 전에 어째서 나에게 서신을 쓴 거지?

설몽이 팔짱을 끼며 언짢은 기색을 비쳤다.

"혼자 볼 거야, 아니면 여기서 우리랑 같이 볼 거야?"

"……."

묵연이 고개를 반쯤 돌렸다. 초만녕이 미간을 찌푸린 채 자신을 바라보고 있었다.

"열어?"

설몽은 화가 나서 견딜 수 없었다. 방탕한 이성 관계를 맺은 사람을 가장 혐오하기 때문이다. 그는 약간 기세등등한 표정이었다.

일이 정말 이렇게 된 거라면 더는 숨을 곳이 없어…….

묵연은 조마조마한 마음으로 차갑게 식은 손을 내밀었다. 그러고는 말없이 서신 봉투를 천천히 열었다.

145장 사존, 하실 말씀이 있으면 좋게 말로 해 주세요

안에는 글자 몇 줄이 쓰인 얇은 종이 한 장뿐이었다.

묵연은 보자마자 심장이 덜컹 내려앉았다. 몰래 길게 심호흡을 한 후에야, 겹겹이 입은 옷이 전부 식은땀에 젖었다는 것을 알아차렸다.

설몽도 다가와 서신을 읽었다.

"뭐야."

그는 보자마자 미간을 잔뜩 찌푸렸다.

"이게 다야?"

"……그럼 뭐가 더 있겠어. 난 그 여자 잘 모른다니까."

긴장이 풀리자, 묵연은 진심으로 웃으며 서신을 식탁에 내려놓았다.

"하도 호들갑을 떨어서 놀랐잖아."

요 몇 년간, 묵연은 동분서주하며 악명 높은 귀신들을 많이

처단했다. 그중에는 운몽 연못의 오랜 골칫거리인 잉어 정령도 있었다. 법력이 매우 강하고 외딴곳에 살기 때문에 정령과 싸우러 찾아갔던 많은 수사는 대부분 동굴을 장식하는 백골이 되고 말았다.

운몽 연못은 요기가 가득해서 요괴가 수련을 거쳐 정령이 되기 쉬운 곳이었다. 그러나 잉어는 애초에 공격력이 강한 동물이 아니었다. 수련한 요괴라도 필살기가 이렇게 강할 수는 없었다. 묵연은 정령과 80합이 넘는 격투를 벌인 후, 마침내 '견귀'로 그 목을 졸라 죽였다. 잉어의 배를 갈라 보고 나서야 그토록 강한 이유를 알게 되었다.

"그때 그 잉어 정령 말이에요, 배 속에 망서[#4]의 수정석 하나가 있었어요."

묵연이 웃으며 말했다.

"이 수정석은 천 년의 달빛을 모아 만든 귀한 영석이라 무기로 단련해도 좋고 영핵 수련에 써도 좋았죠."

초만녕이 말했다.

"그녀는 그저 접골미인석인데, 그걸로 뭘 하려는 거지?"

"남편에게 주려는 거래요. 그녀의 남편은 불의 영핵을 가지고 있는데, 몇 년 동안 수련을 너무 급하게 해서 주화입마 할 위험이 있대요. 가격은 얼마든 괜찮으니 저한테서 망서의 수정석을 살 수 있냐고 물어보는 거예요. 혼수로 가져가서 남편의 사기(邪氣)를 쫓으려고요."

설몽이 고개를 끄덕였다.

#4 망서 望舒. 중국 전설 중 달의 마차를 모는 신

"남편의 안위를 위해 거금도 마다하지 않다니, 흔치 않은 정성이야."

그 말을 들은 묵연이 웃으며 말했다.

"돈이 어딨겠어? 그렇게 곱게 생긴 얼굴로 살가운 말 몇 마디 하면서 유풍문에 손을 내밀면 거절할 수 있는 제자가 있을까? 넌 가능하겠냐?"

설몽이 재깍 눈을 부라렸다.

"나를 여색에 눈먼 사람으로 취급하지 말아 줄래?"

"화낼 필요 없어. 그냥 예시일 뿐이니까."

묵연이 서신을 설몽에게 돌려주었다. 사생지전에서는 회신하지 않을 편지는 장서각의 함에 보관했다. 묵연이 말했다.

"보관해."

설몽이 의아해했다.

"보관하라고?"

"안 해? 태워 버려도 되고."

"……아니."

설몽은 조급해하며 말을 이었다.

"혼수로 영석을 구한다잖아. 공짜로 달라는 것도 아니고, 거금도 치를 만큼 저렇게 간절한데 왜 안 팔아?"

"안 팔고 싶은 게 아니야. 내가 가지고 있어도 어차피 소용없는 영석이거든. 근데 난 이미 너한테 줬는데."

"나, 나한테?"

"그래."

묵연이 웃으며 설몽이 허리에 차고 있는 패도 용성을 가리켰다.

"몇 년 전에 내가 수정석 하나 줬잖아. 백부님께 용성을 단련해 달라면서 드렸던 거 말이야. 이제 예전의 용성이 아니지. 네가 잘 사용해서 신무와 다를 바 없어졌어. 그 잉어 정령한테 고마워해야 해."

설몽의 입이 딱 벌어졌다. 그는 할 말을 잃었다.

묵연이 천하를 돌아다니다 보석 하나를 얻은 걸로만 생각했지 이 보석이 어디서 난 건지는 의문을 가져 본 적이 없었다. 그는 언제나 묵연에게 약간 화가 난 상태였다. 묵연이 나쁜 놈이든 착한 놈이든 그는 늘 묵연에게 날을 세웠고, 딴지를 걸었다.

묵연이 용성을 승화시킬 수 있도록 보석을 주었다는 이야기를 아버지로부터 전해 들었을 때도, 내심 감동하긴 했지만 분했다. 아무 까닭 없이 경쟁 상대의 호의를 받은 기분이었기 때문이다. 더 묻고 싶지 않았던 그는 곧바로 아버지에게 용성을 단련하러 답설궁으로 가시라 청했다.

묵연이 준 게 가치가 어마어마한 '망서의 수정석'이었다니. 설몽은 갑자기 마음이 복잡해져 뭐라 말로 표현할 수 없는 감정에 사로잡혔다.

그가 한참이 지나 더듬거리며 말했다.

"고마워."

"별말씀을."

묵연이 웃으며 손을 내저었다.

"마침 때가 맞았을 뿐이야."

표정이 더욱 굳어진 설몽이 우기듯 말했다.

"고마운 건 네가 아니라 황천길로 가 버린 그 잉어 정령이야.

걔한테 고마운 거라고."

"하하하, 그럼 앞으로 잉어는 먹지 마. 은인을 위한 공덕을 쌓으라고."

"흥!"

왁자지껄 웃고 떠드는 사이, 갑자기 뭔가 떠오른 묵연이 보조개를 쏙 집어넣고 물었다.

"맞다, 조금 전에 놀라서 물어본다는 걸 깜빡했어. 송추동이 누구랑 혼인한다고 했더라? 이렇게 일을 크게 벌이다니 말이야. 어린 사매에 불과한 그녀가 여기저기 청첩장을 보내 유풍문을 떠들썩하게 하다니, 정말 대단해. 벽담장이랑 혼인하는 건가?"

"아니야."

"벽담장이 아니라고? 나는 그 징그럽게 생긴 장주 노인네가 유풍문이랑 친하길래, 송추동을 그 노인네한테 보내는 줄 알았지."

묵연이 웃으며 말했다.

"그럼 어느 문파야? 유풍문과 혼인 관계를 맺으면서 이렇게 떠들썩하게 치르는 데가…… 설마 답설궁은 아니겠지?"

"무슨 생각을 하는 거야!"

설몽이 그를 노려보았다.

"어째서 무조건 다른 문파와 맺을 거라고만 생각해?"

묵연이 멈칫했다. 미소가 약간 굳었다.

"그럼 또 누가 있어?"

"남궁사! 너 잊었구나, 유풍문의 이 제멋대로인 공자가 장가 들 나이가 되었다고. 송추동 정도의 미모면 그에게……."

아직 말을 끝맺기도 전에 묵연이 벌떡 일어나 소리쳤다.

"남궁사?"

설몽은 깜짝 놀랐다.

"왜 이래?"

"그녀…… 그녀가 어떻게 남궁사한테 시집을 가? 어떻게……."

소스라치게 놀란 묵연의 마음에 사나운 파도가 일렁였다. 파도는 오랫동안 잠잠해지지 않았다. 그가 중얼거렸다.

"남궁사……."

그가 이런 반응을 보인 건 당연했다.

전생에서는 이맘때쯤 남궁사가 이미 중병에 걸려 숨을 거두었던 것이다!

묵연은 최근 몇 년 동안 유민의 전란에 전력을 다하느라 명문정파들의 큰일에 신경 쓸 겨를이 없었다. 더군다나 유풍문은 그와 접점이 별로 없었기 때문에 저절로 그의 관심 밖으로 밀려났다. 그런데 지금, 설몽이 돌연 그에게 송추동과 남궁사의 혼인 소식을 전했다는 건……. 그는 불현듯 깨달았다!

뭔가 잘못됐다.

모든 게 잘못됐어. 이 세계의 운명이 바뀐 거야. 나에게 일어난 일뿐만 아니라, 아무 상관 없어 보이는 유풍문까지 전부 다 변했어.

진즉 관에 누워 있어야 할 사람이 장례는커녕 혼례를 치르고, 전생에서 황후였던 사람을 아내로 맞이하려 하다니…….

정말이지 소름 끼치는 소식이었다. 그는 순간 목이 메어 숨이 턱 하고 막혔다.

게다가 남궁사의 눈이 어떻게 된 건가! 이런 여자를 좋아한다고?

그러나 축하할 일은 축하해야 했고, 보낼 선물은 보내야 했다. 남궁 장문이 청첩장까지 보내왔는데 어찌 안 갈 수가 있겠는가? 혼사는 이번 달 15일로 정해졌다. 설정옹은 문파의 일들을 잘 나누어 탐랑과 선기 두 장로에게 맡기고 임기로 떠날 채비를 했다.

수진계의 예절에 따라 왕 부인과 설몽, 묵연도 함께 가야 했다. 남궁사는 특별히 초만녕도 콕 집어 초대했다. 어릴 적 옥형 장로의 가르침을 받았으니 꼭 자리를 빛내 달라는 말을 보내왔으므로 초만녕도 가야 했다.

"오늘날 제일문파인 유풍문의 소주가 혼인한다니, 천하의 명망 있는 인물들이 모두 축하하러 올 거다."

설정옹이 말했다.

"사생지전이 평소엔 사소한 것에 주의를 기울이지 않지만, 이런 곳에 가서는 격식을 잘 지켜야 해. 사람들의 웃음거리가 되어선 안 된다."

설몽이 물었다.

"무슨 격식이요? 전 제가 격식을 잘 차린다고 생각하는데요."

설정옹이 그의 귀밑머리를 잡아당겼다.

"이 머리 장신구부터 잘못됐다. 네가 쓴 건 금관이잖아."

"금관이 어때서요?"

왕 부인이 부드럽게 웃으며 말했다.

"몽아, 처음 참석하는 혼례라 모르는 게 많을 게다. 이 어미가 말해 줄 테니 잘 들으렴. 상수진계의 혼례에서는 신랑만이 머리에 금장식을 할 수 있단다. 네가 금관을 쓰고 가면 신랑의 자리를 뺏은 거나 다름없으니 분명 웃음거리가 될 거야."

설몽의 얼굴이 순식간에 달아올랐다. 그가 더듬거리며 말했다.

"신랑 자리를 뺏는다고요? 아니, 아니, 전 아니에요."

묵연이 그를 놀렸다.

"그렇게 되면 너를 송 낭자와 같이 묶어서 작은 방에 가둘 텐데, 정말 섬뜩하지?"

"갇힐 사람은 너야!"

설몽은 수치스럽기도 하고 화도 났다.

"안 쓰면 될 거 아니야!"

설정옹이 말했다.

"지금 보니 너희 모두 하객의 복장 규정을 잘 모르는 것 같구나. 이렇게 하자. 사람을 시켜 너희들에게 옷을 맞춰 주라고 할 테니 그걸 입도록 해라."

그는 잠시 뜸을 들이다가 초만녕을 바라보며 떠보듯이 질문했다.

"옥형, 그래도 되겠소?"

다른 사람이야 옷을 잘못 입어도 웃음거리만 되면 그만이었다. 그러나 초만녕 이 친구는 워낙 흰옷을 즐겨 입는 사람이라, 이렇게라도 언질을 주지 않으면 아마 머리끝부터 발끝까지 흰옷을 두르고 혼례에 갈 가능성이 없지 않았다. 그렇게 되면 남궁류는 분노한 나머지 피를 토할 테고, 사생지전과 유풍문 사이에는 앙금만 남게 될 것이었다.

초만녕이 대답했다.

"좋습니다."

출발하기 전날 밤, 설정옹이 맞춰 준 하객용 의복이 도착했다. 그가 특별히 임기의 재봉사에게 부탁해 만든 것으로, 격식 있고 바느질이 꼼꼼하며 매우 아름다웠다. 설몽처럼 까다로운 사람도 옷을 받은 후 만족스럽게 끄덕거릴 정도였다.

묵연은 잘 접은 깨끗한 옷을 받쳐 들고 사생지전의 남봉에 올라 홍련수사에 들어가면서 즐거운 목소리로 말했다.

"사존, 백부님께서 이 옷을 사존께 전해 드리라고 하셨어요."

연화지 옆을 지나던 묵연이 검을 휘두르는 초만녕을 발견했다.

초만녕의 두 번째 무기가 검이었다. 그러나 그 검은 살기가 가득하고 천지를 휩쓰는 힘이 있어 초만녕도 웬만해선 사용하지 않았다. 하지만 날은 갈지 않으면 무뎌지고 검술은 연습하지 않으면 몸에 배지 않는 법. 사용할 일이 없어도 초만녕은 때때로 검을 꺼내 한참을 휘두르곤 했다.

살을 에듯 서늘한 달빛 아래에서 그는 연습 때문에 더웠는지 겉옷을 벗고 흰색 비단 중의(中衣)만 입고 있었다. 비단은 밤바람이 불 때마다 하늘하늘 나부끼고 흩어지듯 팔랑였다.

그는 보통 때처럼 머리카락을 하나로 높이 올려 묶지 않고, 한데 모아 높이 틀어 올렸다. 그래서인지 얼굴이 더욱 활기차 보이면서도 날카로워 보였다. 장검이 울고, 검날이 흰 눈 같았다. 검을 휘두르는 그의 자태는 힘차면서도 부드러웠다. 두 다리에 긴장과 이완의 박자가 조화로웠고, 당겨진 검 끝이 물에 비친 연꽃처럼 맑았다. 교룡이 하늘을 가르듯 차가운 빛이 번쩍하더니 당겼다가 늦추고, 풀어 주고 조이고 하는 동작이 한 치의 오차도 없이 정확했다. 묵연은 멀지 않은 곳에 서서 그 모습을 바라보았다. 어떤 결점도 찾을 수 없었다.

이때, 초만녕의 눈썹 산이 꿈틀하더니 장검이 연화지의 한 지점을 가리켰다. 초식은 맹렬했다. 연못의 물결이 검기에 의해 둘로 나뉘더니 검 끝에서 나오는 힘에 막혀 합쳐지지 못했다……. 검으로 물을 가른 것이다! 그는 발끝으로 서서 몸을 날렸다. 자신이 갈라놓은 물결 사이를 가뿐히 날아가며 두 팔을 쫙 벌렸다. 그러고는 하얀 소매를 펄럭거리며 신선처럼 연못 반대편의 정자에 내려앉았다.

"사존!"

묵연은 그가 더 멀리 날아가기 전에 황급히 쫓아가 정자 아래에서 그를 불렀다. 밝은 달이 높이 걸려 있었고 밤공기는 조금 쌀쌀했다. 정자 옆의 커다란 해당화 나무에서 눈처럼 부드러운 하얀 꽃잎이 흩날리고 있었다. 초만녕은 정자의 모서리를 밟고 섰다. 살짝 풀어 헤쳐진 옷섶 사이로 옥색 달빛이 비쳤다. 인기척을 느낀 그가 아래를 내려다보았다. 까만 눈이 반짝였다. 숨을 몰아쉬는 그의 입술이 검술 연습을 한 후라 혈색이 도니, 그 모습이 어느 때보다 아름다웠다.

"넌 어쩐 일이냐?"

이마에 흘러내린 머리가 밤바람에 날렸다. 그가 눈을 가늘게 떴다.

"옷 가져다드리러 왔어요. 잘 맞는지 한번 입어 보실래요?"

초만녕이 가볍게 콧방귀를 뀌었다. 묵연도 지금은 사람들의 존경을 받는 종사인데, 자신이 깨어난 이후 한 번도 그와 겨뤄 본 적이 없다는 사실이 문득 생각났다. 그는 자기도 모르게 마음이 동했다. 정신을 차리고 보니 이미 검을 잡고 사뿐히 내려가 낮게 소리친 후였다.

"일단 네가 내 검을 받아낼 수 있는지부터 보겠다!"

146장 사존은 타고나길 관능적이시다

급습에 깜짝 놀란 묵연이 재빨리 뒤로 물러섰다. 검날이 그의 앞가슴을 스쳤다.

"서랑 겨룰 때 겨루더라도, 일단 옷부터 입어 보세요. 백부님께서 기다리고 계신다고요."

"대결 먼저 하고 그다음에 입어 보겠다."

"백부님께서 많이 기다리신다니까요. 재봉사도 아직 계세요. 안 맞는 부분이 있으면 수선해야 하잖아요."

"그러니 얼른 탁초[#5]하자꾸나."

초만녕은 이럴 때 설몽과 아주 비슷했다. 무술 겨루기에 대한 마음이 한번 발동하면 도저히 꺾기가 어려웠다. 두 사람이 한마디씩 주고받는 중에도 장검은 쉭쉭 소리를 내며 묵연의 여기저기를 공격해 왔다. 다행히 오랜 연마를 통해 실력을 갈고닦은

#5 탁초 두 사람이 공격과 수비를 나눠 진행하는 무술 연습

묵연이 재빨리 피했기에 망정이지, 그러지 않았다면 사람은 무사하더라도 초만녕의 공격을 못 이겨 옷이 너덜너덜해졌을 것이다.

검신이 순식간에 묵연의 어깨에 닿았다. 초만녕은 얼른 힘을 빼고 검의 옆 날로 그를 툭 건드린 다음, 조소를 지으며 도발했다.

"묵 종사, 겨우 이거냐?"

묵연은 어찌할 방도가 없었다. 손에 들고 있는 옷을 내려놓을 곳이 없어 쓴웃음을 지으며 말했다.

"이제는 봐주지 않고 절 괴롭히기로 하신 거예요?"

초만녕의 눈빛이 칼처럼 날카로웠다. 그가 눈썹을 살짝 찌푸렸다.

"설마 내가 널 평생 봐줄 거라고 생각했느냐?"

"하하, 그건 그렇네요."

"……할 거냐, 말 거냐."

"알았어요, 알았어. 할게요, 하면 되잖아요."

묵연이 웃으며 고개를 저었다. 손끝에서 불꽃이 일었다.

"견귀 소환!"

견귀를 소환했지만, 초만녕의 손에는 보통의 무기만 들려 있었다. 그래서 묵연도 견귀에 영력을 불어넣지 않았다. 버드나무 가지를 단단히 잡는 그때, 검이 또 앞에서 날아들었다. 묵연은 수 척을 후퇴하며 빠르게 버드나무 채찍을 휘둘러 검의 손잡이를 감았다. 그러나 초만녕은 전혀 개의치 않고 손목을 휙 당겨 속박을 풀었다. 그러고는 귀신처럼 빠르게 묵연의 뒤로 날아가 긴 칼날을 묵연의 목 앞에 바짝 갖다 댔다.

초만녕이 뒤에 붙어 서서 음산하게 말했다.

"열심히 하지 않는구나. 다시 해."

그의 뜨겁고 부드러운 숨결이 묵연의 귓가를 스쳤다. 묵연은 순간 목이 바싹 마르는 걸 느꼈다. 목울대가 검날 아래에서 오르락내리락했다. 그가 낮게 웃으며 말했다.

"성급하게 단정 짓지 마시고 다시 잘 보세요. 제가 열심히 안 했다고요?"

말이 떨어지자마자 초만녕은 묵연의 버드나무 가지가 어느 틈엔가 자신의 팔을 감고 있다는 걸 알아차렸다. 버드나무 가지가 그를 단단히 옭아맨 나머지 옴짝달싹하기 어려웠다.

초만녕이 자신의 팔을 한참이나 응시했다. 그러다 그의 눈에서 문득 날카로운 빛이 반짝였다.

"음? 훌륭하군. 방금 한 말은 취소하겠다."

묵연이 웃으며 말했다.

"취소하고 싶다고 취소하는 게 어딨어요?"

"어쩔 작정이냐?"

"가서 옷을 갈아입으셔야죠."

초만녕이 콧방귀를 뀌었다.

"……승부를 낸 후 다시 얘기하자."

그는 자신의 강한 영력을 오른팔에 불어넣어 견귀를 떼어 냈다. 그 후 재빨리 뒤로 물러난 그가 묵연과 멀어지던 그때, 검광이 번쩍이더니 하늘 높이 솟아오른 검기가 묵연 쪽으로 날아갔다.

묵연도 어쩔 수 없이 채찍을 휘두르며 날아올랐다. 그 순간, 버드나무 가지와 장검이 공중에서 쟁그랑 소리를 냈다. 두 무기 모두 영력이 들어가지 않았기 때문에 영류가 서로 부딪치며 불꽃이 날아다니는 장관이 펼쳐지진 않았지만, 초식마다 최고 경지에 달했고 구름이 흐르듯, 물이 흐르듯 매끄러웠다. 묵연은 한 손에 초만녕의 예복을 들고 있어서 초만녕도 오른손으로만 싸웠다. 두 사람은 눈 깜짝할 사이에 100 초식을 넘겼지만 여전히 막상막하였다.

초만녕의 호흡이 가빠졌다. 뜨거운 땀 한 방울이 그의 새카맣고 날카로운 눈썹을 타고 속눈썹까지 흘러내렸다. 그러나 묵연과의 대결 때문에 신경 쓸 겨를이 없었다. 땀방울은 속눈썹을 지나 눈에 들어갔고, 그는 눈을 깜박이지 않으려 애썼다. 두 눈동자에서 밤하늘을 밝히는 극광처럼 놀랍고도 무시무시한 빛이 뿜어져 나왔다.

제자는 북두선존의 공격성에 제대로 불을 지폈다. 그는 원래 통쾌한 전투와 대결을 좋아했지만, 평소에는 냉담하고 도도했다. 대결할 상대가 없었기 때문이다. 그러나 묵연은 횃불처럼 기운찬 소리를 내며 독주에 불을 밝혔다. 그 순간, 불빛이 아득한 하늘을 비추었다.

대결이 막바지에 접어들었다. 장검은 강력한 충격을 더는 버텨 내지 못하고 '빠직' 하며 불길한 소리를 내더니, 두 사람이 공중에서 날린 일격에 윙윙거리다 결국 두 대종사 사이에서 반짝이는 수천수만 개의 쇳조각으로 산산이 부서졌다!

"검까지 부러졌네요."

묵연이 어쩔 수 없다는 듯 말했다.

"그래도 계속하나요?"

초만녕의 눈에서는 여전히 불길이 타오르고 있었다. 그가 칼자루를 내던졌다. 살짝 벌어진 흰옷의 옷섶 사이로 탄탄한 몸이 더욱 돋보였다. 그가 간결하고 힘 있게 말했다.

"계속해."

"……."

묵연이 견귀를 집어넣기도 전에 민첩한 초만녕은 마치 잔뜩 당겨진 현처럼, 시위를 떠난 화살처럼, 숲속의 표범과 설원의 매처럼 곧장 묵연을 공격했다. 묵연은 허둥지둥 견귀를 집어넣고 팔을 들어서 막았다. 두 사람은 새로운 방식으로 겨뤘지만 역시나 승패를 가리기 어려웠다.

맨몸 대결은 무기를 들고 하는 대결과 달랐다. 키가 크고 힘이 센 사람이 우위를 점하기가 쉬웠다. 초만녕과 묵연의 실력은 별로 차이가 없었으나 이번엔 초만녕이 확실히 불리했다.

묵연이 웃었다.

"사존, 그만하죠. 영력을 안 쓰면 사존은 솔직히 절 이길 수 없어요."

초만녕이 버럭 분노했다.

"버르장머리 없는 놈이 오만하군!"

"오만이라뇨. 사존께서 화가 나시면 제가 10 초식을 양보할게요."

"묵미우!"

초만녕의 수치심은 분노로 변했다. 그의 권법이 더욱 빠르고 강해졌다.

해당화가 바람에 날리는 눈송이처럼 부드럽게 흩날렸다. 나무 아래 스승과 제자는 갖은 방법을 다 써 가며 서로를 공격했다. 또다시 80합이 넘어가자, 초만녕은 서서히 체력이 바닥나는 것을 느꼈다. 묵연이 오기 전 이미 반 시진 동안 검술 연습을 한 데다, 묵연과 100합을 넘게 겨뤘으니 피곤이 몰려올 만도 했다.

그래도 그의 눈은 여전히 반짝였다. 심장은 빠르게 뛰었고 준수한 얼굴은 찬란하게 빛났다.

대결이 이어질수록 힘의 균형도 더욱 비슷해졌다. 그때, 초만녕이 갑자기 몸을 돌려 팔꿈치로 묵연의 가슴뼈를 가격하려 했으나 곧바로 묵연에게 가로막혔다.

두 사람은 서로 버텼다. 팔과 팔이 떨리고 있었다.

초만녕의 팔은 묵연에게 단단히 붙잡혀 있었다. 두껍고 긴 손가락이 그의 뼈를 으스러뜨릴 것만 같았다.

묵연의 야성과 정복욕이 살과 살을 맞대는 대결을 하면서 불타올랐다. 그가 갑자기 세게 힘을 주더니 마침내 초만녕의 힘을 꺾었다. 그러고는 곧장 반대쪽 손으로…….

초만녕은 헉, 하고 놀랐다. 정신을 차렸을 때 그는 이미 땀으로 흠뻑 젖은 묵연의 품속에 단단히 갇혀 버린 후였다.

"계속하나요?"

묵연이 등 뒤에서 웃음기를 띤 목소리로 말했다. 묵연의 넓은 가슴에 그의 등이 밀착되어 있었다. 심장이 빠르게 뛰고 있는 젊은 남자의 가슴은 불처럼 뜨거웠고, 쇠처럼 튼튼했으며, 불타오르는 바위처럼 그를 통째로 집어삼킬 것 같았다. 그의 귓가에 내뿜는 묵연의 뜨거운 숨결은 훤히 드러난 목덜미에 오롯이 와 닿았다. 초만녕은 머리를 틀어 올리고 있어서 목덜미를 가리는 머리카락이 없으니, 상대의 이리 같은 무서운 숨결을 더 잘 느낄 수 있었다. 그를 꿰뚫어 갈가리 찢을 것만 같은 수컷의 숨결이었다.

사나운 대결 끝에 그의 품에 안겨 느낀 끈적한 땀은 봄날의 빗물처럼 촉촉했다…….

"사존, 계속하나요?"

초만녕은 아랫입술을 꽉 깨물었다. 봉안이 점점 충혈되었다.

빌어먹을, 분하다, 분해!

다시 싸우려던 찰나, 묵연의 입술이 닿았다. 우연의 일치였을까. 귓불을 아슬아슬하게 스치고 지나간 그 거칠고도 뜨거운 느낌에 초만녕은 닭살이 확 돋았다. 그는 소름이 끼쳐 이를 악물고 말했다.

"이거 놔!"

그의 말은 매몰찼지만, 그의 몸은 묵연의 품 안에서 미세하게 떨렸다. 다행히 대결 때문에 힘이 빠져서 묵연은 그가 무엇 때문에 몸을 떠는지 구분할 수가 없었다. 사실 묵연 역시 자기 몸을 챙길 여력이 부족해, 초만녕의 이상한 낌새를 알아차릴 여유가 없었다.

초만녕의 귀에 그의 낮은 목소리가 들렸다. 정욕이 짙게 섞인 쉰 목소리로 조소를 띠며 말했다.

"놔주면, 방에 가서 옷 갈아입으실 거예요?"

초만녕은 충혈된 눈으로 격노했다.

"……이 손 놔!"

그의 회피는 상대의 더 강하고 거친 압박이 되어 돌아왔다. 초만녕의 팔뚝은 거의 비틀어졌다. 몸의 힘이 풀린 그가 자기도 모르게 쉰 목소리로 낮게 끙끙거렸다.

그 소리는 침상 위에서의 신음과 흡사했다. 묵연의 몸이 순간 굳었고 하체가 곧바로 반응했다. 초만녕과 이렇게 가까이 붙어 있는 상황에서, 그는 사존이 자신의 뜨겁고도 단단한 그것을 알아챌까 두려웠다. 묵연은 감히 초만녕이 알도록 내버려 둘 수 없었다. 그는 무의식적으로 초만녕을 밀어냈고, 다시는 뒤에서 이렇게 제압할 엄두조차 내지 못했다.

묵연이 손을 놓는 순간, 기회를 얻은 초만녕은 꽉 잡혀 있던 얼얼해진 팔을 감싸 안으며 분을 풀듯 세차게 다리를 날렸다. 제대로 힘을 실어, 미처 손쓸 틈도 없던 묵연을 바닥에 내동댕이쳤다. 묵연은 그가 갑자기 뒷발질할 거라고는 상상도 하지 못했다. 완전히 걷어차인 묵연은 바닥에 벌러덩 자빠졌다. 갈비뼈가 부러질 것 같은 통증에 얼굴이 일그러졌다.

"사존, 이건 너무……."

비겁한 승리 아닙니까.

뒷말은 감히 꺼낼 수 없었다. 아파서 눈물이 가득 고인 눈을 겨우 가늘게 뜨며 억지로 고개를 들어 초만녕을 보았다.

사존의 중의가 풀어 헤쳐져 있었다. 흰 비단옷의 앞섶은 격렬한 대결로 진즉에 활짝 열어젖혀졌고, 탄탄하고 매끄러운 가슴이 가쁜 숨을 따라 오르락내리락하고 있었다. 초만녕은 헐떡거리면서 풀어 헤쳐진 옷의 앞섶을 홱 잡아당겼다. 앞머리도 헝클어졌고 틀어 올렸던 머리도 제멋대로 흐트러졌다. 격렬한 싸움으로 눈두덩마저 붉어졌다.

초만녕이 천천히 몸을 일으키며 묵연을 내려다보았다. 약간 쳐든 턱, 이글이글 타오르는 눈빛, 그의 도도한 위엄은 여전했다.

숨을 돌린 그가 말했다.

"네가 졌다. 큰 키도 소용없군."

묵연은 울지도 웃지도 못했다. 말을 하는데 입가에 피거품까지 올라왔다.

"그러게요, 졌네요. 사존한테 차여서 뼈까지 부러질 뻔했는데."

"……."

그가 이렇게 말하니 초만녕도 약간 켕기긴 했다. 조금 전 신나게 차느라 자신이 마지막에 힘을 뺐는지조차 기억나지 않았다. 그는 묵연에게 다가가 몸을 구부리고 갈비뼈를 눌러 보았다.

"차인 데가 여기냐?"

"이쪽이요……."

"아프냐?"

아픈 건 당연했다. 그러나 열대여섯 소년도 아닌데, 사존에게 어디가 어떻게 아픈지 늘어놓고 싶지는 않았다.

초만녕은 그의 안색이 좋지 않은 걸 보더니, 잘 접힌 옷을 한 손에 들고 다른 한 손에 힘을 실어 묵연을 부축하려 했다. 그러나 뜻밖에도 이미 힘을 너무 많이 쓴 데다 묵연이 무겁고 키도 커서, 힘을 줘 끌어당겨도 묵연은 꿈쩍도 하지 않았다. 오히려 초만녕이 묵연의 몸 위로 넘어져 버렸다. 그는 아래에 깔린 사람이 통증에 신음하는 소리를 듣고는 얼른 일어나 앉아 묵연의 상처를 보려고 했다.

"괜찮으냐?"

초만녕의 얼굴이 하얗게 질렸다.

묵연은 미간을 찌푸린 채 손을 이마에 얹었다.

"우선 좀 내려오세요."

그래, 말을 할 수 있는 걸 보니 깔려 죽진 않았군.

초만녕은 서둘러 일어나려 했지만 힘 빠진 사람이 한번 넘어지면 다시 몸을 일으키기가 힘든 법. 그는 다리가 풀려 제대로 서 있기도 어려웠기에 자꾸 주저앉았다.

이번에 주저앉은 위치는 하필 묵연의 가랑이 위였다. 초만녕은 처음엔 미처 주의를 기울이지 못했다. 그러나 그는 지금 얇은 비단옷 하나만 입고 있으며, 위치도 대단히 민망하다는 것을 금방 알아차렸다. 살짝 움직이자마자, 딱딱하고 큰 뭔가가 일촉즉발의 상태로 자신의 아래에 눌려 있다는 것을 느낄 수 있었다.

147장 사존, 저 못 일어나겠어요

"……."

"……."

초만녕은 어디서 나오는지 모를 알 수 없는 힘을 짜내 황급히 홱 일어섰다. 입술은 약하게 떨렸고 얼굴은 붉으락푸르락했다. 깜짝 놀란 것 같기도 하고 겁에 질린 것 같기도 했다.

위풍당당한 옥형 장로가 뜻밖에도 이런 일에 겁을 먹다니.

묵연은 갑자기 마음이 어수선하고 불안했다. 그는 사존의 발에 차여 여전히 통증이 느껴지는 가슴을 부여잡고 일어나 앉아 조심스럽게 말했다.

"사존……."

초만녕은 꼬리를 밟힌 동물처럼 뒤로 크게 한 걸음 물러났다.

휘둥그레진 그의 봉안이 안쓰러워 보였다.

정말 많이 놀랐나 보다…….

묵연이 쓴웃음을 지었다.

"죄송해요. 전…… 그게 아니고……."

그러나 무슨 말을 해야 할지 몰랐다.

초만녕의 머릿속에서는 온갖 잡념이 사나운 파도처럼 밀어닥쳤다. 전 뭐? 그게 아니고 뭐? 묵연의 몸이 왜 반응한 거지? 내가 착각했나? 만약 반응한 게 아니라면 평소에도 저렇게 단단하고 크다고? 그렇다면 얼마나…….

문득 그 망할 놈의 순위가 생각났다. 그리고 그 위에 적혀 있던 글자도.

절대 범상하지 않다.

초만녕의 얼굴이 시뻘게졌다. 묵연이 뭔가 말하려고 하자 그가 손을 홱 들어 올렸다.

"말하지 마. 돌아가."

묵연은 자기 때문에 사존이 화났다고 생각해 가야겠다고 생각했다. 그가 통증을 참으며 일어나다 말고 반쯤 구부린 자세로 나지막이 말했다.

"사존, 죄송해요. 일부러 그런 거 아니에요."

초만녕이 복잡한 표정으로 말없이 그를 바라보았다. 생각이 많아 보였지만, 사실은 아무 생각도 없었다. 그의 머릿속은 온통 '절대 범상하지 않다'라는 말로 가득 차 있을 뿐이었다.

묵연이 가고, 초만녕은 그 자리에서 한참을 우두커니 서 있었다.

팔의 솜털이 일제히 쭈뼛거렸고 어안이 벙벙했다.

문득, 오래전 금성호에 검을 구하러 갔을 때가 생각났다. 온천욕을 하다가 묵연이 발을 잘못 디뎌 우연히 자신에게 넘어진 적이 있었다. 그러나 그때는 눈 깜짝할 사이에 일어난 일이라 자신이 착각한 것일 수도 있다고 생각했다. 그러나 조금 전 묵연이 직접 죄송하다고, 일부러 그런 건 아니라고 말한 걸로 봐서는 그는 정말로…… 욕망이 일어난 거였다……. 자신만의 착각이 아니었다.

남자는 때론 눈앞의 장면만을 보고도 욕망이 일어날 수 있다. 지극히 정상적인 일이다. 그러나 초만녕은 가슴에 손을 얹고 생각해 봐도 자신이 매력적이라는 생각이 들지 않았다. 천하에 자신보다 아름다운 사람은 차고 넘쳤다. 설마 묵연이 이렇게 온몸이 땀에 절고 머리가 헝클어진 모습을 좋아한다고?

……내가 볼 게 뭐가 있다고.

정신이 여전히 혼미했다. 다리 사이의 소름 돋는 감촉은 오래도록 사그라지지 않았다. 옷을 입고 있는데도 그렇게 생기 넘치고 무시무시하다니.

온갖 번잡한 생각의 흐름 속에서, 뜬금없는 생각 하나가 갑자기 고개를 들었다.

그는 생각했다. 이런 상황에서 그것이 눈에 보이면, 과연 누가 참을 수 있을까…….

초만녕은 우울한 표정으로 어금니를 꽉 깨물었다. 그러나 얼굴의 홍조는 사라지지 않았고 봉안 속 눈동자는 아득하고 흐릿했다.

마치 열이 나는 것처럼 뜨거운 불길에 사로잡혔다.

바깥에서 한참을 서 있다가 방에 들어온 초만녕은 틀어 올렸던 머리를 풀었다. 그러고는 머리끈을 입에 물고 다시 긴 머리카락을 잘 모아 말총 모양으로 단단히 묶었다.

그는 긴 숨을 내쉬며 구리거울 속에 비친 자신의 모습을 바라보았다.

봉안은 길고 얇았다. 웃지 않을 때는 위엄 있고 사나운 느낌이어서 전혀 호감형이 아니었다.

높지 않은 코는 부드러운 곡선을 그리고 있었다. 윤곽이 또렷하지 않아서 전혀 호감형이 아니었다.

입은…….

됐다. 이놈의 주둥이는 그 속에서 나오는 말처럼 메말랐고, 흐릿했으며, 온기가 없었다. 당연히 호감형이 아니었다.

묵연이 갑자기 왜 열정이 끓었는지 아무도 모를 일이었다.

초만녕은 정사라는 일에 대해 언제나 극히 보수적이었고 아는 것도 거의 없었다. 음란한 서적은 닿기만 해도 손가락이 더러워진다고 생각했다. 결국, 그는 한참 동안 거울을 쳐다봤으나 아무 답도 얻을 수가 없었다.

됐다.

생각하지 말자. 연애 경험이 없는 옥형 장로는 속으로 생각했다. 꼭 정욕이 일어날 때만 남자 몸에 반응이 오는 건 아니니까. 그냥 우연의 일치일 수도 있고.

다음 날, 설정옹과 왕 부인은 일찌감치 산문 앞에서 세 사람을 기다리고 있었다. 가장 먼저 온 사람은 설몽이었다. 그는 평소에 늘 사생지전의 은남색 경갑을 입고 있어서 오만해 보였다.

그러나 오늘은 장중하게 흩날리는 예복을 입고, 머리도 단정하게 빗어 넘긴 다음 벽옥색 비녀만 꽂았다. 사람이 완전히 달라 보였다. 점잖고 귀티가 났고 신발에서도 풍치가 느껴졌다.

부모님을 발견하자 자신의 모습이 어색했는지 옷깃을 당기며 말했다.

"아버지, 어머니."

설정옹은 감탄을 금치 못했다.

"우리 몽이, 멋지구나. 엄마를 쏙 빼닮았어."

왕 부인이 아름다운 눈을 내리깔았다. 남편에게 칭찬을 들어서인지 얼굴도 붉게 물들었다.

그녀가 설몽에게 손짓했다.

"자, 몽아, 이리 오렴."

설몽이 그녀 앞에 섰다. 고개를 들어 그를 바라보는 그녀의 눈에는 덧없이 흘려보낸 세월이 담겨 있었다. 잠시 후, 그녀가 가볍게 한숨을 내쉬었다.

"옷이 너를 더 돋보이게 하는구나. 피부도 하얘 보이고. 아주 멋져."

설몽이 웃었다.

"어머니께서 잘 낳아 주셔서 그런 거죠."

"실없는 소리 하는 건 네 아버지를 쏙 빼닮았구나."

왕 부인은 새삼 감격스러웠다.

"눈 깜짝할 사이에 이십몇 년이 흐르다니……."

설몽은 그녀의 다음 말이 무엇일지 알 것 같았다. 그는 굳은 표정으로 자기도 모르게 뒤로 조금 물러났다.

그러나 아무 소용이 없었다. 어머니의 잔소리를 벗어나는 건 불가능했다.

아니나 다를까, 왕 부인이 그를 붙잡으며 간곡하고 의미심장하게 말했다.

“몽아, 오늘 유풍문 남궁 공자의 혼사를 축하하러 간다. 보렴, 너도 남궁 공자와 나이가 비슷하니 혼담을 꺼낼 때가 된 것 아니니?”

“어머니, 전 아직 혼인 생각이 없어요……. 좋아하는 사람도 없는걸요…….”

설몽이 중얼거렸다.

“좋아하는 사람이 없는 건 이 어미도 알지. 그러니 이번 연회에서 다른 문파의 낭자들을 눈여겨보라는 거야. 꼭 돈이 많거나 미모가 뛰어날 필요는 없단다. 그저 사람 좋고 네가 마음에 든다면, 어미가 잘 애기해서 너한테 중매가 들어오도록 해 볼게.”

설몽의 얼굴이 달아올랐다.

“아직 그럴 만한 사람도 없는데 벌써 중매까지 생각하신 거예요?”

“그저 말해 본 것뿐이야…….”

“전 아무도 맘에 안 들어요. 상수진계에서 봤던 그 여자들, 오히려 저보다도 안 예쁘던데 그 여자들을 아내로 맞아들이면 저만 손해 아니에요? 혼인 안 해요, 안 해.”

설몽은 머리를 딸랑이처럼 흔들다가 갑자기 교묘한 생각이 떠올랐다.

“그리고 왜 저만 가지고 그러세요? 묵연은 저보다 한 살이 많잖아요? 걱정 안 되세요? 그리고 우리 사존…….”

"옥형 장로는 이미 경지를 넘어선 사람 아니니? 지금 그분과 비교를 하는 거니?"

왕 부인은 조금 우스웠다.

"됐다, 재촉하지 않으마. 신경 써서 살펴보라고 하는 얘기다. 마음에 드는 사람이 없으면 어쩔 수 없지. 억지로 한다고 되는 일이 아니니 말이야."

옆에 있던 설정옹이 잠시 생각하다 입을 열었다.

"몽이 말도 일리는 있어. 내가 옥형에게 혼사 얘길 꺼낸 적이 있거든."

"네?"

설몽이 깜짝 놀랐다.

"사존께 그런 얘길 하셨다고요? 사존이 싫어하지 않으셨어요?"

"싫어했지."

설정옹이 쓴웃음을 지었다.

"날 내쫓았다."

설몽이 폭소를 터뜨렸다.

"제가 말했잖아요. 사존은 이미 뼛속까지 신선이 되신 분이라니까요. 천신이 아니라 천신을 능가하는 분이죠. 본능이나 욕구 같은 건 진즉에 사라졌을 텐데, 혼인이 무슨 필요가 있겠어요?"

설정옹은 동의하지 않는다는 듯 한숨을 쉬었다. 아들에게 더 이야기하려는데 왕 부인이 갑자기 소매로 입을 가리며 작게 말했다.

"부군, 그만 애기하세요. 옥형 장로가 와요."

아직 걷히지 않은 새벽안개를 뚫고 초만녕이 청석이 깔린 축축한 길 위를 천천히 걸어오고 있었다. 장포의 소매가 바람에 흩날렸다.

그는 자귀꽃이 수놓인 장포를 걸치고 있었다. 단정한 월백색 장포의 테두리에는 금사가 둘러져 있어 걸을 때마다 빛이 은은하게 흘러내리는 것처럼 보였다. 백옥 비녀로 머리를 고정했는데, 비녀 끝에는 홍옥으로 조각한 매화가 상감되어 있었다. 전체적으로 단정하고 장중하며, 차가움 속에 고고함이 배어 있었다.

그때, 갑자기 힘이 빠진 설정옹이 입을 벌렸다가 얼른 다물었다.

설몽의 말이 맞아.

어떤 여자가 과연 옆에서 그의 빛에 소멸되지 않고 그의 기세에 도망가지 않을 수 있을까?

천신이 속세에 내려와 산문 앞에 섰다. 그는 미간을 찌푸리고는 설정옹을 한번 쳐다보았다.

"존주."

"하하, 옥형. 옷이 정말 잘 어울리는군."

초만녕이 손을 들어 매듭과 모양이 아주 복잡한 향낭 하나를 꺼내 흔들었다. 그가 말했다.

"예복과 같이 온 이 향낭은 보통의 향낭과는 아주 다르더군요."

"아, 그건 임기의 끈 공예가가 만든 것이야. 어떤가?"

까마득히 높은 곳에 있어 아무도 닿을 수 없는 천신 도사님이 날카로운 눈썹을 찌푸리며 말했다.

"너무 어려워서 묶질 못하겠습니다. 존주께서 좀 알려 주십시오."

"……."

설정옹이 세 번을 가르쳐 줬지만 초만녕은 계속 매듭을 묶지 못했고, 결국은 포기해 버렸다. 보다 못한 설몽이 사존의 향낭을 묶어 주었다. 몇 번만 감으니 허리에 잘 묶였다. 그걸 본 초만녕은 의외라는 듯 칭찬했다.

"훌륭하구나."

옆에서 보던 설정옹은 다시 생각을 바꿨다. 세상에나, 이런 사람이 짝이 없으면 죽을 때까지 제대로 할 줄 아는 게 없을 거 아니야?

잠시 후, 묵연도 도착했다. 그는 안색이 별로 좋지 않았는데, 어제 초만녕에게 너무 심하게 차인 탓이었다. 치료를 받기도 민망했다. 누구 때문에 이렇게 된 건지 물어볼 게 뻔한데 옥형 장로에게 차였다고는 말할 수 없지 않은가?

그저 조용히 앉아 안정을 취하는 것밖에 방법이 없었다. 지금은 그래도 좀 나아져서, 호흡이 곤란할 정도로 아프진 않았다.

그런데 설정옹 옆에 조용히 서서 그를 기다리고 있는 초만녕이 보였다. 금사로 수놓인 월백색의 예복을 입고 있는 남자. 옷깃이 높아 금욕적이고도 장중했다. 정말 단정하고 바르며 준수한 남자였다.

묵연은 심장이 '두근' 하자마자 겨우 안정된 호흡이 또다시 가빠지며 엉망이 되었다.

"으윽!"

정말 죽을 노릇이었다. 그는 절대 좋아해서는 안 되며 다시는 건드리지 않겠다고 맹세한 남자를 좋아하게 되고 말았다.

인생을 두 번 사는 노인네는 갓 스물을 넘긴 애송이처럼 젊고 충동적이었으며, 혈기 왕성했다. 사랑하는 사람의 눈길 한 번에, 바뀐 옷 하나에도 세상이 요동쳤고 바람과 물이 움직였다. 그렇게 즐거움도, 슬픔도, 심장 박동과 호흡도 다 그와 관련이 있었다. 심지어 창문으로 들어오는 달빛마저, 달빛 속에서 혼자 쓸쓸히 걷는 개미마저, 그 개미를 유혹하는 꽃술마저도 전부 그와 관련이 있었다.

사랑의 감정 속에서 묵연은 고통스러웠고 답답했다.

꽃 한 송이, 풀잎 하나도 모두 그인데, 정작 그를 얻을 수도, 딸 수도 없었기 때문이다.

젠장, 세상은 어딜 가든 나를 괴롭히는군.

설정옹은 문파의 일을 모두 탐랑 장로에게 잠시 맡기고, 청첩장을 챙겨 아내와 자식들을 데리고 출발했다.

초만녕은 외출 시 일정이 촉박하지 않으면 거의 마차를 탔다. 이번에도 다르지 않았다. 일행 모두가 여유롭게 천천히 임기로 향하며 자연 풍광을 감상했다. 어쩌다 하찮은 요괴들을 만나면 손쉽게 처리하기도 했다.

열흘 만에 그들은 대성에 도착했다.

대성은 연지가 유명했다. 성에 도착하자마자 설정옹은 왕 부인을 데리고 연지를 사러 갔다. 설몽은 늙은 부부가 저렇게 붙어 다니는 걸 못마땅해하며 몸에 돋은 닭살을 문질렀다. 그리고 그들을 따라가지 않고 초만녕, 묵연과 길거리 찻집의 자리 하나를 차지하고 앉아 부모님을 기다렸다.

예전에 머물렀던 곳에 다시 돌아오니 세 명 모두 감회가 새로웠다.

설몽이 말했다.

"사매가 없어서 아쉽네. 사매가 있었으면 육 년 전 검을 구하러 갔을 때랑 같은 상황인데. 욱영봉 정상에서 놀 수도 있고."

묵연이 웃으며 말했다.

"가짜 구진이 지키고 있을 텐데 무섭지도 않아? 널 보자마자 호수 아래로 끌고 가 옛일을 얘기할 텐데."

가짜 구진 얘기가 나오자 초만녕이 미간을 찌푸렸다.

"오 년 동안 꼼짝도 안 한 건가?"

묵연이 말했다.

"잘은 모르겠지만, 몇 번 큰 난리가 난 적이 있었는데 아직도 해결이 안 됐어요. 다 신무와 관련이 있고요. 그가 의심되지만 증거가 없어요."

설몽이 손으로 잔을 만지작거리다가 묵연을 바라보며 말했다.

"난 그 현안들이 가짜 구진과 관련 없어 보여. 생각해 봐, 몇 년 전만 해도 정화의 영체를 찾으려고 안달이었잖아. 네가 목령의 정화라서 너를 쫓아가 해치려고 했던 거고. 그러니까 그가 찾는 건 사람이지, 무기가 아닐 거라는 얘기야."

초만녕이 중얼거렸다.

"하지만 최근 오 년 동안 산 사람이 계속 실종되는 일은 없었잖느냐."

묵연이 턱을 괴고 말했다.

"저도 포위나 함정 같은 건 보지 못했어요. 하지만 오 년 동안 제 행적이 드러나지 않아서 제가 어디 있는지 모를 거예요."

세 사람은 모두 각자의 생각에 빠져 침묵했다. 찻집 여주인이 그들이 주문한 찻잎과 말린 과일을 내주고 나서야 설몽이 머리를 긁적이며 입을 열었다.

"혹시, 나쁜 짓을 너무 많이 해서 혼자 불장난하다가 불에 타 죽은 건 아닐까요?"

"……."

"그렇게 보지 마. 사악한 법술이 반대로 튕겨 나오는 경우도 있긴 하잖아."

설몽이 중얼거렸다.

"그렇지 않고서야 왜 오 년 동안 별 움직임이 없었겠어?"

묵연이 갑자기 말했다.

"다른 가능성이 있어."

"뭔데?"

"사존도 오 년 동안 아무것도 안 하셨잖아."

묵연이 말을 꺼내자마자 설몽이 곧바로 젓가락으로 그를 쳤다.

"무슨 뜻이야? 사존을 가짜 구진으로 의심하는 거야?"

"……내 말이 끝날 때까지 좀 기다릴 수 없냐."

묵연이 어이가 없다는 듯 말했다.

"예를 드는 거야. 만약 신무 도난 사건이 가짜 구진과 무관하다면, 가짜 구진은 오 년 동안 정말 아무 일도 안 한 거지. 그렇다면 그 역시 사존과 마찬가지로 어떤 이유로든 다쳤다거나 아니면 다른 무언가로 인해 어딘가에 틀어박혀서 나올 수가 없었던 거지."

그가 여기까지 얘기하더니 갑자기 뭔가 생각난 듯 멍한 표정을 지었다.

"사존……."
"왜?"
묵연은 방금 떠오른 생각을 믿을 수 없다는 듯 고개를 절레절레 흔들었다. 잠시 머뭇거리다 이내 우물거리며 네 글자를 꺼냈다.
"회죄대사……."
오 년 동안 다른 고수는 몰라도 딱 한 사람, 초만녕과 같이 홍련수사에 갇혀 아무 데도 가지 못한 사람이 있었다.
회죄대사.
그러나 이건 너무나 대역무도한 발상이었다. 회죄대사는 어쨌거나 초만녕을 가르친 은사였다. 묵연은 회죄대사에 대한 사존의 마음을 알 수가 없어 감히 섣부른 발언을 할 수 없었다.
초만녕이 말했다.
"그건 생각할 필요도 없다. 그는 아니야."
그는 대충 얼버무렸지만 일말의 주저함도 없었다.
묵연도 얼른 고개를 끄덕였다. 초만녕이 회죄대사 문하에서 배웠던 어린 시절의 일을 말하고 싶어 하지 않는다면, 그 역시도 억지로 물어볼 생각은 없었다.
묵연이 계속 생각에 잠긴 모습으로 말했다.
"그럼 오 년 동안 종적을 감춘 다른 고수는 없을까요?"
"고월야의 장문 강희가 있지."
설몽이 말했다.
"영산논검에 모든 장문인이 다 왔는데, 강희만 병이 났다면서 안 왔어. 모습을 드러내는 법이 거의 없지."
묵연이 비웃었다.

"그분은 네 어머니의 사형이잖아? 그분을 의심하는 거야?"

초만녕이 말했다.

"강희는 자신을 고고한 사람으로 여겨서, 고월야가 유풍문에 속해 있다는 걸 탐탁지 않게 생각했지. 남궁류가 10대 문파의 수장이 된 후로는 최근 오 년뿐만 아니라 전부터 어느 모임도 가지 않았다."

"또 떠오르는 사람은 없네요."

설몽이 말했다.

"에이, 됐어. 그만 생각해야겠어요. 단서도 너무 적고. 머리통이 아플 지경이에요."

마침 왕 부인과 설정옹이 돌아왔다. 날이 저물고 있어서 다섯 사람은 대성에서 묵을 곳을 찾아 나섰다.

설몽이 말했다.

"좋은 객잔을 한 곳 알아요. 온천욕도 할 수 있어요."

묵연은 대충 짐작해도 설몽이 말하는 곳이 어딘지 알 것 같았다. 몇 년 전 우리가 묵었던 그곳 아니야?

그때 온천욕을 하다가 영문도 모른 채 초만녕의 품에 넘어졌었지…….

생각이 여기에 미치자, 그는 자기도 모르게 헛기침을 하고 조용히 고개를 돌렸다. 자신의 옅은 부끄러움과 기대를 들키고 싶지 않아서였다. 그러나 심장은 어찌할 바 모를 정도로 빠르게 뛰기 시작했다.

조금 과장해서 말하면, 설몽은 자신이 좋아하는 것은 맹목적으로 떠받들며 오점엔 눈을 감았다. 그런데 또 싫어하는 것은 죽기 살기로 밟아 버리고 재기할 기회 같은 건 주지 않았다. 아버지만큼 아들을 잘 아는 사람이 없다고 했던가. 설정옹은 아들의 말은 반만 믿는 게 낫다고 생각했기 때문에 묵연에게 물었다.

"연아, 너도 그 객잔에 묵어 봤지? 어땠니?"

묵연은 또 헛기침했다. 백부님을 똑바로 바라볼 수가 없었다.

"……괜찮았던 거 같아요."

"그러면 거기서 묵자꾸나."

설정옹이 결정을 내렸다. 묵연의 손바닥에서 식은땀이 났다. 마음이 두근거려 손가락이 살짝 움츠러들었다.

"네."

그는 고개를 숙인 채 온순하게 대답했지만 마음속으론 다른 생각을 하고 있었다. 내가…… 그때처럼 사존과 같이 목욕할 수 있을까…….

그는 불현듯 몽롱한 물안개 속의 호리호리하고 멋진 몸을 떠올렸다. 날렵하고 탄탄한 선, 어떻게든 탐하고 싶은 충동을 일으키는 몸이었다.

초만녕과 목욕하게 되면 뿌연 수증기 속에서 내가 과연 참을 수 있을까?

갈 곳을 정하자 하나둘씩 자리에서 일어났다. 설몽은 손에 쥔 땅콩을 다 먹은 후 부스러기를 털어 내고 일어나서는, 아직도 멍하니 자리에 앉아 있는 사촌 형을 바라보았다.

"뭐 해, 안 가?"

묵연의 얼굴에 미묘한 표정이 어렸다. 석양 때문이었을까. 잘생긴 얼굴이 붉게 달아오른 것 같았다.

그는 잔에 차를 따르며 일어나려 하지 않았다. 약간 민망한 듯 계속 앉은 채로 헛기침을 했다.

"……이렇게 많이 시켜 놓고 다 먹지도 않고 가다니, 낭비야. 먼저들 가세요. 전 길을 아니까 차 다 마시고 갈게요."

148장 사존과 방이 바뀌다

이 작은 마을은 욱영봉으로 유명한 곳이었다. 그러나 가짜 구진 사건이 있고 나서 금성호에 있던 무기가 모조리 파괴되어 버리자, 순식간에 몇 년이 지난 후엔 차츰 몰락의 길을 걷기 시작했다. 무기를 거래하는 사람들이 묵던 객잔도 장사가 시원찮아지니 차츰 업종을 바꿨다.

스승과 제자 일행이 묵었던, 온천욕을 할 수 있는 객잔은 용케도 살아남아 영업을 하고 있었다. 게다가 남궁 공자의 혼사로 유풍문을 방문하는 하객들이 대부분 대성에서 쉬어 갔기 때문에 이 객잔은 과거의 활기를 회복했다.

설정옹이 대나무 발을 걷어 올리며 대청으로 들어섰다.

"주인장, 방 있소?"

"네 분이세요?"

설정옹이 대답하기 직전에 뒤에서 낮은 목소리가 들려왔다.

"아뇨, 다섯이요."

서둘러 뒤쫓아 온 묵연이 딱 맞게 도착했다.

설몽이 놀란 눈으로 그를 쳐다보았다.

"이렇게 빨리?"

묵연은 처음엔 멈칫했으나, 이내 어두운 얼굴을 하고 속으로 분개했다. 흥분이 천천히 사그라드나 보지? 길거리 찻집에 앉아 청심술 좀 외워 보시지.

그러나 설몽이 말하는 것과 자신이 생각하는 게 서로 다르다는 것을 알고 있었기에 화를 내기도 뭣해서, 그저 꾹 참고 고개를 끄덕이는 수밖에 없었다.

"해바라기씨를 껍질째로 다 먹어 치웠나 보네."

"……."

"다섯 분이시고, 방은 몇 개 드릴까요?"

설정옹이 말했다.

"나와 집사람이 하나, 그리고 최고급 결채로 세 개, 총 네 개 주시오."

백부의 말을 말없이 듣고 있던 묵연의 마음이 희미하게 두근거렸다. 그는 사실 그때의 대화가 재현되길 바라고 있었다. 객실이 꽉 차서 어쩔 수 없이 방을 같이 써야 한다고 말하면 그는…….

됐다, 어차피 아무것도 할 수 없다. 초만녕과 단둘이 방을 쓴다는 생각만으로도 가슴이 뜨거워지고, 불안했고, 흥분됐다. 그의 혈관을 따라 흐르는 것은 여전히 짐승의 피였다.

그러나 우연은 그렇게 자주 발생하지 않았다. 이번엔 주인장이 즐겁게 말했다.

"좋아요, 최고급 방 네 개!"

그는 몸을 돌려 수납장에서 열쇠를 꺼내고는 목소리를 길게 빼며 소리쳤다.

"손님, 2층입니다. 이쪽으로……."

묵연은 약간 언짢은 표정으로 조용히 주인장을 힐끔거렸다.

멍청한 자식, 방 네 개가 그렇게 기뻐? 좋을 게 뭐야! 뭐가 기쁘냐고! 돈 좀 더 버는 게 그렇게 좋냐!

"연아, 남의 집 계산대를 부여잡고 뭐 하는 거냐?"

"……."

묵연은 담담하게 손을 거두고 희미하게 웃었다. 계산대에서 아래쪽으로 구부러진 부분은 벌써 그가 쥐어뜯은 흔적이 남아 버렸다. 힘을 조금만 더 주면 부서질 것 같았다.

"아무것도 아니에요."

그는 설정옹에게서 열쇠를 받아 위층으로 올라갔다. 자신의 방 앞에 선 그가 멈칫했다.

고개를 돌려 보니 초만녕도 자신을 보고 있었다.

"거기가 네 방이냐?"

"아…… 네."

묵연이 머뭇거렸다. 속눈썹을 아래로 내리깔았다가, 다시 눈을 들어 까맣게 반짝이는 눈으로 초만녕의 얼굴을 바라보았다.

"사존, 기억나세요?"

"……뭐가?"

묵연이 자신의 방문을 가리키며 말했다.

"신무를 구하러 왔을 때 사존이 묵으셨던 방이 바로 여기잖아요."

"……."

묵연은 조심스레 그를 쳐다보며 목소리를 낮췄다. 그러나 희미한 기대감은 감춰지지 않았다.

"사존, 기억나세요?"

초만녕은 속으로 생각했다. 어떻게 잊겠니.

위층에 올라오자 지난 일들도 계단을 따라 함께 올라왔다. 과거의 기억이 오랫동안 방치된 낡은 계단을 따라 끼익끼익 소리를 내며 세월에 침전된 썩은 나무 냄새와 함께 천천히 떠올랐다.

소년 시절의 묵연이 문을 열고 들어오는 게 보였다. 세상이 다 자기 아래에 있다는 표정으로 자신을 향해 입을 벌리고 웃는 얼굴. 옅은 보조개 위로 깊은 세월이 쌓였다.

한참을 말이 없는 그를 보며, 묵연은 실망한 듯 눈을 내리깔고 말했다.

"제 기억이 잘못됐나 봐요. 헷갈려서……."

"아니다."

묵연이 얼른 고개를 들었다.

초만녕이 그를 바라보고 있었다. 희미한 웃음이 번졌다.

"네 기억이 맞다. 이 방이야."

이 말은 묵연이 서 있는 어두운 복도를 환하게 밝히는 불꽃 같았다. 맛 좋은 사탕을 먹은 듯 묵연의 입가에 달콤한 미소가 서서히 피어올랐다. 그가 초만녕이 묵을 방을 가리키며 말했다.

"사존이 오늘 주무실 곳은 예전에 제가 묵었던 방이에요."

그는 신이 나서 거리낌 없이 말했다.

이 말에 초만녕은 약간 민망했는지 웃지도 않고 약간 화를 내며 말했다.

"그건 잘 모르겠는데."

그러고는 곧장 문을 열고 안으로 들어가 버렸다. 묵연은 혼자 바깥에 남았다.

"……."

에…… 내가 또 뭘 잘못해서 사존을 화나게 한 거지?

밤이 되었다. 묵연은 목욕탕에 가서 몸을 담글 용기가 나지 않았다. 만일에 대비해야 했다. 그는 지금 자신의 욕망이 한계점에 도달한 것을 느꼈다. 초만녕이 또다시 은연중에 자신을 유혹한다면 이 높은 산에 핀 꽃을 꺾지 않고 군자 행세를 계속할 수 있을지 확신이 서지 않았다.

그는 침상에 누워 팔베개했다. 딱히 할 일도 없었다. 그래서 초만녕과 잘 지낼 방법을 생각하기 시작했다.

그는 별로 똑똑한 사람이 아니었다. 그는 초만녕이 커다랗고 흰 고양이 같다고 생각했다. 초만녕에게 잘해 주고 싶었다. 눈처럼 새하얀 야옹이를 잘 보살펴 주고 싶은데, 털을 쓰다듬기만 하면 발톱을 세웠다. 그가 쓰다듬는 게 불편하고 마음에 들지 않는 듯했다.

그는 정말이지 송구스러웠지만, 야옹이의 어디는 만져도 되고 어디는 안 되는지 도통 알 수가 없었다. 이제 막 고양이를 기르기 시작한 사람처럼 아무것도 아는 게 없었던 그는, 그저 흰 고양이를 손바닥 아래에 놓고 털을 쓰다듬을 줄만 알았다.

그리고 돌아오는 건 화난 고양이의 포효와 따귀였다.

묵연은 몸을 뒤집고 눈을 껌벅거렸다. 정말 우울했다.

문득, 이 객잔의 구조상 옆방의 침상과 이 방의 침상이 나무 판 하나를 사이에 두고 분리되어 있다는 사실이 떠올랐다.

이 생각이 떠오르자 묵연은 완전히 잠에서 깨어나 버렸고, 입이 바싹바싹 말랐다.

초만녕은 목욕하러 갔으려나? 지금 가려고 하나?

방에선 아무 인기척이 없는데……. 초만녕도 목욕하러 갈 생각이 없다면, 벌써 누웠을까? 그럼 엄청 가까이 붙어 있는 거잖아. 중간에 우리를 갈라놓은 이 얇은 나무 판만 없으면 나란히 같이 누워 있는 거나 마찬가지네…….

같이 누워 있네. 이 생각에 젊은 남자의 피가 끓어올랐다. 얕은 잠을 자는 화산처럼 뿜어 나오지만 않았을 뿐, 안에서는 아주 세차고 위험하게 흐르고 있었다.

그는 자기도 모르게 침상의 안쪽으로, 벽에 더 가까이 붙었다. 나무로 만든 벽과 진흙을 다져 만든 벽은 엄연히 달랐다. 나무 판은 아무리 두꺼워 봤자 손가락 세 개 정도의 두께로 매우 얇았다.

묵연은 생각했다. 자신과 3척 떨어진 곳에 누워서 옷을 벗고 있거나 아니면 얇은 속옷만 입고 있는 초만녕을……. 그는 눈을 감고 침을 꿀꺽 삼켰다. 심장이 타올라 온몸을 태우고 눈까지 불사르는 것 같았다. 감고 있는 눈을 뜨면 실핏줄이 가득해 시뻘겋게 보일 게 분명했다.

아, 문득 또 다른 기억이 떠올랐다……. 너무 자극적인 기억 때문에 온몸이 전율하며 뻣뻣하게 굳었다. 피가 온통 하체로 내

달렸다.

그는 예전에 초만녕이 자는 침상에서 자위한 적이 있었다.

옛 기억은 이렇게 축축하고 죄악스러웠지만, 한편으론 달콤했다. 그 일을 떠올리자 묵연은 두피가 저릿한 기분이었다. 그때 온천탕에서 초만녕의 품 안으로 넘어졌던 게 생각났다. 그 뜨거운 느낌은 어떻게 해도 가시질 않았다. 타락한 자신을 스스로 문지르며 이마를 벽에 대고 애욕을 분출하는 수밖에 없었다.

묵연은 슬며시 반쯤 눈을 떴다. 눈빛이 어두웠다. 시커먼 곳은 바위 같았고, 시뻘건 용암은 그 바위 아래에서 용솟음치고 있었다. 그는 또다시 이마를 벽에 기댔다.

심장이 터질 것 같았다. 그때 나는 왜 그렇게 바보 같았을까. 이렇게도 확실한 욕망과 사랑을, 어떻게…… 알아채지 못했을까…….

그는 한 손으로 벽을 짚고 감정을 억눌렀다. 그러나 억눌러지지 않았다.

사랑이 아니라고 생각했을 때는 마음껏 초만녕을 상상하며 욕구를 분출할 수 있었다. 그러나 사랑이라고 깨닫고 나니, 그는 벽 너머의 저 사람을 아무리 원해도 얻을 수 없는 게 이번 생의 운명인 것 같았고, 꿈을 꾸는 것조차 초만녕을 더럽게 모욕하는 것 같았다.

욕망을 참는 건 혈기 왕성한 젊은 육체에 너무나 고통스러운 일이었다. 그는 코끝을 벽에 붙이고, 뜨겁게 달아오른 몸도 그 얇은 벽에 가능한 한 바짝 붙였다. 머릿속이 어지럽고 눈빛이 흐리멍덩했다. 점점 끓어오르는 격정 속에서 어렴풋한 환각을 보았다.

마치 초만녕의 숨결이, 초만녕의 몸에 희미하게 배어 있는 해당화 향이 나무 벽의 틈을 뚫고 자신의 침상으로 넘어와 빈틈없이 그를 감싸는 것 같았다.

초만녕의 체취가 그를 유혹했고, 그를 동정했다.

그를 유혹한 짐승의 욕망이 그의 인간적 본능을 동정했다.

그를 유혹한 욕정의 불길이 간절히 원해도 얻을 수 없는 그를 동정했다.

묵연은 이런 유혹과 동정 속에서 고통스럽게 미간을 찌푸렸다. 벽을 짚은 손에서 관절과 핏줄이 툭 불거졌다.

난폭한 표정과 달리, 그는 처량하게 애원하듯이 작은 소리로 중얼거렸다.

"초만녕…… 만녕……."

그는 알지 못했다. 벽 너머의 초만녕도 사실은 온천에 몸을 담그러 갈 용기가 없었다는 사실을 말이다. 묵연이 생각한 대로 초만녕 역시 일찌감치 누워 있었다. 그 역시 묵연을 생각하고 있었고, 갈망하고 있었다. 초만녕은 긴 손가락으로 차가운 나무판을 어루만졌고 이마를 무정한 벽에 기댔다.

전생에서 두 사람의 오해는 완전히 다른 길로 갈라설 정도로 너무나 깊었다. 둘 사이에는 거대한 심연이 가로놓여 있었다. 이번 생에서 그들은 선혈을 부어 심연을 피바다로 채우고, 그렇게 서로에게 헤엄쳐 다가갔다. 지금은 이 벽 때문에 서로의 끓어오르는 욕정을 보지 못한 채 자신의 애욕을 스스로 분출해야만 했다.

어쨌거나 그들은 아주 가까이 붙어 있는 게 분명했다.

초만녕의 심장 소리가 묵연에게 들릴 정도로 가까운 게 분명했다. 초만녕은, 묵연의 숨소리를 들은 것만 같았다.

쿵쿵쿵!

그때 깜짝 놀란 묵연이 불쾌한 기색으로 말했다.

"누구야?"

그가 소리치자 옆방의 초만녕도 화들짝 놀랐다. 그러고는 묵연이 정말 벽에 붙어 잠을 잔다는 걸 알게 되었다. 낮고 거친 목소리가 자신의 베개 바로 옆에서 들릴 정도로 자신과 가까이 붙어 있다는 사실도 깨달았다.

초만녕은 자기도 모르게 주먹을 꽉 쥐며 어둠 속에서 봉안을 부릅떴다.

"나, 설몽."

바깥에서 대답이 들려왔다.

"어머니께서 내 짐을 네 거랑 같이 보냈다고 하셔서. 문 좀 열어. 아, 진짜, 나 목욕하러 가야 해."

엿듣는 건 당연히 바람직하지 않았다. 그러나 초만녕은 생각했다. 난 엿듣는 게 아니다. 나무 판이 너무 얇아서 방음이 안 되는 것뿐이고, 설몽의 목소리가 너무 큰 것뿐이야.

하여간 나는 들을 생각이 없었다.

초만녕은 이렇게 생각하며 이불을 칭칭 감고 벽에 더 바싹 붙었다.

옆방에서 침상이 삐걱거리는 소리가 들리고, 이내 문이 열렸다. 설몽의 목소리가 들렸다.

"아, 벌써 자? 이렇게 일찍?"

"졸려서."

묵연이 헛기침을 했다.

"빨리해. 막 잠들려던 참이었는데. 네 옷 가지고 빨리 가, 어서. 가가가가."

"왜 이리 급해?"

설몽이 뜸을 들였다. 목소리에서 의심이 묻어났다.

"이렇게 일찍 문을 걸어 잠그고 안에 처박혀서 안 나오다가, 몇 마디 좀 하니까 불같이 성을 내다니. 너 혹시……."

혹시 뭐?

초만녕이 눈을 번쩍 떴다. 그는 자기도 모르게 연화지 옆에서 묵연의 몸과 닿았던 순간을 떠올렸다. 젊은 남자의 몸은 몹시 뜨겁고 잔뜩 솟아올라 있었다. 절정에 이르면 사람 하나를 완전히 녹초로 만들 것 같았다.

갓 스물을 넘긴 젊은 남자. 자신처럼 금욕 수련을 하지 않을 테니 몸 안에서 끓어오르는 용암이 얼마나 흘러넘칠까? 얼마나 자주 분출해야 정상이지? 초만녕은 전혀 아는 바가 없었다. 마음을 깨끗이 하고 욕망을 억제한 지가 오래라 그는 아무것도 알지 못했다.

이제는 조금 알고 싶어졌다. 그러나 그는 체면이 중요했고, 자신의 고고함을 포기할 수 없었다.

초만녕처럼 도도한 사람이 이런 질문을 누구에게 할 수 있을까? 아무 제자나 붙잡고 '미안한데 뭐 하나만 물어보자. 보통의 성인 남자는 며칠에 한 번 욕구를 해소하지?'라고 물어볼 수도 없는 노릇이었다.

……말로 설명할 수 없을 정도로 변태 같았다.

물론 사생지전에는 함께 수련하며 연애하는 수사들의 이야기를 담은 책이 있었다. 그러나 책을 빌리면 대여 기록이 남았다. 초만녕은 자신의 기록에 그런 글자가 남는 건 상상할 수 없었다.

[《탑상효웅전(榻上梟雄傳)》, 《욕해부침기(欲海浮沉記)》,
대여인 옥형 장로 초만녕.]

……차라리 날 죽여 줘.

149장 사존, 전 사존만 있으면 돼요

터무니없는 생각을 하던 와중에 옆방에서 묵연의 낮고 묵직한 목소리가 들려왔다.

"어딜 보는 거야, 아무것도 안 했어. 네 옷이나 챙겨서 빨리 꺼져."

설몽은 어리둥절했다.

"내가 네 어딜 봤는데?"

설몽은 사촌 형의 표정을 보며 한참을 생각하다 번뜩 깨달았다. 그는 수치심과 분노가 섞인 목소리로 소리쳤다.

"무슨 생각을 하는 거야! 문 닫고 빗장까지 걸어 잠갔길래, 목욕탕에 사람 많은 게 싫어서 혼자 방에서 씻으려는 것 아니냐고 물으려던 거였어! 하여간 머릿속에 온통 더러운 생각만 가득 차서는! 오히려 나한테 뒤집어씌우다니!"

옆방에 있는 초만녕의 낯빛이 어두워졌다.

머릿속에 온통 더러운 생각만 가득 찼다고…….

설몽이 씩씩거리며 묵연을 아래위로 훑어보더니 말했다.

"거기까진 생각도 못 했는데, 네가 나를 일깨워 줬네. 너 정말 방금……."

"……목욕하러 간다고 하지 않았어? 무슨 말이 이렇게 많아!"

"그게 아니고, 갑자기 네가 너무 수상하잖아."

설몽은 까만 눈에서 불꽃을 내뿜으면서 가시 돋친 말을 내뱉는 묵연이 점점 어딘가 이상하게 느껴졌다.

"막 관례를 치렀을 때는 허구한 날 기생집을 드나들더니, 요 몇 년 동안 사방을 돌아다닌 후론 어째 듣기 민망한 추문도 없고, 왜 갑자기 변한 거야?"

묵연이 침묵했다. 초만녕은 그 침묵 속에서 잠자코 기다렸다. 묵연이 어떤 대답을 할지 궁금했다.

침묵이 길어질수록 그는 더욱 초조해졌다. 왜 아무 말도 안 하지? 민망한가? 후회하나? 아니면…….

"진짜 알고 싶어?"

묵연이 입을 열었다. 목소리에서 또렷한 분노가 느껴졌다.

표정에서도 느껴졌다.

초만녕은 속으로 혀를 쯧쯧 찼다. 설몽의 질문이 아주 합리적이군. 속사정을 캐낸다고 불쾌해할 이유가 없지. 정말로 숨기고 싶은…….

마지막 말을 미처 생각하기도 전에 묵연의 목소리가 들렸다.

"지겨울 만큼 너무 많이 해서, 재미가 없어졌어. 됐지? 그만 꺼져."

"……."

"……."

긴 침묵이 흐른 후, 설몽이 객잔 전체가 다 울릴 만큼 큰 소리를 내질렀다.

"묵미우, 이 수치심도 모르는 개새끼! 이 망나니가!"

"그래, 네 말이 다 맞아. 나가, 나가. 젠장, 자는 데 방해하지 말고."

"건들지 마! 소름 끼쳐!"

"어디가 소름 끼치는데?"

"너, 너……."

설몽이 더듬거렸다. 준수하고 작은 얼굴이 새빨개졌다. 그는 묵연을 기분 나쁘게 할 구실을 찾고 있던 건데, 오히려 후안무치한 묵연에게 한 방 먹고 말았다. 자신도 벌써 스무 살이 넘었다는 사실이 생각났다. 이 나이에, 남궁사는 수진계의 제일가는 미인과 혼인하고, 강동당의 사 공자는 벌써 세 아이의 아버지이고, 곤륜 답설궁의 매함설은…….

매함설은 아직도 화류병으로 죽지 않고 멀쩡했다.

어쩐지 자신만 정사를 경험해 보지 않은 애송이인 것 같아 설몽은 왠지 모르게 억울했다.

여색을 몰라서 분한 게 아니었다. 사실 여자에 전혀 관심이 없었는데, 묵연에 비해 그 부분에서 너무도 뒤처진다는 생각이 들어 울분이 밀려왔다. 묵연이 말을 피하거나 부끄럽게 여겼다면 설몽의 기분은 달라졌을지도 모른다. 그러나 묵연은 그를 무시하며 귀찮다는 듯 대꾸했으니…….

'지겨울 만큼 너무 많이 해서.'

어린 설 소주는 그 말을 감당하기 버거웠고, 자존심에 상처를 입었다.

"너, 너, 너!"

설몽은 '너'만 반복하며 더듬거리다가, 끝내 묵연에게 분노에 찬 한마디를 내질렀다.

"하여간 소름 끼쳐! 넌 사람도 아니야!"

그렇게 말하며 문을 박차고 나가 버렸다.

초만녕도 말문이 막혔다. 아무리 그가 설몽보다 냉정하고, 묵연이 일부러 설몽을 화나게 하려는 의도로 한 말이라는 걸 알고는 있지만, 밀물처럼 몰려오는 감정은 오랫동안 잠잠해지지 않았다.

옆방의 이 녀석은 입이 너무 거칠었다. 낮은 목소리는 마치 근육이 팽팽하고 호흡이 거친 숲의 수사자 같았다. 낮은 포효와 거친 입은 하나가 되어 굵고 뜨거운 부지깽이처럼 그의 심장을 맹렬하게 찔러 댔다.

초만녕의 목구멍이 꿈틀거렸다. 음침한 눈빛이 반짝거렸다.

묵연은 예전에 규율을 어기고 기루를 들락거린 적이 있었다. 묵연이 설몽처럼 순결하지 않다는 건 초만녕도 잘 알고 있었다. 그러나 예전의 묵연은 혼을 쏙 빼 놓는 말로 그를 깊은 상념에 빠지게 하거나, 머릿속에 그런 장면을 떠올리게 하진 않았다.

그런데 지금 초만녕은, 묵연이 옛일을 언급하는 순간 자신이 봤던 뜨겁고, 늘씬하며, 햇빛에 그을린 탄탄한 몸이 자기도 모르게 떠올랐다. 여리고, 부드럽고, 요염함이 뚝뚝 떨어지는 소년들과 뒤엉켰던, 곱고 보드라운 살결을 가진 미소년의 몸 위에서 움직였던 그 몸이.

그는 화가 울컥 치밀었고, 초조했다.

분노와 갈망 속에서 초만녕의 눈꼬리가 미미하게 붉어졌다. 어두운 밤, 해당화의 색깔이었다…….

설몽이 다시 찾아왔다.

"문 열어!"

"……또 왜?"

"너랑 싸우다 그냥 갔잖아! 내 옷!"

"탁자에 있어, 가져가."

"흥!"

설몽이 옷 더미를 안고 씩씩거리며 나갔다.

드디어 고요가 찾아왔다. 초만녕은 묵연의 무거운 발소리와 침상의 삐걱거리는 소리를 들었다. 그는 지금 옆방의 남자가 침상에 누웠다는 걸 확실히 알 수 있었다. 산처럼 크고 뜨거운 몸을 지탱하느라 흔들리는 침상의 진동까지 전해지는 것 같았다.

그는 갈증이 나서 물을 마시고 싶었다.

그러나 묵연이 눕는 소리가 들리듯, 자신이 일어나면 묵연 역시 이쪽의 인기척을 들을 수 있을 것 같았다. 그래서 겉면이 살얼음으로 둘러싸인 알록달록한 단하석[#6]처럼 누워서 꼼짝도 하지 않았다.

옆방의 묵연 역시 불안하기는 매한가지였다.

욕구 불만인 남자는 욱하기 일쑤였다. 하필 이럴 때 설몽이

#6 단하석 丹霞石. 붉은색 퇴적층으로 이루어진 암석

그를 찾아와 괴롭히고 성가시게 왔다 갔다 하니, 그만 참지 못하고 뻔뻔스럽기 그지없는 말을 내뱉어 버렸다. 초만녕이 들었을지도 몰랐다.

주무시지 않았다면 분명 들었을 거야…….

침상에 누워 생각할수록 후회스러웠다. 몸을 이리저리 뒤척였다. 초만녕도 벽 너머에서 끼익 끼익 소리를 들으며 그의 초조함을 함께 나눴다.

잠시 후, 초만녕은 묵연의 낮은 목소리를 들었다.

"사존……."

"!"

이리저리 뒤척여 봐도 잠을 이룰 수 없던 묵연은 결국 자신의 마음을 어쩌지 못하고 초만녕을 불러 보기로 했다. 초만녕이 대답할지 궁금했다.

"사존, 주무세요?"

"……."

"제 목소리 들려요?"

초만녕의 심장이 요동쳤다. 심장 소리가 너무 크다고 생각한 그는 이불을 조용히 머리끝까지 덮었다. 상대방에겐 들리지도 않는 심장 소리를 솜이불 하나로 막으려 했다.

"사존……."

이불을 덮어도 묵연의 목소리는 너무나 가까웠다. 마치 한 침상에 누워 있는 듯했다. 초만녕이 이불을 걷기만 하면, 가슴을 드러낸 채 몸을 옆으로 돌려 턱을 괴고 자신을 보고 있는 묵연의 잘생긴 얼굴이 있을 것만 같았다. 까맣고 반짝거리는 눈이 굶주린 맹수처럼 자신의 피와 살점까지 집어삼킬 기세로 그를 쳐다보고 있을 것 같았다.

"제가 하는 말 들리세요?"

초만녕은 안 들리는 척하기로 마음먹었다. 묵연 역시 안 들리길 바라는 마음으로 이렇게 물어보는 것이 뻔했다.

그렇지 않고선 내일 아침에 만나면 두 사람 모두 민망할 것 같았다.

상대방은 낮고 갈라지는 목소리로 그를 몇 번이나 불렀지만, 초만녕이 아무 대꾸도 하지 않자 가벼운 탄식을 내뱉었다. 묵연은 초만녕이 정말로 잠든 줄 알고 마음을 놓았지만 아쉬움이 남았다.

초만녕이 대꾸해 주길 바랐는데.

초만녕이 아무 반응을 보이지 않으니, 그저 두 사람을 가로막고 있는 얇은 벽을 쓰다듬는 것밖에는 할 수 있는 게 없었다. 눈을 감고 초만녕의 가슴을 어루만지듯 거친 손가락으로 쓰다듬었고, 초만녕의 입술에 대고 속삭이듯 뜨거운 입술을 벽에 대고 작게 속삭였다.

묵연이 말했다.

"아무것도 필요 없어요……. 전 사존만 있으면 돼요……."

작은 속삭임은 초만녕에게 들리지 않았다. 그는 이불을 뒤집어쓰고 있었다. 얼굴과 가슴이 화끈거렸다. 잠시 후 옆방에서 침상이 사납게 삐걱거렸다. 누워 있던 사람이 초조함을 못 이겨 거칠게 몸을 뒤척이는 것 같았다.

"젠장!"

초만녕은 돌연 자신이 어떤 소리를 듣게 될 거라는 동물적인 예감이 들었다. 그 순간 소름이 돋았고, 귀를 막고 싶었다. 그러나 손가락을 까딱이다가 결국 힘없이 내려놓았다.

그는 이불 속에서 망연히 눈을 떴다. 이내 소리가 들렸다.

이불 밖에서 묵연의 낮고 묵직한 헐떡이는 소리가 들렸다. 일정한 박자가 있는 거칠고도 맹렬한 소리. 초만녕의 팔뚝에 닭살이 우수수 돋았다. 그 소리는 등을 찌릿하면서 나른하게 했다.

묵연의 헐떡거림은 너무나 매혹적이면서도 죄악스러웠다. 신음이 목구멍에 억눌려 있다가 터져 나오길 반복했다. 이런 소리를 듣고도 알아차리지 못할 수는 없었다.

초만녕은 눈을 감았다. 숨을 쉬기가 힘들었다. 살짝 벌어진 입술이 미세하게 떨렸다.

몇 번이나 꾸었던 그 축축한 꿈이 떠올랐다. 꿈속에서 그는 묵연의 벗은 몸을 보았다. 눈을 감으니 이불 밖의 모습이 더욱 또렷하게 그려졌다. 묵연이 탄탄하고 힘이 넘치는 몸을 쭉 펴고 자신의 옆에 반듯이 누워 있었다. 가늘게 뜬 묵연의 새까맣고 반짝이는 눈에서 아련한 광택이 빛났다…….

묵연이 손을 뻗어 바지를 풀었다. 잔뜩 성이 난 기둥이 튕겨 올라왔다. 초만녕은 그 거대한 모양과 성난 피부의 붉은빛을 감히 구체적으로 상상할 수 없어 윤곽만을 대충 그릴 뿐이었다.

묵연은 거대하다 못해 사람 하나를 잡을 정도의 물건을 쥐고 어루만졌다. 그것과 함께 툭 불거진 목울대가 움직였다. 그는 침을 꿀꺽 삼켰다. 누구를 생각하는지 알 수 없었지만, 뜨겁고 고통스럽게 자신을 위로했다.

"으음……."

초만녕은 옆방 남자의 낮고 묵직한 신음을 들었다. 탁하면서도 야한 소리에 머리카락이 쭈뼛 서는 기분이었다. 어둠 속에서 봉안이 정욕으로 촉촉하게 물들었다.

더 이상 참을 수 없었다…….

옥형 장로의 길고 하얀 손이 몇 번이나 고통스럽게 발악하다 결국 아래쪽으로 향했다. 떨리는 손길로 안으로 들어가 진즉부터 뜨겁게 달아오른 채 서 있는 그것을 잡았다.

두껍고도 뜨거운 감촉에 그의 수치심이 배가되었지만, 동시에 흥분도 배가되었다. 그가 미세하게 목을 젖히고 숨소리를 눌렀다. 이불의 비호 아래, 그는 고고한 가면을 벗어던지고 묵연의 헐떡임에 맞춰 정욕의 바다로 흘러 들어갔다. 거칠면서도 서툰 방법으로 자신을 대하다 보니, 몇 번 만에 통증이 일었다. 결국 더는 참지 못하고 이불을 홱 걷어 젖힌 다음, 이불 위에 엎드려 문지르고 비볐다. 긴 다리가 쉴 새 없이 떨렸고 봉안은 반쯤 감겨 있었다. 땀에 젖은 머리카락이 몇 가닥 흘러내렸고, 벌어진 입술에선 소리 없는 가쁜 숨이 새어 나왔다.

갑자기 이불을 젖혀서 그런지 더 잘 들리기도 했고, 의식이 혼란스러워 더 모호하게 들리기도 했다. 그는 축축한 물소리를 들은 것 같았다. 옆방의 묵연이 움직이는 소리인 줄 알았는데, 아래를 내려다보니 자신의 기둥 끝에서 나온 투명한 분비액이 손바닥을 적셔 음탕하기 짝이 없는 소리를 내고 있었다.

초만녕의 얼굴이 더 뜨겁게 달아올랐다. 그는 벽을 바라보지 않고 외면했다. 이렇게 하면 묵연이 자신의 옆에서 알몸으로 함께 서로를 애무하고 사랑을 나누는 기분이 들었다.

정욕은 이성을 불살랐다. 그의 고결함과 신중함은 진즉에 와르르 무너졌다. 옆방의 거친 숨소리만 들렸고, 하체의 극적인 쾌감만 느껴졌다. 경험이 적은 그는 정욕의 자극을 더욱 참기 어려웠다. 피부는 어디든 예민했다. 그는 뜨겁게 달아오른 또 다른 몸과 섞이길 간절히 원했다. 백 년 동안 말라 있던 우물처럼 절실하고 간절했다.

옆방의 소리가 점점 다급해질수록 초만녕의 심장도 덩달아 뜨거워지고 있었다. 허리는 점점 부드러워지고, 다리는 참기 힘들 지경이었다. 하체의 점액은 침상보를 적신 지 오래였다. 그는 어렴풋이 이 모든 게 너무 황당하고 옳지 못하다고 생각하면서도, 참을 수 없는 나른함을 느꼈다. 그는 한 번도 시도해 본 적이 없었고, 이런 기분 좋은 나른함이 있는 것조차 몰랐었다.

옥량촌에서의 자위는 최초의 파계였으므로 죄책감이 너무 컸다. 자신이 혐오스러웠고 속이 메스꺼웠다. 그런데 지금은…….

사랑하는 사람과 벽을 사이에 둔 채 상대의 억눌린 매혹적인 거친 숨소리를 들으니, 놀랍게도 정욕이 그렇게 추악한 것만은 아니라는 생각이 들었다. 이제는 밀어내지 않고 오히려 욕망의 바다를 떠다니며 더 마음껏 상쾌함을 느낄 수 있었다.

그는 촉촉하고 흐리멍덩한 눈을 살짝 떴다. 머리카락 몇 가닥이 내려와 시야를 가렸다.

초점이 점차 흐려졌다. 이유는 알 수 없었지만, 눈앞에 형상이 기이하고 색채가 다양한 환영이 휙 지나갔다.

환영이 아닌가?

예전에 꾸었던 기이하고도 너무나 생생한 꿈이었다.

꿈속에선 황금색과 붉은색이 뒤섞인 이불이 있었다. 침상에 깔린 동물 가죽의 냄새가 또렷하게 느껴졌다. 그는 지금처럼 침상에 엎드려 있었다. 이마에는 땀이 맺혔고, 입술은 살짝 벌어졌으며, 머리카락도 지금처럼 헝클어져 앞으로 흘러내린 채였다.

촛불은 꺼지지 않았다. 그의 뒤에서 그 남자가 다급하면서도 사납게 밀고 들어왔다. 두 사람의 다리가 마구 뒤엉켰다. 그는 흥분으로 팽팽하게 긴장된 그 남자의 근육을 생생하게 느낄 수 있었다.

이불과 침상보는 이미 엉망이 되었다. 남자는 쉬지 않고 박아 대며 육감적인 쉰 소리로 거친 숨을 내뱉었다. 뒤에서 그 남자가 말했다.

'왜 이렇게 조용해? 소리 내.'

꿈과 현실이 한데 섞였다. 초만녕은 이를 악물었다. 욕망이 아무리 맹렬하게 차올라도, 아무리 감정을 제어할 수 없다 해도 어떻게든 고개를 돌려 소리를 막고 싶었다.

그는 눈을 감았다. 손의 움직임이 더욱 난폭해졌다.

그는 눈을 감았다. 허황한 꿈의 세세한 장면들이 도저히 머릿속에서 지워지지 않았다.

남자는 몇 번의 삽입 끝에 혼자 욕지기하며 몸을 뺐다. 강하고 힘센 손이 초만녕의 몸을 뒤집었다. 촛불 아래서 그는 정욕에 휩싸인 잘생긴 얼굴을 보았다. 묵연의 얼굴이었다.

꿈속 묵연의 모습을 또렷하게 기억하는 초만녕은 더욱 고통스럽게 흥분했다. 그는 마음에 가책을 느끼듯 고개를 저으며 그

환영 속에서 벗어나려 애썼다.

그러나 소용없는 짓이었다.

그는 벽 너머에서 묵연의 헐떡임을 들었다.

꿈에서 난폭하게 엉겨 붙었던 그 남자처럼 낮고 묵직한 소리였다.

그는 꿈속의 수치스러운 부분까지 세세하게 다 기억했다. 묵연이 그의 몸을 뒤집어 자기의 축축하고 끈적이는 성기를 쉼 없이 경련을 일으키는 그의 뒤에 쑤셔 넣었다. 커다란 귀두를 구멍에 문지르고 얕게 찌를 뿐 완전히 집어넣지는 않았다.

객잔 안에서, 초만녕은 자위를 하지 않는 손으로 침상보를 꽉 잡았다.

수치심.

그는 극심한 수치심을 느꼈다.

내가 어떻게 이런 꿈을 꿀 수가 있지?

난 정말…… 한 번도 이런 걸 본 적이 없는데…… 어떻게 이렇게 생생한 꿈을 꿀 수 있는 거지? 내 몸이 실제로 그렇게 뜨겁고 광기 어린, 추악함에 사로잡힌 정욕을 견뎌 봤던 것만 같다. 설마 사람이 날 때부터 가지고 있는 짐승의 본능인가?

'정말 고집스럽군. 그렇게 입술을 꽉 깨물고 아무 소리도 안 내면 네 평생의 고결함을 지킬 수 있을 것 같아?'

꿈속에서 묵연의 눈은 촉촉했지만, 표정은 음험하고 악랄했으며 욕망이 흘러넘쳤다.

'나랑 한 게 몇 번인데, 발버둥 친다고 뭐가 달라져? 이렇게 하길 원한 건 너 자신이잖아. 너 스스로 내 밑에 와서 굴복한 거

라고…….'

"그만 말해……."

꿈에서, 현실에서.

그는 그렇게 중얼거렸다.

'아무리 고결한들 무슨 소용이야? 이미 나한테 더럽혀졌고, 나를 물고 빨고, 다리를 벌리고 넣어 달라 애원했는데. 지금 네 다리 사이에 흘러나오는 건 다 내가 네게 하사한 거야. 고결? 바보같이 굴지 마. 나랑 처음 잔 그날부터 그 두 글자는 너와 상관없는 말이니까.'

"그만 말해……."

고결함.

더는 고결하지 않다.

신중함.

갈가리 찢긴 옷처럼 되어 버렸다.

'넌 정말 네 아래가 어떤 모습인지 제대로 봐야 해…….'

칼날이 자신의 아래에 있는 사람을 가르듯, 묵연의 시선이 조금씩 아래로 내려갔다. 마지막으로 그의 시선은 약하게 떨리며 오그라든 구멍에 멈췄다. 거기에는 그들이 몸을 섞을 때 나온 분비물과 핏방울이 엉겨 붙어 있었다.

그의 눈빛이 어두워지고, 목젖이 꿈틀거렸다. 그는 낮은 소리로 욕을 퍼부으며 부풀어 오른 성기를 붙잡고 또다시 천천히 집어넣었다. 움츠러들었던 길을 힘껏, 조금씩 벌려 나갔다.

어딘가 이상했다. 꿈속을 떠다니던 초만녕은 마치 정말로 어떤 착각에 빠진 것 같았다. 피와 살로 만들어진 두껍고 단단한 흉기가 자신의 몸을 가르고, 충만하게 채우는…….

묵연의 성기가 완전히, 끝까지 들어갔다. 음낭이 구멍 앞에서 버티고 서서 들어가지 못한 걸 애석해할 정도였다. 거대한 성기는 순식간에 그를 절정까지 밀어붙였다. 그는 더는 견딜 수 없었다. 그의 몸속에 삽입된 성기의 박동이 느껴졌다.

"아……."

꿈인가? 현실인가?

끝내 신음이 터져 나왔다. 이 소리에 초만녕은 정신이 번쩍 들었다.

환영이 순식간에 연기처럼 흩어졌다.

그가 마지막으로 본 것은 묵연이 다급하고 사납게 그에게 박아 대는 모습이었다. 두 사람은 침상 위에서 미친 듯이 몸을 섞었다. 그는 묵연의 거친 숨소리와 갈라진 쉿소리를 들었다.

'네가 여자였으면, 내가 이렇게 매일 너를 아껴 주고 있으니 아마 진즉에 우리의 씨를 가졌겠지……. 하, 네가 품은 우리의 자식은 어떻게, 천벌이라고 불러야 할까?'

수치, 흥분, 정욕, 본능.

객잔 안에서 초만녕은 몸을 뒤척였다. 머릿속의 더러운 광경에서 그만 벗어나고 싶었다.

문득, 억울함이 밀려왔다.

그의 눈시울이 붉어졌다. 내가 왜 이러지?

예전엔 한 번도 이런 꿈을 꾼 적이 없었는데. 보지 말아야 할 것은 보지 않았고 춘화조차 본 적이 없는데, 어쩌다 이렇게 황당하고 수치스러운 꿈을 꾸게 된 걸까……. 누가 알게 되기라도 하면 어떡하지?

꿈속 장면이 흩어졌다. 그런데 갑자기 옆방의 침상이 흔들거리기 시작했다. 묵연은 초만녕보다 먼저 자위를 시작했으므로 쾌감이 점점 올라가 사정할 때가 되었다. 그는 더 참지 못하고 탄탄한 허리를 움직이며 자기도 모르게 삽입의 자세를 취했다. 오랫동안 참았던 그가 낮게 으르렁거리며 분출했다.

그의 낮은 포효를 들은 초만녕도 함께 자극을 받아 거의 눈시울이 붉어질 지경에 이르렀고, 거칠게 스스로를 문지르다가 더는 참지 못하고 이불 위에 자신의 것을 분출했다.

그는 여태껏 이렇게 흥분되는 절정을 느껴 본 적이 없었다. 사정의 순간, 마침내 가쁜 숨을 몰아쉬며 낮게 소리 냈다.

"읏…… 아……."

그렇게 욕구를 분출하고 나니 눈앞이 흐릿했다. 초만녕은 자신이 어쩌다 이렇게 끈적거리는 애정의 늪에 빠진 건지 알 수가 없었다. 힘이 빠진 그는 이불 위에 엎드렸다. 시선은 흐리멍덩했고, 가쁜 숨을 몰아쉬었다.

그는 욕망을 밀어냈다.

그러나 또 한편으로는 사랑의 감정 속에 가라앉고 싶었다.

욕망과 사랑이 뒤엉킬 때, 정욕은 그렇게 받아들이기 어렵지 않은 욕망이 된다. 그래서 지금은 옥량촌에서 자포자기한 심정으로 했던 분출과는 엄연히 달랐다. 그는 여전히 수치스러웠지만 그 수치심은 마음속 깊은 곳의 축축함에, 그리고 편안함과 흥분에 잠식당했다.

문득, 그런 갈망이 생겨났다. 그들을 가로막은 나무 벽이 사라지고, 자신과 같이 땀에 젖은 묵연에게 몸을 내밀어 뜨겁게 오르락내리락하는 가슴을 그의 등에 붙이곤 거친 숨을 내쉬며 그의 어깨와 목덜미에 입을 맞추고 싶었다.

초만녕은 망연하고 힘없이 누워 있었다. 그는 생각했다, 그럴 수 있다면 모든 게 완벽할 텐데.

그는 그걸로 만족할 수 있었다.

다음 날, 묵연은 아침 일찍 일어났다.

이곳은 임기였다. 초만녕은 음식이 입에 맞지 않을 테고, 객잔에는 담백한 요리가 없었다. 그래서 그는 시장에서 재료를 사 와서 직접 주방에서 사존을 위해 요리를 할 작정이었다.

어떤 남자들은 마음에 드는 사람을 쫓아다닐 때 온갖 능력을 다 발휘한다. 아침밥 한 끼를 호화로운 연회석처럼 먹으면서도 지나치지 않다고 여긴다. 그러나 얻을 수 없다고 판단되면 곧바로 손을 떼고 변심해 버린다. 천하에 미인이 그렇게 많은데, 얻을 수 없는 대상에게 더 많은 정성을 쏟을 마음은 눈곱만큼도 없으니까.

그러나 묵연은 달랐다.

그는 사매를 쫓아다니느라 두 번의 인생을 썼다.

지금 그는 자신의 마음을 완전히 깨달았고, 이번 생에서는 초만녕과 절대 사제 간의 정을 넘을 수 없다는 것도 알고 있었다. 그러나 그는 여전히, 기꺼이, 매일 초만녕에게 잘해 주고 싶었다.

안 된다는 걸 알면서도 하는 건 환생하기 전이나 지금이나 변함이 없었다.

"공자님, 일찍부터 장을 보시네요. 이 무 좀 보세요, 좀 사 가셔요. 아주 신선해요."

"공자님, 여기 장식품 있어요. 팔찌, 목걸이, 꽃장식 비녀, 뭐든 다 있어요. 솜씨도 아주 좋답니다."

"자, 자, 구경하세요. 각종 영석 있어요. 무기 단련의 필수품, 자, 보세요……."

묵연은 원래 식자재만 사서 갈 생각이었다. 그러나 꽉 찬 바구니를 들고 잡화점 앞을 지나다가, 탁자 위에 줄지어 있는 예쁜 장식물들을 발견했다. 그의 시선이 한 물건에 꽂혔다. 그는 자기도 모르게 가게에 들어가 탁자 앞에 섰다.

거기엔 삿갓을 쓴 남자가 서서 화려한 물건들을 살펴보고 있었다.

남자가 손을 들자 검은 소매 아래로 창백하고 가느다란, 고운 손가락이 드러났다. 큰고랭이의 줄기 같은 다섯 손가락 때문에 묵연은 그 사람을 유심히 보게 되었다.

체형으로 봐선 남자인 줄 알았는데 손을 보니 여자 같기도 했다.

그래서 그 사람의 용모를 훑어보려고 호기심 어린 눈으로 고개를 돌렸다. 그러나 얼굴이 검은색 복면에 가려져 얼음처럼 차가운 두 눈만 보였고, 그마저도 삿갓의 넓은 그림자에 가려 제대로 보이지 않았다.

두 사람은 눈이 마주쳤고, 묵연은 그를 향해 습관적으로 미소 지었다.

그 사람은 영석을 막 만져 보려던 손을 거두었는데, 묵연은 곁눈질로 그의 엄지손가락에 낀 반지를 흘겨보았다.

은색 뱀 무늬, 빽빽한 비늘.

문득, 묵연은 그 반지에 새겨진 뱀 무늬가 왠지 낯익다는 생각이 들었다. 자세히 보려던 찰나, 그 사람이 손을 넓은 소매에 넣고는 냉담하게 묵연을 흘겨본 후 말없이 그곳을 떠났다.

"정말 이상한 사람이네……."

묵연이 중얼거렸다. 그러나 유풍문 공자의 혼사를 위한 청첩장이 먼 곳까지 전해지면서 희한한 사람들이 임기로 많이 몰려들고 있는 건 확실했다. 그러니 삿갓 아래 자신을 감추고 다니는 것도 별로 이상한 일은 아니었다.

이때, 작은 가게의 뒷문에서 딸랑딸랑 소리가 들리더니 천으로 된 발이 걷히고 주인아주머니가 나왔다.

묵연은 검은 옷을 입은 사람을 잊고 웃으며 영기(靈器) 하나를 가리켰다.

"아주머니, 이거 얼마예요?"

150장 사존, 보세요! 매함설이에요!

주인아주머니가 이제 막 문의 빗장을 열었다. 하품하고 늘어지게 기지개를 켜며 장사 준비를 시작했다. 졸음이 가시지 않은 눈을 게슴츠레 떠 보니, 키 크고 잘생긴 남자가 찬란한 아침 햇살을 받으며 가게 입구에 서 있는 게 보였다. 기개와 도량이 비범하고 소나무처럼 굳세고 힘 있는 자태의 남자. 검이나 칼을 들고, 차갑고 도도하게 누구와도 말을 섞지 않고 거리를 가로질러야 할 사람처럼 보였다.

그러나 이 준수한 남자는 활짝 웃고 있었다. 볼에 얕은 보조개가 파였고, 속눈썹은 풍성하고 부드러웠다.

품에는 대바구니를 안고 있었는데, 바구니 안에는 영석도 아니고 법술 서적도 아닌 신선한 야채와 과일뿐이었다. 빨간 사과, 하얗고 통통한 무, 푸른 상추가 고개를 내밀고 있었다. 채소에 영롱한 이슬이 반짝였다.

덕분에 그의 준수한 얼굴이 더욱 돋보였다.

주인아주머니는 입을 떡 벌리고 하품을 하다 그대로 굳었다. 강인함과 부드러움을 모두 갖춘 눈앞의 남자를 멍하니 바라보았다. 그녀는 한참 눈을 껌벅이다 겨우 정신을 차렸다.

"주인아주머니?"

"아이고, 선군께서 뭐가 필요하실까?"

"이거요."

묵연이 연홍색 수정 목걸이 한 쌍을 들었다.

"얼마인가요?"

"공자께서 보는 눈이 있으시네. 이건 최고급 용혈 수정석으로 만든 거예요. 곤륜궁의 장인이 조각한 건데, 재료는 저렴해도 장식 자체가 아주 독특하지요. 공자께서도 아시겠지만 용혈 수정석은 사람의 체온이 올라가면 빨갛게 변하는데……."

주인아주머니는 여기까지 말하고 웃었다.

"선군께서 한 쌍을 원하시니, 분명 같이 수련하는 연인과 하나씩 나눠 가지겠네요? 아이고, 어느 집 선고인지는 몰라도 복이 얼마나 많으면 공자님과 연분이 닿았을까나. 이거 사시면 절대 손해는 안 봐요. 돌아가서 각자 하나씩 걸고 같이 수련하면 얼마나 사랑이 샘솟겠어요."

묵연이 목걸이를 사려던 이유는 용혈 수정석이 몸을 따뜻하게 해 줘 추위를 많이 타는 사람에게 좋다고 들었기 때문이었다. 초만녕은 겨울에 추위를 많이 타니 이걸 지니고 다니며 추위를 쫓으면 정말 좋겠다는 생각에서였다.

그러나 주인아주머니의 말을 들으니 마음이 동했다. 그는 목걸이를 한 초만녕의 매혹적인 모습을 떠올렸다. 그 목걸이는 주인의 높은 체온 때문에 마치 칼끝에 대롱대롱 매달려 있는 핏방울처럼 새빨갛게 변할 터였다.

그는 가볍게 헛기침을 했다.

"이걸로 할게요. 포장 좀 해 주세요."

초만녕이 이상하게 생각하지 않도록 설몽과 설정옹, 왕 부인에게 줄 선물도 하나씩 샀다. 객잔에 돌아와 자신이 산 물건들을 다 내려놓고, 옷섶에서 용혈 수정석을 싼 작은 종이봉투를 꺼냈다. 그 안에 든 물방울 모양의 장식은 그의 체온으로 붉게 변해 있었다. 하나는 남겨 놓고, 다른 하나는 자신의 목에 걸었다.

그러고는 목걸이 장식이 보이지 않도록 옷섶을 잘 여미고 남은 하나를 다시 잘 포장했다.

그는 자신의 옷섶을 어루만졌다. 심장 박동이 빨라진 것 같았다. 전생에서 별의별 황당한 일을 다 겪었음에도 지금은 왜 고작 옷 아래 숨겨 놓은 사소한 비밀 때문에 심장이 이 난리를 치는지, 스스로 생각해도 참 의외였다.

"나 주는 거야?"

식사하던 중 설몽은 묵연이 선물한 검에 다는 장식을 들고 귀신이라도 본 듯한 표정을 지었다.

"뭐야? 어제 일을 이걸로 사과하는 거야?"

설몽이 어제의 일을 들먹였지만, 초만녕이 깨어 있었다는 걸 몰랐던 묵연은 침착했고 동요하지도 않았다.

오히려 초만녕이 참지 못하고 앞에 있던 찻잔을 들었다. 목구멍이 꿈틀거렸다. 그는 일부러 시원한 차를 몇 모금 마셨고, 그제야 얼굴 표정이 수습되었다.

묵연이 설몽에게 웃으며 말했다.

"무슨 생각을 하는 거야, 네가 먼저 시비 걸었잖아. 그냥 예뻐서 샀어. 네 검에 달고 다니라고."

그가 잠시 뜸을 들이다 말했다.

"모처럼 같이 나왔으니까 뭐라도 좀 사야 할 것 같아서. 사존과 백부님, 백모님 것도 샀어요. 작고 저렴한 거예요."

"우리 것도 있다고?"

왕 부인이 깜짝 놀랐다.

"백모님 선물은 향나무로 만든 지분함이고, 백부님 선물은 쥘부채 장식이에요."

묵연이 말하며 선물을 꺼냈다. 마지막으로 용혈 수정석을 초만녕에게 주었다.

"그리고 이건, 사존 거예요."

"……이게 뭐냐?"

"목걸이요."

묵연의 뜨거운 손바닥이 땀으로 축축해졌다.

"거기 달린 용혈 수정석이 추위를 쫓아 준대요. 임기에서 많이 나는 돌이라는데, 사존 몸을 따뜻하게 하시면 좋을 것 같아서 샀어요."

초만녕이 건네받았다. 비싸진 않아도 아주 유용한 돌이었다.

"고맙다."

"아니에요. 한번 걸어 보세요."

초만녕이 묵연을 힐끔 보았다. 친밀하고도 스스럼없는 태도에 꿍꿍이가 없는 걸 확인하고 자연스럽게 목에 걸었다. 연홍색의 수정이 선명하게 빛났다. 설몽이 힐끗 보더니 말했다.

"예쁘네요. 이거 괜찮네, 내 검 장식보다 좋아 보이는데? 어디서 샀어? 나도 하나 갖고 싶다."

묵연이 대답했다.

"없어. 진열대에 하나밖에 없었거든. 나도 하나 갖고 싶었는데 못 샀어."

크게 실망한 설몽은 자신의 검에 다는 장식술을 보다가 이내 고개를 돌려 초만녕의 목에 걸린 용혈 수정석을 보고는 투덜거렸다.

"……안 믿어. 임기에서 엄청 흔하다며. 유풍문에 가서 남궁사한테 물어볼 거야. 걔는 분명 산처럼 쌓아 놓고 있겠지……."

묵연은 그를 무시한 채 초만녕을 보고 있었다. 초만녕은 목걸이를 안에 넣지 않고 옷섶 바깥에 걸고 있었다. 초조한 묵연이 잠시 지켜보다가 참지 못하고 말했다.

"사존, 이건 겉에 하는 게 아니에요."

"응?"

"안에다 넣는 거예요."

묵연은 목걸이를 안으로 넣어 주려고 초만녕 쪽으로 몸을 붙였다. 너무 가까웠던 나머지 묵연이 말할 때마다 숨결이 초만녕의 귓바퀴를 뜨겁게 달궜다. 초만녕이 그를 확 밀어냈다.

초만녕이 눈을 내리깔았다. 표정은 엄숙하고 차가웠다. 그러나 묵연은 해당화의 선명한 붉은색으로 물든 초만녕의 귓바퀴를 자세히 보았다. 안타깝기도 하고 사랑스럽기도 했다. 다가가서 입 맞추고, 떨리는 꽃잎을 입으로 빨고 핥고 싶었다.

묵연은 내심 놀랐다. 초만녕은 왜 얼굴이 빨개지는 거지?

내가 선을 넘는 행동을 한 것도 아닌데, 목걸이를 안으로 넣어 주는 건 별것도 아니잖아…….

생각을 거듭하다 조금 전 그 말이 떠올랐다.

'안에다 넣는 거예요.'

묵연은 순간 멍해졌다. 얼굴이 금세 달아올랐다. 햇볕에 탄 피부가 초만녕보다 까맣지 않았다면, 얼굴이 초만녕보다 더 시뻘게졌을 것이다.

조금 전 그 말을 그런 뜻으로 한 건 아니었는데…….

그러다 이내 깜짝 놀랐다. 나도 미처 생각하지 못한 걸, 초만녕처럼 정직하고 올곧은 사람이 어쩌다 엉큼한 생각을 하게 된 거지?

묵연은 아무리 생각해도 이해할 수 없었다. 귀가 시뻘건 초만녕이 어두운 표정으로 말없이 목걸이를 옷섶 안에 넣을 때까지, 묵연은 여전히 이렇다 할 까닭을 생각해 낼 수 없었다.

어젯밤, 손가락 세 개 너비의 나무 벽 때문에 답선군은 많은 즐거움을 놓쳐 버렸다. 그는 사랑과 풋풋함을 놓쳤고, 생생하게 정욕의 늪에 빠진 초만녕을 놓쳤다. 그는 벽 너머에서 일어난 일에 대해 아무것도 알지 못했다. 그러니 초만녕이 어제의 늪에서 헤어 나오지 못한 채 여전히 애욕 때문에 설레고, 애욕 때문에 수치심을 느끼고, 애욕 때문에 민감하다는 사실을 전혀 알지 못하는 게 당연했다.

그 꿈 때문에, 꿈속 침상 위에서 했던 축축하고 뜨거운 말 때문에, 남에게 들키고 싶지 않은 생각 때문에, 그는 평소와 달리 간단한 한마디 말에도 다른 생각을 품게 되었다.

초만녕이 고개를 들어 묵연을 보았다. 마음 깊은 곳이 뜨거워지고 있었다. 어제의 음흉한 불길이 여전히 사그라지지 않았다. 초만녕은 손을 뻗었다…….

그때, 묵연이 찻주전자의 손잡이를 잡았다.

"그만 드세요. 차가 식었어요, 배탈 나요."

초만녕은 말없이 그를 쳐다봤다. 여전히 손을 뻗은 상태였다. 식은 차를 마시고 싶다는 표시였다.

"따뜻한 차를 가져올게요."

"괜찮다……."

그러나 묵연은 이미 주인장에게 간 후였다. 잠시 후, 펄펄 끓는 차를 가져온 묵연이 초만녕에게 차를 따라 주며 말했다.

"이거 드세요."

"그래, 옥형 자네는 따뜻한 거 마시게. 차가운 건 안 좋아. 몸 버린다고."

초만녕은 어쩔 수 없이 김이 모락모락 나는 차를 받아 들었다. 그러고는 후후 불다가, 마시지 않고 앞에 내려놓았다.

그의 마음은 이미 너무 뜨거웠다.

더 뜨거워지면 마지막 남은 얇은 얼음마저 녹아내리고 봄날의 물이 넘쳐흐를까 두려웠다. 눈을 들어 바라보는 시선 속에 자신의 말할 수 없는 마음을 숨길 수 없을까 봐 두려웠다.

그렇게 되면, 북두선존의 체면을 어떻게 지킬 수 있을까?

일행이 아침을 일찍 먹고 객잔을 떠나려 할 때, 한 무리의 사람들이 들어왔다.

맨 앞의 사람은 권초문이 새겨진 두꺼운 연남색 삿갓으로 얼굴을 가리고 있었다. 소극적이고 조용해 보였으며 사람들 사이에서 이목을 끌 것 같진 않았다. 그런 그가 객잔에 들어서자마자 설정옹을 발견하고는 다가와 깍듯하게 예를 갖췄다.

"설 백부님, 안녕하십니까."

"너는……."

그가 삿갓을 벗자 설몽은 '헉!' 하며 크게 한 걸음 뒤로 물러났지만, 설정옹은 웃었다.

"아이고, 함설이구나?"

매함설이 고개를 들었다. 하얀 피부와 높은 콧날, 튀어나온 눈썹 뼈, 깊은 눈동자. 보통 사람들과는 확연히 구분되는 준수하고 아름다운 얼굴이었다. 어두운 실내에서도 매끄러운 피부는 희미한 윤광을 발산하고 있었다. 어릴 때부터 곤륜의 추운 설원에서 자라서인지, 설원의 숨결을 머금은 그의 얼굴은 투명하고 고고했다.

한마디로 말해, 기개를 놓고 보면 그가 바로 천하에 이름을 날린 풍류의 대가 매함설이라는 것을 믿는 사람은 아무도 없었다.

"궁에 일이 있어 오늘 막 임기에 도착했습니다. 여기서 설 백부님을 뵙게 될 줄은 몰랐습니다."

차가운 외모의 매함설은 예의 바르게 웃고 있는데도 눈빛이 냉랭했다. 공손한 모습 속에 한기가 있었다.

"소질,[#7] 백부, 백모께 문안 인사드립니다."

"좋아, 아주 좋아. 아이고, 우리 몽이도 너만큼 예의 바르면

#7 **소질** 小姪. 조카가 아저씨를 상대하여 자기를 낮추어 이르는 일인칭 대명사

참 좋을 텐데."

이 말을 들은 설몽은 기분이 아주 나빴다. 그는 뒤에 서서 눈빛으로 매함설에게 끊임없이 독화살을 날렸다. 독화살은 날릴수록 점점 더 포악해졌다.

매함설 이 자식! 겉과 속이 저렇게 다르다니! 나이 불문하고 모든 여자랑 붙어먹는 더러운 망나니, 남자도 마다 않는지 도화원에서 내 허리를 더듬기도 했던 놈이 어른 앞에서는 득도한 고승인 양 예의 바른 행세를 하다니. 연기가 아주 뛰어나네, 뛰어나!

정작 매함설은 어릴 적 친구에게 눈길 한번 주지 않았다. 그저 부드러운 표정을 띤 채 입술을 크게 벌리지 않고 공손하게 말했다.

"당치도 않으십니다. 하늘의 총아인 설 공자가 영산논검에서 우승을 차지했으니 그게 바로 설 공자의 특출난 장점이지요."

"맞아요. 아버지, 이 녀석은 저한테 졌다고요……."

"몽아……."

왕 부인이 민망해하며 설몽을 끌어당겼다. 성질 급한 봉황의 아들은 그제야 겨우 삐죽거리며 입을 닫았다. 그러나 콧구멍에서는 여전히 불이 뿜어져 나오고 있었다.

매함설이 물었다.

"유풍문으로 가시는 길인가요?"

"날짜가 거의 다 됐으니 조금 일찍 가는 것도 괜찮을 것 같아서 말이다. 하여간 남궁류가 숙박을 무지하게 신경 쓰고 있어. 혼례 앞뒤로 한 달 동안 유풍문의 선성(仙城)을 통째로 손님들에게 내주겠다고 하지 않았나?"

설정옹이 웃으며 말했다.

"우리가 먼저 가서 보겠네. 후배들끼리 서로 안면도 좀 익힐 겸."

이 말을 하며 설몽을 흘깃 보았다. 말인즉슨, 설몽에게 아내로 맞을 사람을 물색해 보라는 뜻이었다.

"……."

하지만 설몽은 말없이 시선을 피했다.

"함설은 유풍문에 곧바로 가지 않는 게냐?"

"궁주(宮主)께서 맡기신 일이 있어서요. 영석을 좀 사 가야 합니다. 대성 근처에서 며칠 머무르다 혼례 전날 출발하면 시간이 맞을 것 같습니다."

설몽이 중얼거렸다.

"네가 배신한 여러 문파의 낭자들한테 두들겨 맞아서 개같은 꼴을 당할까 봐 무서워서 못 가는 거겠지."

귀가 밝은 묵연이 웃으며 말했다.

"몽몽, 뭐라고 했어? 개 뭐?"

"……."

설몽이 '흥' 하고 콧방귀를 뀌며 팔짱을 꼈다.

"아무것도 아니야, 심법을 외운 것뿐이야."

"푭, 네가 외운 건 매함설을 절단 내기 위한 절매(折梅) 심법이냐."

"허튼소리!"

그들의 대화를 듣던 매함설이 드디어 그들을 한번 쳐다봤다. 그와 시선이 마주친 설몽이 갑자기 멈칫했다.

뭔가 께름칙했다. 매함설 저놈, 어딘가 수상해. 분명 저번에

도화원에서 봤을 때는 눈 속에 복숭아꽃이 떠다녔단 말이야. 화를 내고 있어도 눈은 웃고 있었는데.

그러나 지금 이 사람은 눈 속에 복숭아꽃은 고사하고 잔물결조차 일지 않았다. 차갑고, 깔끔하고, 금욕적이었으며 웃고 있어도 눈은 화난 것처럼 보였다.

설몽이 눈을 껌벅거렸다. 잠시 후, 천열의 전쟁이 일어났을 때 매함설이 답설궁 제자들을 이끌고 도우러 왔던 것이 생각났다. 사람들 앞에서도 어울리지 않는 근엄하고 신중한 모습으로 일관했었다. 이 녀석 어떻게 이렇게 연기를 잘하지? 이렇게 감쪽같이? 정말 사람의 탈을 쓴 짐승이 따로 없군! 인간쓰레기!

"몽아, 어디 가니?"

"너무 답답해서요! 밖에서 기다릴 테니까 얘기 끝나면 나오세요!"

설몽은 성큼성큼 문으로 걸어가 발을 걷어 올린 후 씩씩거리며 밖으로 나갔다. 하늘의 총아는 억울함을 참을 수 없었다.

정말 의아했다. 방 안 가득 인간쓰레기 냄새가 진동하는데 왜 아무도 모르는 거지?

어이가 없어서, 정말!

151장 사존이 가장 싫어하는 장문인

화는 났지만 갈 길은 가야 했다.

매함설과 헤어진 후 그들은 대성에서 반 시진 가량을 더 달려 천하제일의 문파, 임기 유풍문에 도착했다.

이름에서 알 수 있듯, 유풍문의 근거지는 임기였다. 그 안에 크고 작은 일흔두 곳의 선부(仙府)가 끝없이 이어져 있었다. 관저가 너무 커서 정문에서 후문까지 말을 타고 달려도 밥 한 끼를 먹는 시간이 걸렸다. 그래서 사람들은 이 관저들을 '성(城)'이라 불렀다. 유풍문의 72개 성마다 각자의 역할이 있었고, 등급과 제도가 명확했다. 여러 가지 일을 한데 묶어 처리하는 풀뿌리 문파인 사생지전과는 차원이 달랐고, 애초에 비교가 되지 않았다. 뼛속까지 상수진계 사람들을 혐오하는 설몽조차 성문 앞에서 경탄을 금치 못했다.

천황귀주[#8] 유풍문.

#8 천황귀주 天潢貴胄, 황실 혈통의 후예

허황된 말이 아니었다.

그들이 도착한 곳은 유풍문에서 가장 큰 성인 주성(主城)이었다. 흰 벽과 검푸른 기와가 하늘과 맞닿아 있고, 네 모퉁이에는 각루가 우뚝 솟아 있었다. 동서남북 사면에는 별자리 석궐[#9]이 서 있고, 성문은 황금색과 붉은색으로 이루어져 있었다. 쭉 이어지는 마차 길의 너비가 5척은 거뜬히 넘어 보였고, 끝이 보이지 않는 긴 대로에는 고급 연기석[#10]이 깔려 있었다. 이런 돌은 아무것도 필요치 않았다. 그저 편안히 위에 서서 영력을 모으기만 하면 됐다. 모인 영력이 얼마 되지 않더라도 티끌 모아 태산의 이치를 모두가 알고 있으므로, 돌마다 1천 금 이상의 가치가 있었다.

설정옹이 감탄하며 말했다.

"돈이 정말 좋긴 좋구나……."

왕 부인이 웃었다.

"돈만 있으면 부군도 사생지전에 연기석으로 길 하나 깔고 싶으세요?"

"아니, 난 하수진계 마을마다 광장을 하나씩 만들 거요. 이 돌은 영기가 충만해서 하찮은 요괴들은 가까이 오지도 못하지. 마을마다 이 돌을 깔면, 요괴나 귀신이 나타났을 때 우리 제자들이 빨리 처리하지 못하더라도 숨을 시간은 벌 수 있잖소."

설정옹이 중얼거리며 손가락으로 셈을 해 보더니 고개를 저었다.

"아쉽지만 깔 순 없겠구려."

#9 **석궐** 石闕. 사당 전면 또는 묘도의 입구 좌우에 세우는 돌기둥
#10 **연기석** 煉氣石. 기를 단련해 만들어 낸 돌

이를 들은 설몽이 함께 탄식했다.

"사생지전은, 휴, 좀 가난하죠."

"그래."

설정옹이 연신 고개를 끄덕였다.

"똑같이 수련하는 곳인데 유풍문은 어디서 이렇게 돈이 나오나 몰라."

그때, 여태 말이 없던 초만녕이 입을 열었다.

"유풍문의 일반 제자에게 퇴마를 부탁할 때 사람들이 얼마를 내는지 아십니까?"

"들은 적이 없는데, 얼만가?"

초만녕이 네 손가락을 펼쳐 보였다.

"400은자?"

설정옹의 눈이 휘둥그레졌다.

"그렇게 비싸다고?"

초만녕이 말했다.

"4천 금자입니다."

"……."

"상수진계에는 거상이 많으므로 유풍문이 돈을 벌기 쉽습니다. 존주처럼 부탁하는 사람 한 명당 80은을 받아서 어떻게 유풍문을 따라잡겠습니까? 게다가 한 푼도 안 받으실 때도 있지 않습니까."

그러나 초만녕의 눈빛은 따뜻했다.

"자, 들어가시죠."

대문파는 사람을 대하는 태도에 격식이 묻어났다. 유풍문의 사례부[#11]는 며칠 동안 성문 앞에 서서 손님을 맞이했는데, 줄곧 온 얼굴에 미소를 띠고 있었으나 어떤 손님인지, 그 손님이 어떤 위치에 있는지 손바닥 보듯 훤히 꿰뚫고 있었다.

개별 손님이 오면 그들을 데리고 주변을 둘러보게 한 다음 숙소에 들여보냈고, 지위가 어느 정도 있는 작은 문파가 오면 업무를 주재하는 호법 장로에게 안내하고, 장로가 직접 그들을 맞이했다.

오늘날 10대 문파에 속한 사생지전에게 유풍문은 전혀 거드름을 피우지 않았다. 곧장 난각으로 안내해 쉬게 하고, 유풍문의 장문인 남궁류도 하던 일을 마치자마자 귀한 손님을 모시기 위해 난각에 왔다.

난각에는 용연향이 짙게 타고 있었다. 부드러운 융단은 밟을 때마다 발의 절반이 푹푹 들어갈 정도로 폭신했다. 아름다운 동백나무가 줄지어 있었는데, 여덟 가지 각기 다른 색의 동백꽃이 한 나무에 피어 있으면 팔선과해,[#12] 흰 꽃잎에 붉은 점이 있으면 홍장소과,[#13] 줄기에 붉은 실무늬가 있으면 의란교(倚欄嬌)라 불렸다.[#14] 설정옹은 봐도 뭐가 뭔지 몰랐지만, 왕 부인은 이곳의 모든 식물이 하나같이 최고급이라는 것을 한눈에 알았다.

마찬가지로 식물에 대한 지식이 없는 설몽의 눈에 아름답게 핀 하얀 동백꽃이 들어왔다. 부드러운 꽃잎 위에 까만 점 한 쌍이 있는 게 흥미로워 만져 보려고 손을 뻗었다.

#11 사례부 司禮部, 의례 담당 기구
#12 팔선과해 八仙過海, 제각기 다른 솜씨를 뽐냄
#13 홍장소과 紅妝素裹, 눈이 온 후 떠오르는 붉은 태양
#14 줄기에 붉은 실무늬가 있으면 의란교(倚欄嬌)라 불렸다 김용(金庸)의 소설 《천룡팔부(天龍八部)》의 12장 〈종차취(從此醉)〉에서 인용

초만녕이 말했다.

"만지지 말거라."

"왜요?"

초만녕은 말없이 고개만 저었다. 왕 부인이 한숨을 쉬며 말했다.

"귀한 건 눈으로만 보렴. 황금 만 냥보다도 비싼 거란다."

낯빛이 새파래진 설몽이 뻗었던 손을 얼른 움츠렸다. 그러고는 낙담한 표정으로 푹신한 태사의[#15]에 앉았다.

이전에 책 파는 노점에서 봤던 순위가 생각났다. '수진계의 부자 순위' 100명에 자신의 이름이 들어가 있지 않아 분개했었는데, 지금 생각하니 틀린 게 아니었다.

자신의 이마엔 검은 기운이 가득한 글자가 크게 찍혀 있었다.

가난.

그러고 보니 그 책이 어디 있더라, 다 읽지도 못했는데 잃어버렸네…….

잠시 후, 붉은 산호와 담수 진주가 번갈아 엮인 발이 영롱한 소리를 냈다. 단아하고 아리따운 여수사 두 명이 유풍문의 새하얀 신선 옷자락을 흩날리며 들어왔다. 좌우 양쪽에서 주렴을 걷어 올리고 눈은 아래로 내리깐 채 무릎을 꿇었다. 목소리는 꾀꼬리 같았다.

"장문 선군께서 도착하셨습니다."

말이 끝나자마자 마흔 정도로 보이는 남자가 웃으며 들어왔다. 평범한 외모에 선비 느낌이 났다. 인파에 묻히면 곧바로 숨을 수 있을 만큼 지극히 보통의 얼굴이었다. 피부가 새하얗다는

#15 태사의 팔걸이 나무 의자

것 외에는 딱히 특별한 구석이 없었다.

그러나 그가 입을 열자마자, 앉아서 차를 마시던 묵연은 하마터면 차를 뿜을 뻔했다.

"아이고, 설 장문, 설 장문. 제가 눈이 빠져라 기다렸습니다. 장문께서 유풍문에 하루빨리 오시길 매일 얼마나 고대했다고요. 아이고, 위풍당당하고 기개 넘치는 천하의 영웅이 오셨네요. 감히 범접할 수도 없는 분이지요! 훌륭합니다, 훌륭해! 저희 누추한 집에 생기가 넘칩니다! 훌륭해요! 훌륭해! 아주 훌륭해요!"

"……."

"……."

명색이 천하제일 문파의 장문인이 10대 문파 중 꼴찌인 사생지전의 장문인을 너무도 열심히 칭찬했다. '훌륭하다'는 말을 연신 해 댔고, 훌륭하다고 할 때마다 목소리는 점점 커지고 격앙되었다.

전력을 다한 극찬에 기분이 좋아진 설정옹이 빙그레 웃으며 말했다.

"아이고, 과찬이십니다. 남궁 장문께선 너무 겸손하십니다."

"겸손이라니요. 저는 진심으로 설 장문이 부럽습니다. 설 장문께선 초대 영웅호걸로서 위엄이 넘치시고, 제자들 교육에도 남다른 실력이 있지 않습니까. 저를 좀 보십시오. 중년이 되니 의지와 기개가 사라지고 몸뚱이에 남은 건 비계뿐이니, 정말 저 자신이 부끄럽습니다."

남궁류의 말투는 다정하면서도 열정적이었다. 설정옹은 도저히 참지 못하고 에둘러 말했다.

"아이고, 제가 몸 둘 바를 모르겠습니다. 하하, 하하하, 남궁 장문께선 지나치게 겸손하십니다."

전생에서 묵연은 남궁류와 인사를 나눠 본 적이 없었다. 유풍문을 도륙하기 전에 이 사람은 진즉에 달아났다. 묵연은 이런 하찮은 똥개를 상대할 생각이 애초에 없었고, 칼과 창에 맞아 죽든, 신분을 숨긴 채 도망자로 남은 생을 살아가든 상관하지 않았다.

남궁류와 이렇게 가까이 얼굴을 마주한 건 이번 생에서도 처음이었다. 그의 말투부터 마음에 들지 않았다. 묵연이 목소리를 낮춰 말했다.

"천하제일 문파의 장문인이라더니, 그 비결이 저 주둥이에 있었군."

설몽이 웬일로 그의 말에 동의하며 속삭였다.

"그러게. 입만 열면 아주 청산유수잖아. 방 안의 꽃향기도 묻힐 정도야. 쯧, 남궁류 주둥이에서 나는 단내만 진동하는군."

남궁류는 나이 많은 설 씨에 대한 칭찬을 끝내고 이제 어린 설 씨를 보며 칭찬을 시작했다.

"아이고, 하늘의 총아 설 공자 아니십니까?"

가난한 소주 설몽은 가진 것은 없어도 기세는 등등했다.

그는 무심한 태도로 공수했다.

"남궁 장문."

"재능이 출중한 사람은 전부 젊은이라더니, 잘생겼네! 대단해요! 이 코와 눈 좀 보세요, 이야, 생기 넘치네요! 역시 그 아버지에 그 아들입니다!"

"……."

남궁류가 고개를 돌려 설정옹에게 말했다.

"설 형, 정말이지 부럽습니다. 천하에 아드님의 기개를 따라올 공자가 어디 있겠습니까! 이렇게 넓은 수진계에 그렇게 많은 걸출한 젊은이 중에서, 아드님이 두 번째면 첫 번째를 할 사람은 아무도 없을 테지요!"

설몽은 계속 오만한 자세로 그를 역겨워하고 있었지만 남궁류는 설몽의 표정을 아예 못 본 듯 열렬한 칭송을 설몽에게 퍼부었다. 멀쩡하던 설 공자는 칭송 공격으로 정신이 혼미해져서는 마지막엔 결국 미소를 짓게 되었다.

그가 다시 묵연에게 속삭일 때는 이런 말을 하고 있었다.

"남궁 장문 말이야, 과장이 좀 심하긴 해도 대부분 맞는 말 아니야?"

"뭐가 맞아?"

묵연은 우스워하며 그를 흘겨보았다.

"천하에 네가 두 번째면, 감히 아무도 첫 번째를 할 수 없다는 거 말이야?"

"왜, 난 이래 봬도 영산논검에서……."

"그건 시합이잖아. 참가하지 않은 수사도 많아. 천하의 영웅호걸이 그런 작은 시합에 참가할 거라고 생각하는 거야?"

"……."

설몽의 얼굴이 달아올랐다. 잠시 후, 그가 분을 못 이겨 중얼거렸다.

"됐어, 네가 나 부러워하는 거 다 알아."

어렸을 때였다면 묵연은 분명 또 한바탕 그를 비웃었을 것이다. 그러나 지금은 말이 목까지 차올라도 설몽의 강한 승부욕과 자아도취에 빠진 모습을 상대하고 싶은 마음이 없었다. 그래서 그저 고개를 끄덕이며 웃었다.

"그래, 그래. 부러워. 네가 최고다."

그러나 다시 고개를 들어 남궁류를 보는 묵연의 얼굴은 딱딱하게 굳어 있었다.

세상에는 다양한 종류의 악인이 있다. 어떤 악인은 대역무도하고 지은 죄가 커서 온 천하가 그를 잡아 죽이고 싶어 안달한다.

그러나 그보다 더한 악인이 있다. 잘난 세 치 혀만 믿고 알랑거린 덕에, 뼛속까지 썩어 문드러졌음에도 사람들의 멸시를 받지 않는 사람들이다.

전생의 묵연은 첫 번째 종류에 해당하는 악인이었다. 그러나 그가 가장 증오하는 사람은 그를 대적하는 선한 사람들이 아니었다. 그는 매함설도, 설몽도 싫어하지 않았다. 엽망석은 심지어 존경하고 동정하는 대상이었다.

그가 가장 혐오하는 사람은, 조금이라도 이용 가치가 있다고 생각되면 바닥에 엎드려 똥구멍도 핥아 주는 남궁류 같은 아첨쟁이였다.

제기랄, 남의 똥구멍이나 핥는 놈.

남궁류가 들어온 후로 초만녕은 줄곧 창가에 서서 유풍문의 가지런한 가옥들과 넓고 아름다운 풍경을 바라보고 있었다.

높은 곳이라 바람이 거셌다. 창문을 가리고 있던 가림천이 바람에 펄럭였다. 초만녕은 그 가림천의 몽롱함 속에 서 있었다.

남궁류의 얼굴 가득한 열정적인 친절함이 순간 굳었다가 다시 나타났다. 그가 창가로 다가왔다.

"초 종사……."

초만녕은 그를 외면한 채 담담한 얼굴로 말했다.

"남궁 장문, 우리는 알 만큼 아는 사이이니."

봄날의 물처럼 부드러운 가림천이 동풍을 타고 그의 얼굴 위로 끊임없이 나부꼈다. 초만녕은 손을 들어 성가신 그것을 홱 잡아챈 다음, 냉랭하게 말했다.

"인사는 필요 없습니다."

남궁류가 웃으며 말했다.

"다른 뜻이 있어서가 아니라, 종사를 본 지도 오래된 것 같아 안부나 물으려던 것뿐입니다. 그게 다예요. 종사, 굳이 이렇게 거절할 것까지야 없지 않습니까?"

"내가 온 것은 남궁사 때문입니다."

초만녕은 여전히 고개를 돌리지 않았다.

"당신 때문이 아니라."

"사가 종사를 보면 분명 기뻐할 겁니다. 종사가 사를 제자로 받아 주진 않았지만 그래도 가르쳐 준 은사님 아닙니까. 종사가 떠난 후에도 종사가 보고 싶다고 저한테 늘 말했었지요."

"……."

초만녕이 아무 대꾸도 하지 않자 남궁류가 말을 이었다.

"종사, 채접진의 하늘이 쪼개졌을 때 종사께서 흔쾌히 나서 주셔서 사람들이 다 탄복했답니다. 회죄대사 덕분에 목숨을 구하고 원기를 되찾긴 했지만, 아직 완전히 회복하진 않았겠지요? 유풍문에서 특별히 종사를 위해 최고급 양혼단(養魂丹) 스무 개를 준비했답니다. 천하의 수련자들을 대표해 종사께 드리는 성의이니, 부디 받아……."

"남궁류."

마침내 초만녕이 그를 똑바로 보았다. 그러나 그를 부르는 호칭이 달라졌다. 그가 가림천을 잡고 있던 손을 놓고 홱 돌아섰다. 꼿꼿한 몸이 드넓은 하늘빛에 스며든 것 같았다.

그의 눈동자는 불처럼 타올랐고, 눈썹은 얼음처럼 굳었으며, 눈빛은 몹시도 험악했다.

"내게 아첨하는 것은 그만두십시오. 일개 유풍문이, 어떻게 천하의 수련자들을 대표해 제게 감사를 표한단 말입니까? 누가 그런 자격을 주기라도 했습니까?"

남궁류의 입꼬리가 움찔거렸다. 그러나 얼굴에 띤 미소는 여전히 사라지지 않았다. 잠시 후, 그가 웃으며 말했다.

"굳이 또 그렇게까지……."

설정옹은 초만녕과 남궁류의 사이가 좋지 않다는 것을 알고 있었다. 사실 수진계 전체가 다 아는 사실이었다. 초만녕이 열다섯 살 때, 남궁류는 그를 객경으로 대접했다. 먹을 것, 마실 것, 잠자는 곳을 아낌없이 제공하며 신처럼 떠받들었다. 그러나 몇 년 지나지 않아 초만녕은 유풍문의 대전에서 느닷없이 남궁류와 공개적으로 설전을 벌였다. 두 사람은 한마디씩 주고받으며 '금성호', '신무', '호수 아래 요괴의 요구 사항', '도의', '해묵은 병', '부인' 같은 말들을 했는데, 정작 옆에서 듣는 사람들은 하나도 알아듣지 못했다.

그러나 초만녕이 마지막에 분을 참지 못하고 탁상을 치며 일어나 버렸다는 건 모두가 아는 사실이었다.

– 당시 초만녕은 엄청난 보수를 받았다더군. 달마다 받는 영석과 부적이 천 개도 넘었다는 거야. 하지만 땡전 한 푼 챙기지 않았대. 그는 대전 앞에 서서 사람들이 보는 가운데 허리에 찼던 건곤낭을 풀고 남은 돈을 모조리 반환했어. 그러고는 굳은 얼굴로 말없이 객경이 되던 당시에 남궁류가 그에게 바쳤던 옥관을 벗고 긴 머리카락을 풀어 헤쳤어. 옥관은 유풍문의 사례관(司禮官)에게 돌려주었지.

……하수진계의 많은 이야기꾼이 들려주는 흥미진진한 대목이었다.

– 남궁류는 표정이 어두웠지만 원만히 해결하려고 노력했어. 그래서 초 종사에게 말했지. '선장께서 문파를 위해 오랫동안 애쓰셨는데, 갈 때 가더라도 계산은 정확히 하고 가셔야겠지요. 유풍문이 잇속만 차린다는 얘기는 듣고 싶지 않습니다.' 그랬더니 초 종사가 말했어. '과거 내가 유풍문을 위해 목숨 바쳐 일한 건 용 부인께서 제게 밥을 대접해 주신 은혜를 갚기 위함이었습니다. 그러나 부인께선 돌아가셨고, 귀 문파에서 말하는 도의와 나의 도의가 다르니 더는 남아 있을 이유가 없지요. 돈은 필요 없습니다. 당신이 주는 밥조차 먹기 부끄러우니까.' 말을 마치자마자 그는 유풍문을 떠났어.

설정옹은 그동안 이야기꾼들이 사실을 부풀려 말한 줄 알았다. 그래서 초만녕에게 유풍문이 도대체 무슨 잘못을 했는지 물어보려고 했었지만, 뒷말을 좋아하지 않는 초만녕은 고개만 저을 뿐 자세한 얘기를 한 적이 없었다.

그러나 지금 보니 이야기꾼들의 말은 전부 사실이었다.

분위기가 싸해지자 왕 부인이 상황을 풀기 위해 부드럽게 말했다.

"옥형 장로, 화내지 마세요. 그렇게 성을 내면 건강에 좋을 게 없잖아요?"

그러고는 몸을 돌려 남궁류에게도 예를 갖췄다.

"남궁 선군, 선군의 호의는 저희가 마음으로 감사히 받겠습니다. 하지만 사생지전에도 영석이나 귀한 약재가 부족하지 않으니 양혼단은 받기 어려울 것 같네요……."

"……하하, 부인 말씀이 맞습니다. 제 생각이 짧았네요."

남궁류는 수습을 해 보려는 듯 상냥하게 말했다.

"옥형 장로, 실례했습니다. 마음에 담아 두지 마세요."

묵연은 옆에서 바라보며 생각했다. 사존한테 한 방 얻어맞고도 저렇게 아무렇지도 않은 듯 태연히 웃을 수 있다니, 정말 대단한 사람이야.

그는 이렇게 생각하며 고개를 숙여 일조설청차를 마셨다.

놀랍게도 그가 차를 마시는 짧은 순간에, 남궁류가 빙그레 웃으며 그의 앞에 와 있었다.

152장 사존, 엽망석 좀 만나고 올게요

상황이 묘했다. 이 난각 안에 있는 사람 중 왕 부인, 설몽, 설정옹은 남궁류가 들어오자마자 일어나 예를 갖췄다.

초만녕은 그럴 마음이 없었으니 그대로 창가에 서 있었다.

묵연은 또 달랐다. 전생의 묵연에게 유풍문은 그저 자신에게 짓밟힌 문파일 뿐이었다. 겉이 아무리 번지르르해도 속을 알고 보면 그냥 오합지졸의 집합체일 뿐이라 경외심을 가질 것도 없었다. 그렇다고 일부러 남궁류를 난처하게 하려던 것은 아니었다. 그냥 너무 습관이 되어 버린 나머지 애초에 일어나야겠다는 생각을 못 했던 것뿐이다.

상당히 기이한 광경이었다.

이곳의 주인이자 선배인 남궁류는 화는커녕 상냥한 미소를 지으며 서 있었다. 여전히 친절함이 흘러넘치는 표정이었다.

그런데 손님이자 후배인 묵연은 축 늘어진 자세로 앉아 있던 게 제대로 걸렸음에도 계속 다리를 꼬고 태사의에 기대앉은 채 뜨거운 차를 들고 있었다.

묵연의 행동거지에 주의를 기울이지 않았던 설정옹은 그 모습을 보자마자 몹시 난처해졌다.

묵연 이 녀석, 너무 무례하잖아!

"이분은…… 요 몇 년간 명성이 자자한 묵 종사로군요."

묵연은 차를 마시지도 않고 뚜껑을 덮고는 눈을 들어 말했다.

"네."

"정말 재능이 출중한 사람은 다 젊은……."

묵연이 웃으며 그의 말을 잘랐다.

"남궁 선군, 재능이 출중한 사람은 다 젊은이라는 말은 벌써 제 사촌 동생에게 써먹으셨는데 저한테 또 써먹는 건 아니시겠지요?"

말투는 부드럽고 미소는 따뜻하여 언뜻 공손해 보였지만, 그 내용은 조금도 공손하지 않았다. 심지어 일어나지도 않았다. 그는 말을 마친 후 다시 찻잔을 들어 청자 뚜껑으로 찻잔의 가장자리를 쓸다가 모락모락 피어나는 김을 후후 불었다.

그러고는 길고 풍성한 속눈썹을 드리우고 눈을 내리깐 채 여유롭게 차를 마셨다.

그는 젊고, 잘생겼고, 훤칠했고, 여유로웠다. 그 모습을 보니 이 유풍문의 진짜 주인이자 수진계의 최고봉에 선 사람은 바로 그이고, 남궁류는 그저 수하의 개에 불과한 것처럼 보였다.

"하하, 묵 종사 말이 맞습니다. 제가 학문이 얕아 더 좋은 말이 생각나질 않았네요. 그러니……."

"당치도 않습니다."

묵연이 찻잔을 내려놓고 미소 지으며 말했다.

"남궁 선군께선 들어오셔서부터 지금까지 듣기 좋은 말을 줄줄이 쏟아 내셨는데, 선군께서 말을 잘 못 하신다면 과연 누가 잘한다 할 수 있겠습니까?"

"아이고, 묵 종사의 칭찬에 몸 둘 바를 모르겠군요."

"칭찬이라니요."

묵연은 까맣게 반짝이는 눈으로 그를 보며 씩 웃었다.

"너무 말을 잘해도 꼭 좋은 일은 아닌 것을요."

더는 두고 볼 수 없었던 설정옹이 목소리를 낮춰 타박했다.

"연아!"

설정옹이 보기에 초만녕이 남궁류를 냉정하게 대하는 것은 어떤 연유가 있을 테니 고려해 볼 만한 여지가 있었다. 과거의 일도 있고 초만녕의 지위도 낮지 않으니 말이다. 그러나 묵연은…….

묵연은 설정옹을 무시한 채 남궁류에게 말했다.

"그런 입에 발린 말들은 아껴 두셨다가 다른 후배들에게 써먹으시지요. 저는 무식쟁이라 알아듣지도 못하고, 듣고 싶지도 않습니다."

"……."

묵연은 자신의 이런 행동이 백부님을 화나게 하리라는 것을 알고 있었지만, 조금도 후회하지 않았다.

세상에는 구역질 나는 일이 차고 넘쳤고, 불같은 성미를 가진 초만녕은 늘 앞장서서 그런 일을 단죄했다. 일찍이 채접진에서 퇴마할 때도, 초만녕은 진씨 집안사람들이 약한 여자를 괴롭혔다는 이유로 자신의 명성에 누가 될 것도 마다치 않고 의뢰인인 진 원외를 만신창이로 만들었었다.

초만녕은 분명 잘못한 일이 없는데도 언제나 '냉혈한이다', '제멋대로다', '몰인정하다'라는 식의 비난을 받았다.

묵연은 또다시 자신의 사존이 '무례하다'고 비난받게 하고 싶지 않았다.

그래서 차라리 초만녕보다 더 비상식적이고 더 지나친 행동을 하기로 했다. 초만녕을 보호하려면 이런 어리석은 방법밖에 없었다. 그래서 세 사람이 모두 예의상 남궁류의 아첨과 호의를 받아들일 때 묵연은 그러지 않았던 것이다.

이건 순간의 충동이 아니었다. 초만녕이 시체 산과 피바다에서 자신을 업고 사생지전으로 돌아온 것을 알고 나서부터, 맹파당의 그 인혼과 물만두를 봤을 때부터, 지옥 깊은 곳에서 초만녕을 구해 왔을 때부터 했던 다짐이었다.

초만녕이 원하기만 한다면 언제나 초만녕의 옆에 서리라.

어쨌든, 남궁류는 연달아 두 번이나 망신을 당했다. 다른 문파의 장문인이었다면 진즉에 탁자를 뒤집어엎고 격노하며 손님들을 내쫓았을 것이다.

그러나 남궁류는 그렇게 하지 않았다. 그저 아무 일도 없었다는 듯 다시 유쾌하게 설정옹과 몇 마디 이야기를 나누었다. 오히려 더 민망해진 설정옹이 남궁류를 한쪽으로 끌고 가서는 자신이 조카를 엄하게 가르치지 못했다며 작은 목소리로 사과했다.

남궁류가 웃으며 말했다.

"아이고, 젊은이 중에 저 정도 혈기 없는 사람이 어딨습니까?

전 묵 종사가 솔직하고 감정에 충실한 것 같아서 좋았습니다."

남궁류와의 만남이 끝나고, 유풍문의 제자가 일행이 묵을 곳을 안내해 주었다.

묵연은 가는 내내 재채기를 했다. 설몽이 그를 보며 말했다.

"너 아까 입을 너무 인정사정없이 놀려 대서 남궁 장문의 저주에 걸린 거 아닐까……."

"저리 꺼져, 저주에 걸린 건 너야."

묵연의 눈시울에 눈물이 가득 차올랐다.

"난…… 에취! 난 너무 진한 훈향은 못 맡는단 말이야. 근데 아까 거기는…… 에취! 향이 너무…… 에취! 너무……."

"너무 고약했다."

"아, 사…… 엣취…… 사존."

초만녕은 그에게 손수건을 건네며 거슬린다는 듯 미간을 찌푸린 채 말했다.

"좀 닦아라. 꼬락서니하고는."

눈물을 머금은 묵연이 웃으며 해당화가 수놓인 손수건을 받아 들었다.

"역시 절 아껴 주는 건 사존이네요. 감사합니다, 사존."

초만녕은 그 말이 민망했다.

"누가 널 아낀다는 거냐."

"그러니까요!"

설몽이 인정하지 못하겠다는 듯 말했다.

"누가 널 아껴. 사존이 가장 아끼는 건 나야!"

묵연이 살짝 비웃었다.

“너 지금 몇 살인데 아직도 그런 비교를 하냐.”

그러면서도 손수건을 들고 정색하며 말했다.

“사존이 예전에 나한테 이거하고 똑같은 수를 놓아 주겠다고 약속하셨어. 너는?”

“…….”

초만녕이 재빨리 손수건을 낚아채며 무섭게 소리쳤다.

“묵미우!”

그 말을 들은 설몽은 멍한 표정을 짓더니 이내 분통을 터뜨렸다.

“그런 얘기는 귀신이나 믿겠지. 헛꿈도 그렇게 꾸는 거 아니다, 이 뻔뻔한 놈.”

그렇게 일행은 남궁류가 내준 별원으로 들어섰다. 별원에는 방이 네 개 있었는데, 설정옹과 왕 부인이 하나를 쓰고 나머지 세 사람이 각각 방을 나누어 쓰게 되었다. 정원은 구불구불한 오솔길, 살랑살랑 흔들리는 꽃, 끊임없이 귓가에 울리는 물소리를 품고 있어 독특하면서 풍취가 넘쳤다.

그런데 조금 전까지 멀쩡하던 묵연은 이 별원을 보자마자 놀란 표정으로 굳어 버렸다. 쭈뼛거리는 그의 눈에 잿빛 그늘이 졌다. 사람들을 따라 안으로 들어서서 벽돌과 기와, 초목과 바위를 보는 그의 마음은 더욱 음울하게 가라앉았다.

이곳은 전생의 유풍문에서 그의 뇌리에 강하게 남은 곳이기 때문이다.

예전에 왔던 곳에 돌아오니 이번 생에서 초만녕이 목숨을 바쳐 자신을 구하지 않았다면, 혹은 자신이 지난 생의 전철을 밟아 답선제군이 되었다면 아마 이때쯤 진롱기국으로 만든 백만 병사를 이끌고 와서 이 문파를 초토화했을 거라는 데 생각이 미쳤다. 그러자 저도 모르게 식은땀이 흐르며 일순 복잡한 감정이 차올랐다.

묵연은 눈을 감았다. 그는 감정을 감출 수 있었다. 이제 더는 기쁨과 분노에 예민하게 반응하는 그때 그 소년이 아니었다. 그래서 그의 마음속에 깔린 짙은 어둠을 알아차리는 이는 없었다.

일행은 쉬기 위해 각자 자기 방으로 들어갔다. 하지만 묵연은 자신에게 배정된 방 앞에 서서 뒷짐을 진 채 들어갈 기미를 보이지 않았다.

안내를 맡은 시녀가 긴장된 말투로 조심스럽게 물었다.

"방이 마음에 안 드십니까?"

"아, 아닙니다."

묵연이 정신을 차리고 웃었다.

"이곳이 제가 살았던 곳과 너무 비슷해서 그때 생각이 났던 것뿐입니다."

"아, 정말 신기하네요. 저는 선군께서 마음에 안 드시는 줄 알았습니다. 필요한 게 있으시면 언제든지 소인에게 말씀해 주세요. 무엇이든 도와드릴게요."

묵연이 미소 지으며 말했다.

"아무것도 없으니 가서 일 보십시오."

그는 고개를 들어 한 아름은 넘어 보이는 백 년 수령의 계수나무를 바라보았다. 나무 그늘이 전생의 귀신처럼 그의 속눈썹을 스치고 지나갔다.

속눈썹이 파르르 떨리고 마음에 근심이 일었다.

갑자기 그가 몸을 돌려 떠나는 시녀를 불러 세웠다.

"잠깐만요!"

"분부할 게 있으신가요?"

"……알아보고 싶은 사람이 있는데."

묵연이 뜸을 들이다 눈을 들었다. 눈빛이 촛불처럼 타올랐다.

"혹시, 그……."

"네?"

"아니, 이건 됐고 다른 걸 여쭙겠습니다."

묵연이 이어 말했다.

"혹시 엽망석이 어디 있는지 아십니까?"

시녀가 말했다.

"엽 공자는 서 장로께서 몸소 가르치시는 제자라서 서 장로와 같은 거처에 계십니다. 엽 공자를 만나고 싶으시면 그리로 가 보시면 됩니다."

그 말을 들은 묵연은 안도의 한숨을 내쉬었다. 그가 마지막으로 엽망석을 만난 건 술집에서였다. 당시 엽망석은 남궁사에게 같이 돌아가자고 했지만, 남궁사가 내켜 하지 않자 '저 때문에 유풍문으로 돌아가기 싫으신 거라면 제가 떠나겠습니다'라고 말했었다.

사실 그는 엽망석이 마음에 걸렸다. 전생에서 이미 그가 너무 많은 고통을 당했다고 생각했기 때문이다. 엽망석과 초만녕은 매우 비슷했다. 한 사람은 내향적이었고 다른 한 사람은 성미가 불같긴 했지만, 둘 다 의지가 확고부동한 군자였고 둘 다 좋은 결말을 맞이하지 못했다.

묵연은 자신이 이전에 했던 일들을 뼈저리게 후회했고, 그래서 이번 생의 엽망석은 조금이라도 나은 삶을 살길 바랐다. 남궁사가 몰인정하게 엽망석을 정말로 내몰지 않아서 다행이었다.

서 장로의 거처 이름은 '삼생별원(三生別院)'으로, '맹파의 물을 마시면 삼생의 일을 잊는다'라는 의미로 지었다 한다. 서 장로는 사람이 얼마나 살지 아무도 모르는데, 잊어야 할 것은 괜히 마음에 두지 말고 빨리 잊으라는 얘기를 하고 싶었다고 한다. 어쨌거나 죽고 나서 내하교에 서면 아무것도 기억하지 못하니 말이다.

듣고 보니 참 비관적인 사람이었다. 엽망석처럼 모든 것에 별 반응이 없어서 속을 알 수 없는 제자를 길러 낸 것도 이상한 일은 아니었다.

"재밌구나, 이리 똑똑한 앵무새라니. 자, 한 구절 더 외워 보렴. 밥 한 그릇과 물 한 바가지를 마시고 초라한 집에 살면서…….[#16]"

경비병에게 온 이유를 전하고 가림벽을 돌아 들어가려는데 안에서 남자의 나른한 웃음소리가 들려왔다.

조금 더 들어가자 뜰 안에 가득 내리쬐는 햇살을 받으며 서 있는 남자가 보였다. 서른 즈음으로 보이는 남자는 수수한 옷차림을 하고 있었는데, 옷 귀퉁이 몇 군데는 바느질로 기워져 있기도 했다. 그는 한겨울 날씨에 신발도 신지 않은 채 맨발로 차가운 돌 위에 서서 해바라기씨로 긴 꼬리 깃털을 가진, 파란 눈의 새하얀 앵무새를 놀리고 있었다.

앵무새는 양 날개를 퍼덕이며 횃대 위에서 몸을 흔들었다. 그러면서 꽤 의기양양하게 목청껏 외쳤다.

#16 밥 한 그릇과 물 한 바가지를 마시고 초라한 집에 살면서 《논어》 〈옹야〉 편의 한 구절. 밥 한 그릇과 물 한 바가지를 마시고 초라한 집에 살면서 다른 사람들은 그 근심을 견디지 못하는데, 안회는 그 즐거움을 바꾸지 않는구나.

"아~ 밥 한 그릇과~ 물 한 바가지를 마시고~ 초라한 집에서 살면서~."

"오, 그래, 잘했다. 엽이보다 똑똑하구나. 엽이는 어릴 때 너보다 못했는데. 이 부분을 죽어도 못 외웠거든."

남자는 해바라기씨를 앵무새의 입에 넣어 주었다.

"자, 이 아비가 상을 내리겠다."

"……."

새한테 자기를 아비라고 하다니…….

자기가 새 같은 놈이라는 건가?

가림벽 옆에 서 있는 묵연을 발견한 남자는 해바라기씨를 까서 먹다가 퉤 뱉고는 갑자기 씩 웃었다. 그의 웃는 얼굴은 아름다웠지만 어딘가 음흉한 분위기가 흘렀다. 그래도 반짝이는 햇볕을 받으며 서 있는 그의 모습은 퍽 멋스러웠다.

"묵연, 묵 종사로군?"

그가 웃었다.

"만나서 반갑네."

묵연도 웃으며 말했다.

"만나 뵙게 되어 기쁩니다."

그는 미소를 지은 후 진지하게 남자의 얼굴을 살폈다. 어딘가 낯이 익었다. 전생에 유풍문을 도륙할 때 이 사람을 본 것도 같았다. 그는…….

"아버지, 또 맨발로 다니시는군요."

그때 익숙한 목소리가 들렸다. 별거 아닌 짧은 말인데도 귀에 쏙 들어왔다.

묵연이 고개를 홱 돌렸다. 엽망석이 반달 모양의 아치형 문 뒤에서 걸어 나오고 있었다. 여전히 훤칠한 체구에 온화한 얼굴이었다. 그는 밝은 황색 비단신을 들고 남자 앞으로 와서 몸을 굽혀 신발을 내려놓았다.

아버지?

엽망석의 아버지라…….

갑자기 심장의 피가 마구 날뛰었다. 지난 생에 들었던 절규와 칼날이 부딪치는 소리, 북소리, 나팔 소리가 귓가에 들리는 것만 같았다.

– 아버지!

기억 저편에서 피투성이 얼굴이 불쑥 나타났다.

엽망석이었다. 엽망석의 울부짖는 소리가 하늘까지 닿았다……. 묵연이 유풍문을 도륙할 당시, 남궁류가 제 목숨을 보전하려고 도망간 후 72개 성은 지도자를 잃고 오합지졸이 되어 삽시간에 대혼란에 빠졌다. 그 후, 유풍문의 제일 호법인 서 장로가 팔을 걷어붙이고 나서서 뿔뿔이 흩어진 오합지졸들을 모았고, 그렇게 묵연이 순식간에 몰살할 수 있었던 패잔병들을 재정비해 엽망석과 함께 저항했다.

그의 성은 남궁이 아님에도 남궁 장문이 해야 할 일을 했다. 장로로서 유풍문의 72개 성과 운명을 같이했던 것이다.

그는 엽망석의 친아버지가 아님에도 영류를 잔뜩 불어넣은 칼날이 엽망석의 등으로 날아갈 때 엽망석을 막아서며, 자신의 몸뚱이로 자신이 키운 아이를 온전히 지켜 냈다. 눈 깜짝할 사이의 일이었다.

그때 묵연은 성벽 위에서 아래를 내려다보고 있었다. 이 장면을 목격한 그의 입꼬리에 비틀린 미소가 떠올랐다. 그때 그가 얼마나 질투했는지 오직 하늘만이 알리라.

피 한 방울도 섞이지 않은 남을 위해 기꺼이 목숨을 내놓는 사람이 있다니!

묵연의 옹졸한 마음이 극심한 고통을 호소하며 요동쳤다. 질투심에 미쳐 날뛰다 눈이 핏빛으로 물들었다.

그는 생각했다. 좋군, 아주 좋아. 엽망석은 참 행운아야. 하지만 나 묵미우는……. 만약 이 망망한 세상에 어머니 말고 나 묵미우를 위해 기꺼이 목숨 바칠 사람이 있었다면, 내가 어찌 지금 이 지경까지 왔겠는가?

하늘은 누구에게나 너그러웠다. 오직 그에게만 그토록 인색하고, 그토록 잔인했다!

그는 자신의 질투심을 불러일으키는 사람을 모조리 쓸어버리고 싶었다. 한데 뭉쳐 따뜻함을 나누는 사람들을 몽땅 지옥에 처넣고 싶었다. 도대체 왜 내게는 단 하루의 좋은 날도, 단 한 조각의 온기도 주어지지 않은 걸까. 날 상냥하게 대해 준 단 한 사람조차 일찌감치 죽어 버렸다.

내가 얻은 온정은 그만큼이 다였는데, 뭣 때문에 그것마저 앗아 가냐고?

원망스럽다!

"……."

지금 되돌아보니, 묵연은 그때 자신이 정말 바보였다는 생각밖에 들지 않았다. 이 세상에 그래도 자신을 위해 기꺼이 목숨을 바칠 수 있는 한 사람이 있었다. 다만 자신이 놓쳤고, 자신이 저버렸고, 자신이 몰랐다.

묵연은 두 눈을 꼭 감고 요동치는 마음을 가라앉혔다. 그런 다음 다시 눈을 떴다.

이 남자가 누구인지 떠올랐다. 엽망석의 사존이자 양아버지인 서상림이었다.

유풍문을 휩쓸던 둘째 날, 그는 엽망석을 구하려다 전쟁의 불길 속에서 숨을 거두었다.

묵연은 고개를 돌렸다. 마음이 괴로워 차마 햇빛 아래서 환하게 웃는 이 멋스러운 사람을 쳐다볼 수가 없었다.

그는 엽망석에게 다가가 인사했다.

"엽 공자."

엽망석은 그제야 멀찍이 서 있던 묵연을 발견하고 어리둥절한 표정을 짓다가 이내 웃으며 말했다.

"아, 묵 형도 오셨군요. 오랜만입니다."

"오랜만이군요."

사실 이번 생에서 엽망석은 묵연과 몇 번 마주친 정도의 사이였고 그렇게 친한 관계는 아니었다. 그가 미소 지으며 말했다.

"아버지를 뵈러 오셨습니까?"

"……."

묵연은 서상림을 한번 쳐다보고는 민망한 듯 고개를 저으며 말했다.

"아니, 엽 공자를 만나러 왔어요."

"엽아, 여기에 널 보러 온 사람이 얼마 만이지? 정말 흔치 않은 일이구나."

서상림이 나른하게 웃으며 해바라기씨를 입에 넣었다.

"묵 종사하고는 어디서 알게 된 거냐?"

"도화원에서 만났습니다."

"좋구나, 좋아."

서상림은 웃으면서 남은 해바라기씨를 몽땅 새 모이통에 쏟았다.

"그럼 젊은이들끼리 얘기 나눠라. 난 어디 다른 곳에 다녀올 테니."

엽망석이 그를 붙잡았다.

"아버지, 왜 또 신발을 안 신으세요?"

"아, 잊었구나."

서상림이 빙그레 웃으며 신발을 신었다.

"이러면 됐지?"

그러나 이 남자는 어슬렁어슬렁 모퉁이를 돌자마자 신발을 벗은 다음, 신발을 품 안에 넣고 유유히 떠났다. 묵연은 곁눈질로 이 모습을 보았다.

"……."

이 부자(父子)의 외모와 성향을 보면 굉장한 위화감이 들었다. 심법 때문에 서상림은 아주 젊어 보였다. 얼굴이 서른 살에 멈춰 더는 늙지 않았으니 겉으로만 봐선 엽망석과 형제 같았다.

거기에 성향까지 더하면, 이 사람은 제멋대로인 데다가 고집쟁이라서 형은커녕 엽망석의 동생이라고 해도 믿을 정도였다.

그러니까 문밖의 저 엄숙하고 장엄한 '삼생별원'이라는 편액은 일종의 장난인가?

엽망석과 묵연은 산책로를 따라 나란히 걸었다.

이 뜰에는 다양한 꽃나무와 과일나무가 심겨 있었지만, 마침 한겨울이라 모든 나무가 시든 상태였다. 누렇게 마른 잎들만 나뭇가지에 매달려 바람이 불 때마다 파르르 떨렸다.

"지난번 술집에서 부끄러운 모습을 보였습니다."

"아니에요."

묵연이 말했다.

"요즘 잘 지내나요?"

이 말을 하자마자 조금 후회했다. 엽망석은 잘 못 지낸다 한들 절대 내색할 사람이 아니기 때문이었다. 아니나 다를까, 엽망석이 웃으며 말했다.

"그럭저럭 괜찮습니다. 묵 형은요?"

"전 잘 지내요."

두 사람은 그렇게 친한 관계가 아니었다. 묵연이 그를 찾아온 것은 자신이 전생에 지은 죄 때문에 마음이 괴로워서 현생에 살아 있는 엽망석이 보고 싶어서였다. 하지만 막상 이렇게 엽망석과 둘이 있게 되니 딱히 할 말이 생각나지 않았다.

묵연은 엽망석의 많은 비밀을 알고 있었으나 그걸 말할 수는 없었다. 정말이지 마땅한 이야깃거리가 없었다. 두 사람이 그렇게 무거운 침묵을 지키며 걷고 있는데, 엽망석이 물었다.

"하사역은 어떻습니까?"

묵연은 멈칫하다가 웃었다.

“그 이름을 아직도 기억해요? 대단하군요.”

“기억하기가 쉽잖아요.”

“하하, 그렇긴 해요. 이번에 하사역도 같이 왔어요. 나중에 볼 수 있을 거예요.”

엽망석은 뜻밖이라는 표정이었다.

“같이 왔다고요? ……존주께서 초대하지 않으셨을 텐데…….”

“아직 하사역이 누군지 모르죠?”

묵연이 웃으며 말했다.

“얘기하자면 정말 길어요.”

그는 초만녕이 하사역이며, 그렇게 된 자초지종을 쭉 설명했다. 이야기를 다 들은 엽망석은 잠시 얼떨떨해하더니 탄식하며 말했다.

“묵 공자는 정말 행운아군요. 그런 분을 스승으로 모시다니.”

묵연이 말했다.

“유풍문이야말로 행운이죠. 엽 공자라는 제자를 얻었는데.”

엽망석이 겸연쩍은 듯 미소 지으며 말했다.

“과찬입니다.”

그들은 붉은 옻칠이 된 작은 부교에 도착했다. 여기까지 오는 동안 전부 마른 가지와 시든 잎뿐이었는데, 유일하게 이곳만 아름다운 푸른빛을 뽐냈다. 높이 뻗은 대나무들이 눈과 바람에도 고상한 절개를 지키고 있었다. 유풍문의 물은 모두 영력을 불어넣어 얼지 않았기 때문에 다리 아래로는 물이 졸졸 흐르고, 다리 양 끝은 짙푸른 색으로 둘러싸여 있었다.

묵연이 고개를 돌렸다. 엽망석은 고개를 숙인 채 맑은 물을 응시하고 있었다. 까만 눈동자 안에서 물결이 일렁였다. 사람은 같았지만, 지금의 그는 누구나 알아차릴 수 있을 정도로 초췌한 얼굴을 하고 있었다.

남궁사의 혼인은 그에게 너무나 가혹한 일이었다.

문득 안타까운 마음이 밀려왔다. 그렇게 많은 대가를 치르고도 돌아보는 눈길 한번 얻지 못했던 초만녕을 보는 것 같았다.

묵연이 그에게 물었다.

"엽 공자, 그냥 사생지전으로 오는 건 어때요?"

"뭐라고요?"

말을 하자마자 너무 경솔했다는 생각이 들었다. 엽망석이 어떤 대답을 할 줄도 알고 있었다. 묵연은 한숨을 쉬었다.

"그냥 한번 물어본 거예요. 신경 쓰지 마세요."

엽망석이 웃었다. 원래 넘치는 기개와 수려함을 뽐내며 멋스럽고 시원시원하게 웃는 사람이었다. 하지만 지금은 같은 사람이 같은 미소를 짓는데도 볼이 움푹 팬 것이, 기개는 여전하지만 수려함은 찾아볼 수 없었다. 그 자리를 채운 건 슬픔이었다.

그는 숨기고 싶은 것 같았지만 슬픔이 너무 깊어 아무리 애를 써도 숨겨지지 않았다.

그가 웃으며 말했다.

"이제 보니 묵형은 사생지전에서 사람을 빼 가려고 오신 겁니까?"

"하하, 맞아요. 하지만 엽 공자는 분명 오지 않을 테니까 그냥 웃자고 한 소리였어요."

"네. 아버지가 여기 계시니까 전 안 갑니다."

"공자는 앞으로 어떻게 할 생각이죠?"

"……."

엽망석은 갑자기 뭔가에 쿡 찔린 사람처럼 바로 대답하지 못했다. 앞으로 어떻게 할 생각이냐고? 그 자신도 알 수 없었다. 그는 자신이 불나방이고 남궁사는 등불이라고 생각했다. 언제나 그 등불을 따라가고 싶었다. 그 결과가 파멸일지라도.

그러나 남궁사는 그를 원하지 않았다.

"그저 유풍문에서 제가 해야 할 일을 할 겁니다."

엽망석이 미소 지으며 말했다.

"존주를 보좌하고, 아버지를 보좌하고, 나중에는 소주님을 보좌하고……."

그는 말을 멈추고 주먹을 꽉 쥐었다. 손가락 관절이 새하얘졌다.

묵연은 엽망석이 마지막 말을 이렇게 평온하게 할 수 있다는 것에 깜짝 놀랐다.

"소주님의 부인을 보좌하고."

말을 마친 그가 더는 참기 힘들다는 듯 눈을 내리깔았다. 그러나 그것도 잠시, 그는 다시 고개를 들고 겸손하고도 온아하게 묵연을 바라보았다. 놀랍게도 여전히 미소를 띠고 있었다. 마치 한겨울 추위 속에 꿋꿋이 서 있는 대나무 같았다.

갑자기 불어온 서풍에 대나무 숲에 쌓인 눈이 갈대꽃처럼 사방으로 흩날렸다.

바로 그 순간, 묵연은 생각했다. 안 돼, 남궁사가 송추동과 혼인해선 안 돼.

153장 사존, 놀라셨죠?

유풍문 소주의 혼삿날이 점점 다가왔다. 그런데 갑자기 각 대문파의 손님들 사이에서 출처를 알 수 없는 유언비어가 나돌기 시작했다.

"장 공자님, 제가 최근에 들은 얘기가 있는데 말입니다. 처음엔 터무니없다고 생각했는데, 곰곰이 생각해 보니 십중팔구 사실인 것 같더군요. 한번 들어 보시겠습니까?"

"오, 마침 나도 알고 있는 비밀이 하나 있지. 유풍문에 관한 얘긴데, 아마 들으면 소름 끼칠걸. 설마 자네가 말하려는 것과 같은 건 아니겠지."

상대방은 의미심장한 표정으로 눈썹을 추켜세우며 말했다.

"공자님께서 아신다는 비밀이 혹시 어떤 두 사람에 관한 것인지요?"

"오, 맞네."

두 사람은 서로 눈빛을 교환했다. 그중 한 사람이 목소리를 낮춰 말했다.

"제가 먼저 말하죠. 듣자 하니 유풍문의 엽망석과……."

상대방은 그새 인내심의 한계를 느꼈는지 공자의 체면도 벗어던지고 박장대소를 터뜨리며 허벅지를 마구 쳤다. 그의 눈이 추문을 이야기하고 싶어 반짝반짝 빛났다. 그가 흥분해서 소리쳤다.

"맞네, 맞아! 하하하, 정말 웃겨 죽겠군. 바로 그 얘기야! 유풍문의 엽망석이 송추동과 깊은 관계라더군!"

"나쁜 소문은 천 리 밖까지 퍼진다더니, 공자님처럼 쓸데없는 얘길 안 좋아하시는 분까지 아실 줄은 몰랐군요. 하지만 이 얘기를 하려면 목소리를 낮춰야 합니다. 여긴 임기잖습니까. 어딜 가든 유풍문 사람들이 있을 거예요. 벽에도 귀가 있을까 무섭습니다."

벽에도 귀가 있는지는 말하기 어려워도, '세 사람만 우기면 없던 호랑이도 만들어 낸다'라는 말은 진짜였다. 이 소문은 점점 눈덩이처럼 커져서, 실제로 목격한 사람은 없는데 그 내용이 점점 풍부해지고 야릇해졌다.

나중에는 임기성 밖의 작은 마을에 사는 평범한 백성들까지 알게 되었고 소문은 논이랑, 밭이랑을 따라 계속 퍼져 나갔다.

"개똥이 형, 내가 비밀 하나 알려 줄까? 절대 다른 사람한테 말하면 안 돼."

"무슨 비밀인데 이렇게 조심스러워? 말해 봐. 내 입 무거운 건 너도 알잖아. 절대 말 안 해."

"잘 들어. 유풍문에 엄청난 추문이 떠도는데, 그 송추동 알지.

곧 남궁사한테 시집가는 여자 말이야. 완전 방탕하다잖아. 형은 모를 수도 있는데, 그 여자가 일찌감치 자기 약혼자 몰래 엽망석이랑 눈이 맞았대!"

"어떻게 그럴 수가 있어?"

"불가능한 일도 아니지! 설마 모르는 거야? 송추동이 헌원회에서 경매품으로 나왔는데, 생긴 게 예쁘니까 엽망석이 음심이 동해 가지고 그 여자를 사 와서 같이 잔 거 아니겠어?"

이개똥은 너무 놀라 입을 떡 벌리더니 한참이 지나서야 더듬거리며 말했다.

"세, 세상에나…… 어떻게 그런 일이 다 있대……."

이 일은 촌뜨기 이개똥의 인식을 크게 바꿔 놓았다. 그날 밤, 잠자리에서 아내를 안고 두런두런 이야기하던 그가 탄식하며 말했다.

"춘화, 그래도 당신이 나아."

촌뜨기 조춘화는 어리둥절해서 눈을 깜박였다.

"왜 뜬금없이 그런 말을 해요?"

"당신이 좀 못생겼고, 좀 뚱뚱하고, 키도 좀 작지만, 그래도 일 잘하고 애 잘 낳고, 어떤 여자처럼 남편 몰래 다른 사내와 놀아나면서 여자의 도리를 어기진 않잖아."

조춘화는 짜증이 났다.

"내가 어디가 못생겼어요? 그냥 얼굴이 좀 누런 거지."

그러더니 금방 호기심 어린 말투로 물었다.

"뉘 집 여자가 바람났대요? 난 모르는 일인데."

"마을 사람이 아니고, 허구한 날 검을 타고 날아다니는 도사들 이야기야."

조춘화는 깜짝 놀랐다.

"누군데요?"

이개똥이 말했다.

"왜, 곧 혼사를 치른다는 사람 있잖아."

조춘화는 남궁사 쪽으로는 생각도 못 하고 한참 멍하니 있다가, 문득 깨닫고는 벌떡 일어나 앉았다.

"에구머니, 야단났네! 어쩌다 그런 일이 생겼대요? 없는 말 지어낸 거 아니에요?"

"내가 어떻게 없는 말을 지어내?"

이개똥은 허리를 꼿꼿이 펴고 아내에게 신뢰를 주기 위해 맹세까지 해 가며 말했다.

"내 친구가 유풍문의 엽망석과 송추동이 간통하는 걸 직접 봤다잖아! 그 둘이 진작부터 남궁사 몰래 잤다는 거야!"

자고로 남녀 간의 추문은 세상에서 가장 빨리 퍼지는 이야기이자 가난한 자와 부유한 자, 수련하는 자와 수련하지 않는 자의 구분 없이 모두가 환영하는 화제였다. 눈 깜짝할 사이에 유풍문에 모인 모든 손님들이 이 추문을 알게 되었다. 추문이 초만녕의 귀에 들어갔을 때는 이미 살이 어마어마하게 붙어서, 엽망석이 몇 년 몇 월 며칠에 송추동과 밀회를 했다는 것까지 자세히 들어가 있었다. 거기에 송추동이 엽망석의 아이를 가졌는데 매정한 엽망석이 자기 앞날 때문에 모자를 모른 척하니까 남궁사와 혼인하려 한다는 이야기까지 더해졌다.

"못 믿겠으면 기다려 보라고. 아이가 태어나면 남궁사를 닮았는지, 엽망석을 닮았는지 보면 되잖아!"

초만녕은 남궁사는 알아도 엽망석과 송추동은 잘 몰랐다. 그래서 도대체 뭐가 진짜고 뭐가 가짜인지 확신하지 못하고 그저 격분할 뿐이었다. 초만녕은 일의 윤곽이 뚜렷이 드러나는 흉악한 사건에는 능히 대처할 수 있지만 이번 경우처럼 종잡을 수 없는 일, 더구나 남녀가 얽힌 문제에는 속수무책인 사람이었다.

이날, 남궁사가 그에게 인사를 하러 왔다. 초만녕은 떠도는 소문에 대해 은근슬쩍 그가 알아듣도록 돌려 말했지만, 남궁사는 그의 말뜻을 전혀 알아차리지 못했다. 대신 자기가 기르고 있는 요랑 노백금 이야기만 신나게 늘어놓았다.

"며칠 전에는 노백금에게 교미를 시켜 줬어요. 아주 순조로웠죠. 그 암컷이 다음 달이면 새끼를 낳을 텐데 몇 마리나 낳을지 모르겠군요."

남궁사가 웃으며 말했다.

"새끼 중에 상태가 좋은 놈이 있으면 아버지께 말씀드려서 사생지전에 한 마리 보내 드리겠습니다."

초만녕은 그 이야기를 듣자마자 지금이 기회라고 생각했다.

"음, 하지만 그 새끼들이 순종이 아닐까 걱정이 된다."

"그럴 리가 있나요? 노백금과 상대 암컷은 전부 수련을 한 설랑(雪狼)입니다. 순수 혈통이죠."

"암요랑이 예전에 다른 요랑과 교미한 적이 없다는 게 확실하냐?"

남궁사는 어리둥절했다.

"그럴 수가 없어요. 암요랑은 벽담장에서 키우던 건데, 벽담장을 통틀어서 한 마리밖에 없었습니다. 교미하고 싶어도 할 상대가 없었는데 전부 우리 노백금 덕분에 가능하게 됐죠."

초만녕은 자신이 아주 대놓고, 확실하게 전달했다고 생각했다. 그는 사람을 늑대에 빗대어 남궁사에게 떠도는 유언비어에 신경을 쓰라고 암시했다. 그런데 왜 이렇게 눈치를 못 채는 걸까?

초만녕은 고민 끝에 자신의 암시가 충분하지 않았다는 결론을 내리고, 잠시 생각하다가 또 말했다.

"벽담장에는 요랑이 한 마리만 있었을지 몰라도 노백금과 교미를 시키려고 데려와서 유풍문에 한동안 있지 않았느냐? 네가 키우는 요랑이 그렇게 많은데 혹시……."

"에이, 아니에요!"

남궁사가 명랑하게 웃었다.

"종사님이 걱정하시던 게 그건가요? 암요랑은 노백금과 합사시켜 줬습니다. 한 우리 안에 둘만 갇혀 있었으니 다른 요랑은 기회도 없었어요."

"……."

됐다, 이 멍청한 놈!

하지만 남궁사는 초만녕의 얼굴에 드리워진 그늘을 전혀 알아차리지 못했다. 그가 일어나며 초만녕에게 제안했다.

"종사님. 종사님이 떠나실 땐 소월 연무장이 완공되기 전이었죠. 지금까지 벌써 확장 공사를 두 번이나 했답니다. 같이 가서 노백금 한번 타 보실래요?"

초만녕이 말했다.

"아니."

남궁사는 실망한 표정이었다.

"왜요?"

"말 외에는 탈 줄 모른다."

초만녕이 말을 이었다.

"너도 곧 남편이 될 사람인데 너무 놀 생각만 하지 말거라. 온종일 늑대 새끼 기르고 연무장에만 있지 말고 시간 있으면 송 낭자 옆에도 있어 주고. 사람이나 동물이나 똑같다. 네가 곁에 안 있어 주면 금방 관계가 서먹해진다."

"아닙니다. 추동이 저한테 얼마나 잘해 주는데요. 말도 잘 듣고요."

"……."

"제가 추동을 소홀히 대한다고 생각하신다면 추동도 부를게요. 추동한테 종사님 얘길 자주 해서 아마 그녀도 종사님을 뵙고 싶어 할 거예요."

그의 말을 들으며 초만녕은 생각했다. 나는 송추동을 모르고 소문도 어디까지가 진짜인지 알 수 없으니, 남궁사의 혼례 전에 이 부부를 잘 알아 놓으면 나쁠 것도 없겠지.

그래서 고개를 끄덕이며 일어났다.

"그래, 그럼 낭자를 데려오너라. 난 소월 연무장에서 기다리고 있을 테니."

남궁사는 문을 나서다가 마침 밖에서 돌아오는 묵연과 마주쳤다. 두 사람은 가림벽 앞에서 예를 갖춰 인사했다. 정원으로 들어온 묵연은 계수나무 아래에 서 있는 초만녕을 보았다. 그의 앞에 있는 진흙으로 만든 작은 화로에선 모락모락 김이 올라오고, 돌 탁자 위에는 반쯤 마신 팔보차[#17] 두 잔이 놓여 있었다.

"사존, 남궁사가 사존을 찾아온 건가요?"

"음, 소월 연무장에서 자기가 키우는 요랑을 같이 보자고 하더군."

초만녕이 방으로 돌아가려고 몸을 돌리며 말했다.

"이 옷은 요랑을 타기 불편하니 바꿔 입고 가야겠다."

요랑은 아주 사나웠다. 묵연은 초만녕의 실력을 알면서도 혼자 보내려니 마음이 놓이질 않았다.

"저도 같이 갈래요."

초만녕은 걸음을 멈추고 그를 힐끗 보았다.

"요랑을 탈 줄 아느냐?"

묵연이 웃었다. 까만 눈이 반짝였다.

"왜 못 타겠어요? 제가 말을 얼마나 잘 타는데. 하나를 보면 열을 안다잖아요. 요랑뿐만 아니라 타는 건 뭐든 다 잘 타요."

그를 비웃으려던 초만녕은 갑자기 '타는 건 뭐든 다 잘 타요'라는 말이 왠지 모르게 축축하고 야릇하게 느껴졌다. 자기도 모르게 눈앞에 꿈속 장면이 떠올랐다. 두 사람의 자세와 묵연의 탄탄한 배에 흐르던 땀이 생각났다. 정말 묵연의 몸 밑에서 노리개가 된 것처럼 무력하게 침상에 엎드린 채 한껏 휘둘리고 흔들렸던 자신이 떠올랐다.

초만녕의 얼굴이 순식간에 달아올랐다.

그가 낮은 소리로 욕지거리를 뱉었다.

"이 파렴치한!"

#17 팔보차 여덟 가지 재료로 만든 중국 차

묵연을 향한 것일까, 자신을 향한 것일까. 그는 몸을 돌려 문을 걷어차고 안으로 들어갔다. 문밖에는 반쯤 말린 발만 남아 방 안으로 숨어든 사람의 떨리는 마음처럼 흔들리고 있었다.

소월 연무장은 끝이 보이지 않는 광활한 목초지였다. 날도 춥고 땅도 얼어서 풀이 없는 지금, 황량한 벌판에는 얇은 서리가 내려앉아 있었다. 무심하게 하늘에 걸린 겨울의 태양은 구름에 가려서 조금 차가워 보였고, 흐릿하게 내리쬐는 햇볕은 전혀 생기가 없었다. 그러나 우거진 유풍문의 사냥터에는 소나무와 잣나무를 비롯한 침엽수가 무성하게 자라 있어, 멀리서 보면 갓 태어난 새끼 새들의 보송보송한 깃털로 만든 금빛 이불을 덮고 있는 듯했다.

남궁사는 나무 울타리 앞에 서서 송추동과 이야기를 나누고 있었다. 그때, 두 사람이 옅은 안개 속에서 나타났다. 초만녕과 묵연이었다. 남궁사는 처음엔 좀 놀랐지만 이내 웃으며 말했다.

"묵 종사, 설마 사존을 내게 맡기기가 불안해서 따라왔습니까?"

"아니요."

묵연도 웃었다.

"사존이 뭔가 마음에 안 드시는 게 있으면 다른 사람한테 화를 낼 수 없으니 결국 남궁 공자에게 불똥이 튈 텐데, 그러면 공자가 얼마나 억울하겠습니까. 제가 화풀이 상대가 되어 드리려고 온 거예요."

"……."

묵연의 말에 초만녕이 그를 흘겨보며 냉랭하게 말했다.

"내 생각엔 화를 돋우러 온 것 같은데."

"풉."

남궁사 뒤에 있던 송추동이 이를 듣고 조용히 웃었다. 그녀가 병아리 깃털처럼 얇고 부드러운 속눈썹을 들어 올리고 약혼자 뒤에서 우아하게 걸어 나왔다. 자태가 아름답고 얼굴은 꽃처럼 고왔다.

묵연과 초만녕을 본 그녀가 부드러운 목소리로 웃으며 말했다.

"초 종사님과 묵 종사님이 사제 간의 정이 깊다는 얘긴 오래 전부터 들었습니다. 오늘 보니 정말 그렇군요."

154장 사존의 뛰어난 승마술

초만녕은 위아래로 그녀를 훑어봤다. 지난번 헌원각에서 봤을 때도 경국지색이라 여겼는데, 가까이서 보니 뭍으로 올라온 연꽃처럼 아름답고 햇빛을 머금은 듯 고왔다. 흑단 같은 머리카락이 주변을 환하게 비추는 것이, 실로 절세가인이었다. 남궁사가 좋아할 만했다.

그러다 저도 모르게 묵연을 슬쩍 봤다. 묵연이 어떤 반응일지 궁금했다.

그런데 예상치 못하게 묵연과 정면으로 눈이 마주쳤다. 묵연은 송추동이 남궁사 옆에 떠도는 공기라도 되는 것처럼 신경도 쓰지 않고 줄곧 초만녕을 응시하고 있었다. 서로 눈이 마주치자 묵연이 따스하게 웃었다.

그의 시선에 초만녕은 저릿함을 느꼈지만, 겉으로는 애써 태연한 척하며 묵연과 잠시 마주 보다가 담담한 척 눈길을 돌렸다.

"소월 연무장에서 많은 요랑을 훈련시키는데 가장 용맹한 놈이 바로 노백금입니다. 제가 제일 좋아하죠."

남궁사는 그들을 광활한 목초지 중앙으로 데려간 후 허리춤에서 옥피리를 꺼내 빠르게 세 번 불었다. 그러자 저 멀리 숲에서 요풍#18이 일더니 새하얀 형체가 회오리바람처럼 빠르게 튀어 올랐다. 눈 깜짝할 사이에 반짝이는 털과 황금빛 발톱을 가진 요랑 한 마리가 매끄러운 곡선을 뽐내며 허공에 나타났다. 요랑은 등 뒤로 차가운 겨울 햇볕을 받으며 '아우' 하고 울더니 곧 바닥으로 착지해 남궁사 앞에 얌전히 섰다.

"아우!"

요랑이 다시 한번 울었다. 남궁사는 요랑에게 다가가 복슬복슬한 목덜미를 쓰다듬더니 웃으며 고개를 돌렸다.

"종사님, 좀 보세요. 벌써 이만큼이나 컸습니다. 떠나시던 해에는 새끼였는데 말이죠."

"내가 떠나던 해에 이미 성인 남자만 했다."

초만녕이 무표정하게 말했다.

"하하하, 그랬나요? 제 눈에는 항상 덩치 작은 새끼 같아요."

"……."

"종사님, 한번 타 보시죠."

남궁사는 또 피리를 불어 숲에서 새하얀 털을 가진 요랑 한 마리를 더 불러냈다.

"묵 종사도 타겠습니까?"

세 사람은 각각 요랑의 등에 올라탔다. 남궁사가 말했다.

#18 **요풍** 妖風. 요괴가 일으키는 바람

"고삐나 목덜미 털을 꽉 잡고, 다리로 꽉 조이세요. 사실 말 타는 것과 별반 다르지 않습니다."

그러고는 고개를 숙여 송추동에게 말했다.

"추동, 이리 와. 나랑 함께 타자."

초만녕은 자신이 못 탈 줄 알았는데, 요랑의 등에 올라타 시험 삼아 몇 걸음 가 보니 생각보다 그렇게 어렵지 않다는 것을 느꼈다. 심지어 요랑은 매우 총명해서 올라탄 사람의 마음을 정확히 이해했다. 덕분에 말보다 타기가 훨씬 쉬웠다.

남궁사가 웃으며 말했다.

"어때요? 한 바퀴 뛸까요?"

"이곳의 어디든 갈 수 있는 것이냐?"

"당연하죠. 뒤쪽에 있는 사냥터든 소월 연무장이든 편하게 가세요."

묵연이 웃으며 말했다.

"시합할까요?"

"그래, 한판 해보자."

초만녕은 송추동을 요랑에 태운 남궁사를 슬쩍 보고, 부부의 정을 쌓기 좋은 기회라고 생각해 흔쾌히 응했다.

남궁사는 웃으며 팔목에 차고 있던 영석 팔찌를 풀었다.

"그렇다면 이 팔찌를 상으로 걸 테니, 사냥터 북쪽에 있는 감천호에서 석반어(石斑魚) 다섯 마리를 잡아 먼저 돌아오는 사람이 이기는 걸로 하죠. 어떻습니까?"

"칠성 영석 팔찌라니, 남궁 공자는 통이 참 크군요."

"즐거울 수 있다면 천금도 안 아깝지요."

남궁사는 고삐를 꽉 쥔 후 고개를 숙여 송추동에게 말했다.
"떨어지지 않게 잘 앉아 있거라. 너무 빨리 달리는 것 같으면 말하고."
묵연은 송추동을 흘겨보고는 미소를 지으며 말했다.
"남궁 공자, 팔찌를 미리 내놓는 게 좋을지도 모르겠습니다."
"하, 얕보지 마시죠. 전 요랑을 타면서 자란 사람입니다. 여기서 한 명 더 태워도 거뜬하지요. 갑시다. 셋을 세면 시작인 겁니다."
"셋, 둘, 하나!"
말이 떨어지기 무섭게 새하얀 형체 세 개가 숲을 뚫고 날아가는 화살처럼 씽 출발하더니, 스산한 초원을 달려 순식간에 끝에 있는 사냥터에 도착해 이내 빽빽한 숲속으로 모습을 감췄다.
초만녕은 처음에 속도를 늦춰 남궁사와 송추동의 뒤를 따라갔다. 그러나 송추동이 자꾸 비명을 지르는데, 계속 듣고 있으려니 귀가 아팠다. 거기에 더해진 여인의 뾰로통한 애교 소리는 정말이지 참기 힘들었다. 그는 결국 속도를 높여 그들을 추월해 버렸다.
'공자님, 천천히!'라는 겁먹은 비명이 점점 멀어지자 초만녕도 점차 요랑을 타는 재미를 느꼈다. 영수인 노백금은 몹시 총명해서 그가 손끝만 살짝 움직여도 그의 마음을 이해하고 바로 반응했다. 남궁사가 이 동물들을 소중히 여기는 것도 이해할 만했다.
겨울바람이 얼굴을 때렸지만 전혀 춥지 않았다. 초만녕은 고개를 들어 눈앞에 펼쳐진 부서진 햇살을 보았다. 흡족한 마음에 그 사이를 가르니 빛이 홍수처럼 달려들었다가 멀어졌다. 절로 미소가 새어 나왔다. 유쾌하기 그지없는 질주라 여기며 그는 노백금을 마음껏 달리게 했다. 미친 듯이 움직이는 요랑의 발이 빽빽한 침엽수림 위를 구르며 흙먼지를 일으켰다.

그의 뒤로 묵연이 검은 발톱의 요랑을 타고 시종일관 바짝 쫓아오고 있었다. 어느 순간, 초만녕의 가슴속에 묘한 기쁨과 안도감이 피어올랐다.

확신은 없었지만, 드디어 자신에게도 마음대로 앞으로 나아갈 수 있는 권한이 생긴 것 같았다. 자신이 어디로 달려가든 뒤에서 항상 이 발소리가 들리고, 이 사람이 언제나 떨어지지 않고 곁에 있을 것 같았다.

초만녕은 묵연과 거의 동시에 감천호에 도착했다. 푸른 물결이 일렁이는 호수는 마치 심원의 거울처럼 맑았다. 호숫가 양쪽에 있는 꽃나무와 과일나무는 흘러넘치는 호수의 영기 덕에 사계절의 영향을 받지 않는 듯했다. 한겨울에도 귤나무는 변함없이 잎이 무성했고, 그 푸른 잎사귀 뒤에는 무수히 많은 황금색 과실이 숨어 있었다. 바람 속에도 청량하고 달콤한 감귤의 향이 가득했다.

부드럽게 내려선 초만녕이 주위를 둘러보며 말했다.

"훌륭한 인물이 나올 법한 좋은 곳이다."

묵연은 검은 발톱의 요랑을 끌고 걸어와 웃으며 물었다.

"사존 마음에 드신다면 사생지전에 돌아가 이런 과일나무를 여러 그루 심어요. 영기로 일 년 사계절 내내 키워서 먹고 싶을 때 따 먹을 수 있도록요."

초만녕은 코웃음을 치더니 가타부타 말없이 호숫가로 걸어가 천문을 소환했다.

묵연은 기이하게 여기며 그를 막았다.

"뭐 하시는 거예요?"

"낚시."

"……사존, 설마 바람을 일으켜 호수 안에 있는 물고기를 모두 낚아 올리려는 생각은 아니시죠?"

"무슨 소리냐."

초만녕은 그를 흘겨보고 손을 휘저어 금색 넝쿨을 호수 위로 던지고는 호수에 대고 담담히 말했다.

"너희 중에 삶에 싫증 난 자가 있는가? 있다면 물어라."

이렇게 세 번 말한 뒤 초만녕이 천문을 회수했다. 금빛 찬란한 잎에 정말 삶에 아무 미련도 없는 듯 삼백안을 끔뻑이며 거품을 문 채 하늘을 보고 있는 대두어 몇 마리가 걸려 있었다.

초만녕이 그것들을 보더니 고개를 돌려 묵연에게 물었다.

"석반어를 잡아야 한다고 했던가?"

"네."

"……석반어가 어떻게 생겼는지 아느냐?"

말을 끝낸 초만녕은 너무 돌려서 질문했다는 생각에, 아예 천문을 들어 올려 걸려든 물고기 몇 마리를 들어 묵연에게 보여주었다.

"이 중에 있느냐?"

"……그냥 제가 잡아 드릴게요."

묵연은 석반어 열 마리를 잡아 두 요랑의 목에 걸려 있는 건곤낭에 나눠 담았다. 초만녕은 '살고 싶지 않은' 물고기를 다시 호수에 풀어 준 뒤 담담하게 말했다.

"삶은 짧으니 미안하지만 조금 더 참아라."

이 말을 들은 묵연은 이 남자가 웃기기도 하면서 귀엽다고도 생각했다. 마지막 석반어를 담고 뒤돌아서니 푸른 호숫가를 따라 걸어오는 초만녕이 보였다. 그의 뒤에서 반짝이는 호수가 하얀 그를 부드럽게 감쌌다. 몽롱한 느낌이었다.

묵연은 문득 강렬한 욕망에 사로잡혔다. 성큼성큼 다가가서 초만녕을 품에 안고 다정하게 대하며 더없이 부드럽게 어루만지고 싶었다. 동시에 그가 으스러질 정도로 주무르고 싶었다. 귤나무 숲으로 끌고 들어가 나무에 밀치고 그의 다리를 들어 올려 거칠게 범하고 싶었다.

묵연은 점점 가까워지는 초만녕을 보며 그토록 모순적이고 강렬한 자신의 갈망에 놀랐다. 가장 부드럽고 가장 거친 갈망이 모두 그로 인해 생겼다.

사랑이라, 사랑이라.

사랑은 원래 이런 모양이 아니던가?

단단한 열기는 당신을 가를 뜨거운 칼날이다.

따스한 부드러움은 당신을 감싸 안을 봄날의 따사로움이다.

"남궁사도 참."

초만녕은 묵연의 요동치는 눈빛을 보지 못한 채, 묵연 앞으로 걸어가 노백금의 목에 걸린 건곤낭을 살피며 말했다.

"여인을 태웠다고 이렇게 느리게 달리다니."

"다른 짓을 하고 있을지도 모르죠."

묵연은 머리가 조금 뜨거웠다. 그는 초만녕이 고개를 숙일 때

드러난 뽀얀 목덜미를 늑대 같은 눈으로 뚫어지게 봤다. 순간 배 속이 뜨겁게 달아올라 아무 생각 없이 중얼거렸다.

초만녕이 어리둥절해했다.

"뭘 한다고?"

"……."

그제야 정신을 차린 묵연이 실언했다는 것을 깨닫고 헛기침을 하며 고개를 돌렸다.

"아니에요."

하지만 금세 무슨 뜻인지 눈치챈 초만녕이 눈을 동그랗게 떴다가 이내 위협적으로 가늘게 뜨며 말했다. 조금 화가 난 듯했다.

"무슨 허튼 생각을 하는 것이냐. 말에 타거라. 돌아가자!"

묵연은 '말이 아니라 늑대입니다'라고 말하고 싶어 입술을 달싹이다가, 초만녕의 어두운 표정과 빨개진 귀를 보고는 말을 삼켰다.

그는 아쉬운 눈으로 날렵하게 노백금에 올라타는 초만녕을 바라보았다. 더없이 우아하고 아름다운 모습이었다. 그의 옹졸한 마음속에 갈망이 끓어올랐다. 초만녕이 내 사람이기만 했다면, 그를 덮쳐 녹진하게 녹이고 말도 늑대도 타지 못한 채 내 품에 기댈 수밖에 없게 만들 텐데.

묵연은 이내 자기 생각에 충격을 받고 죄책감을 느끼며 무의식적으로 고개를 가로저었다.

마침 그런 그의 행동을 본 초만녕이 물었다.

"왜 그러느냐? 고개는 왜 저어? 내가 잘못 말했느냐?"

"아뇨, 사존의 가르침은 모두 옳습니다. 제가 쓸데없는 생각을 했어요."

남궁사랑 송추동의 일 따위를 생각한 건 아니지만요.

제가 생각하는 사람은 사존이에요…….

묵연은 또 '에휴, 노백금의 다리를 부러뜨릴 수 있으면 좋을 텐데'라고 생각했다. 그러면 초만녕이 탈 늑대가 없으니 제 체면을 봐서라도 그의 검은 발톱 요랑을 함께 타 줄지 모른다.

묵연은 정말 초만녕을 다시 안고 싶었다. 목말라 죽기 직전의 사람처럼 한때 자신이 능욕했던 그 다디단 이슬이 너무도 그리웠다……. 묵연은 그런 생각을 떨치지 못한 채 초만녕의 뒤를 따라 소월 연무장으로 돌아갔다. 그곳에서 송추동과 남궁사가 이미 기다리고 있었다.

송추동은 땅에 앉아 핏자국이 있는, 옥처럼 투명한 발목을 드러내고 있었다.

가던 도중 다리를 꽉 조이라던 남궁사의 신신당부를 잊는 바람에 가시나무에 피부를 긁혔던 것이다. 비록 작은 상처였지만, 모른 척할 리 없는 남궁사가 그녀를 데리고 와 상처를 치료했다.

묵연은 그녀의 다리를 흘끗 봤다. 예쁘다고 할 수 있었지만 초만녕과 비교하면 한참 떨어졌다. 그럼에도 전생에 송추동의 다리를 꽤 좋아했었던 자신이 부끄러웠다.

정말 눈이 삐었던 게 틀림없다.

그는 요즘 초만녕이라면 뭐든 다 좋았다. 앞으로 봐도 좋고 뒤로 봐도 좋았다. 심지어 섬뜩하게 번뜩이는, 인정미 없는 경멸 어린 눈동자마저 도도하고 기품 있어 보였다. 그게 바로 초만녕이었다. 정말 너무 예뻤다. 예뻐 죽을 것 같았다.

그가 노려보고 욕하고 눈을 부릅떠도 예뻐서 어쩔 줄 몰랐다. 제 마음에 아름다운 봄날이 온 것 같았다.

"약속은 약속이니."

남궁사는 통 크게 값비싼 팔찌를 초만녕에게 건넸다.

"종사님께 드리겠습니다."

초만녕은 팔찌를 보고 말했다.

"칠성 영석은 영핵을 보하는 데 좋지. 마침 필요했는데 고맙다."

그 말을 듣고 시무룩해진 묵연이 무의식적으로 구시렁거렸다.

"다음에 제가 더 좋은 걸로 사 드릴게요."

"뭐라고?"

초만녕은 잘 듣지 못해 그를 돌아봤다.

묵연은 그의 봉안에 또렷이 비친 자신의 얼굴을 보았다. 그의 눈에 자신이 담길 정도로 가까워진 거리에 마음속 씁쓸함이 조금 옅어졌다.

묵연이 웃으며 말했다.

"제 말은, 다음에 사존께 더 어울리는 걸 발견하면 사 드리겠다고요."

"그래."

초만녕의 명쾌한 대답은 묵연을 더 기쁘게 했다.

묵연은 좀생이처럼 남궁사를 봤다. 전혀 그럴 뜻이 없는 남궁사에게 괜한 경쟁심을 불태우던 그는, 의기양양하게 이렇게 외치고 싶었다. 사존이 네 물건을 받으면 고맙다며 예의를 갖추지만 내 것을 받을 때는 그렇지 않아. 이것 봐, 사존은 나를 남으로 안 본다고.

초만녕이 말했다.

"주인에게 영수증 받는 거 잊지 말아라. 나중에 내가 돈을 줄 테니."

"……."

건곤낭에서 열 마리의 석반어를 꺼냈다. 남궁사는 소월 연무장 옆의 사냥 오두막으로 그들을 데려갔다. 오두막 밖에는 그을음이 낀 화로가 놓여 있었고, 조리 도구가 모두 갖추어 있었다. 다만 오두막이 낡고 얼룩덜룩해서, 웅장하고 아름다운 목초지와 비교하면 같은 시기에 지어진 것 같지 않았다.

초만녕의 손가락 끝이 울타리를 스쳐 거기에 묶인 전투용 깃발 앞에 멈췄다. 깃발은 세월의 풍파 속에 이미 과거의 찬란함을 잃은 상태였다.

남궁사는 조미료를 챙겨 오두막에서 나오다가 깃발을 보고 있는 초만녕을 발견하고 웃으며 말했다.

"초 종사님이 떠나신 해에 제가 거기 묶어 두었는데 썩기 일보 직전이네요."

초만녕은 아무 말 없이 옅은 한숨을 내쉬고는 나무 말뚝으로 만든 낮은 의자에 앉았다.

그가 유풍문에 있을 때 남궁사는 아직 어린아이였다. 그는 종종 남궁사를 데리고 소월 연무장을 거닐었는데, 이 사냥 오두막은 바로 그때 지어진 것이었다.

불은 금방 타올랐다. 석반어를 과일나무 나뭇가지에 꽂아 불에 굽자 향긋한 생선 기름이 바삭한 살코기 밑에서 줄줄 흐르며 진한 향을 풍겼다.

남궁사는 여섯 마리를 나무 울타리 옆에 웅크리고 있는 요랑에게 나눠 주고, 나머지 네 마리는 소금을 뿌려 사람들에게 나눠 줬다.

송추동은 몇 입 먹더니 마파람에 게 눈 감추듯 생선 한 마리를 먹어 치운 남궁사에게 건네며 말했다.

"저는 더 못 먹겠어요. 공자님께서 제 것도 좀 드세요."

초만녕은 그들을 흘끗 봤다. 구운 생선을 건네받은 남궁사가 기분 좋게 두 번째 생선을 뜯는 모습을 보며, 속으로 송추동이 얌전하고 부드럽고 자상한 사람이라고 생각했다. 소문 속의 외도한 여인과는 완전 딴판이라 유언비어는 역시 믿을 게 못 된다 싶었다.

생각에 빠져 있던 그의 앞에 세심하게 발라낸 생선 살이 놓인 연잎이 내밀어졌다. 가시를 다 골라낸 하얀 살에서 맛있는 향과 함께 김이 모락모락 피어오르고 있었다.

의아함에 고개를 돌리니, 묵연이 항상 가지고 다니는 은색 단검을 집어넣고 있었다. 묵연이 웃으며 말했다.

"사존, 이거 드세요."

"연잎은 어디서 난 것이냐?"

"아까 호숫가에서 낚시할 때 챙겼어요."

묵연이 생선 살을 건넸다.

"따듯할 때 드세요. 식으면 맛없어요."

초만녕은 연잎을 건네받았다. 그의 마음에 잔잔한 물결이 일었다.

"고맙다."

확실히 생선 가시가 싫은 그였다. 가시를 다 바른 석반어는 입에 넣자마자 스르르 녹았다. 초만녕은 한 점 한 점 질리지도 않고 맛있게 먹었다. 모두가 생선을 다 먹었을 즈음, 불에 올려 둔 차가 끓었다. 송추동이 일어나 쇠 주전자를 내려 한 잔씩 따라 두 손으로 찻잔을 건넸다.

"초 종사님, 차 드세요."

섬섬옥수가 백자 찻잔을 받쳐 들자 밝은 달처럼 고운 팔이 드러났다. 그때 팔목에 있는 주사(朱砂) 자국이 눈에 들어왔다.

문득 헌원각 경매가 생각났다. 당시에 한린성수가 그녀의 손목에 호궁사를 찍었다고 했던 각주의 말을 떠올리며 이것이구나, 했다. 호궁사가 있으니 송추동과 엽망석이 바람을 피웠다는 말은 터무니없었다.

여기까지 생각이 미친 초만녕은 속으로 한시름 덜었다. 남궁사는 가식 없고 솔직한 사람이었다. 초원의 야생마처럼, 고집 센 외로운 늑대처럼, 소박하면서도 엄하고 매서운 데가 있었다. 그런 그가 싫지 않았던 초만녕은 남궁사가 정숙하지 못한 여인과 혼인하길 바라지 않았다.

송추동은 묵연에게도 차를 건넸다. 찻잔을 받은 묵연은 차를 마시는 대신 한쪽에 내려놓고 미소 지으며 말했다.

"송 낭자에게 줄 것이 있어요."

155장 사존, 그해 첫날밤에 사실 저……

묵연은 말하면서 얇은 팔찌 하나를 꺼냈다. 동해의 진주조개와 축융산의 수정을 엮어 만든 팔찌는 광채가 번쩍이는 것이, 한눈에 봐도 값진 물건이었다.

"일전에 서신으로 잉어 수정을 부탁했는데, 아쉽게도 그 수정은 이미 사촌 동생이 검 제련에 썼습니다. 다른 혼인 선물을 준비하지 못해서 이 수화(水火) 팔찌를 샀는데, 낭자에게 잘 어울릴 거예요."

"이…… 이리 귀한 것을. 전 받을 수 없어요……."

"혼인 선물을 안 받는 법이 어딨습니까?"

묵연이 웃으며 말했다.

"게다가 수화 팔찌는 불 속성 영력을 억제하지만 오직 여인만 할 수 있죠. 앞으로 이걸 지니고 남궁 공자 곁에 있으면 어느 정도 공자의 영류를 안정시킬 수 있으니 사치품이 아닌 실용품인

셈이에요."

송추동은 남궁사를 봤다가 그의 허락을 받고서야 두 손으로 팔찌를 받았다. 그러더니 공손하게 예를 갖춰 부드러운 목소리로 인사했다.

"감사합니다, 묵 종사님."

네 사람은 앉아서 차를 마시며 담소를 나눴다.

초만녕은 남궁사의 결혼이 신경 쓰여, 그에게 나중에 가서 탈이 나지 않도록 당분간 혼례식의 세세한 부분까지 모두 준비되었는지 잘 살피라고 했다.

남궁사는 두세 모금 만에 차를 털어 넣고 빈 잔을 던지고 놀다가 웃으며 말했다.

"종사님, 걱정 마세요. 매일 밤 확인하고 있어요. 저도 어릴 때하고는 달라서 신경 써야 하는 일이 뭔지 잘 알아요. 어제 추동의 예복에 진주 한 알이 빠진 것을 보고는 즉시 사람을 불러 다시 만들게 했다고요."

혼례식 이야기가 나오니 늘 잘난 체하는 얼굴에 의외로 수줍음이 떠올랐다.

그는 송추동을 흘끗 보고는 웃으며 말을 이었다.

"추동은 분명 몹시 아름다울 거예요."

그 말은 전생의 송추동 남편의 귀로 흘러들어 갔다. 묵연은 무심하게 차를 한 잔 따랐다. 그는 물론 송추동이 천하에서 제일가는 모란꽃 같은 절세미인이라는 것을 알고 있었다. 그런데 그게 뭐 어떻단 말인가?

그해에 욱영봉에서 제사를 지낸 후 답선군은 수진계의 첫 번째 황후를 맞이했으나, 혼사를 치른 첫날밤에 신방에서 자지 않았다.

그날 밤, 과음한 그는 일렁이는 붉은 촛불 아래 어둑한 휘장 속에서 수줍음으로 발그레해진 새신부의 얼굴을 한참 뚫어지게 쳐다봤다. 인생의 중차대한 의식을 앞두면 지난 삶을 돌아보며 세월의 무상함에 빠져 왠지 모를 감상에 젖기 마련인데, 답선군도 예외는 아니었다.

그는 갑자기 모든 것이 비현실적으로 느껴졌다. 그의 눈은 바로 앞의 곱게 상기된 얼굴 너머로, 수년 전 눈보라 치던 날을 떠올리고 있었다.

옷도 제대로 못 입고 찬 바람을 맞았을 때, 굶어 죽기 직전 누군가가 연민의 마음으로 가져온 쌀죽을 먹었을 때, 처음 사생지전에 발을 들이고 불안에 떨었을 때, 까치발을 하고 달 아래 핀 해당화를 꺾었을 때, 초만녕 앞에 무릎을 꿇고 버드나무 가지에 맞았을 때…….

자신이 뭇 선군들을 밟고 천하의 지존이 되는 날이 올 거라 어찌 생각이나 했을까.

– 서방님, 무슨 생각 하세요?

송추동이 붉은 입술을 살짝 떼고 촉촉한 눈으로 그를 응시하며 말했다. 그녀의 숨결은 지금 그가 서 있는 고고한 자리처럼 너무나도 달콤했다.

그는 모든 것을 가진 것만 같았다. 미인도, 지위도, 권세도…….

만족스럽지 않을 것이 뭐가 있을까?

딱히 불만족스러운 것이 떠오르지 않았지만 어쩐지 공허했다. 썰렁한 산꼭대기에 서 있는 기분이었다. 주위로 고개 숙인 채 납작 엎드린 흐릿한 얼굴들이 떠다녔다.

그는 그 아첨꾼들의 얼굴을 훑어봤다. 그를 찬양하고 찬미하며 무릎을 꿇고 맞이하는 아부 떠는 그 얼굴들은 하나같이 똑같았다.

누군가가 애교 있게 그를 부르는 소리가 들렸다. 여리여리한 목소리가 꼭 모란 꽃잎 같았다.

– 서방님…… 서방님…….

역겹고 혐오스러웠다. 그는 바글거리는 찬미자들 사이에서 벗어나고 싶었지만, 달콤한 목소리가 설탕물처럼 그를 휘감았다.

그는 송추동을 확 밀었다. 교태를 부리던 신부는 그의 난폭함에 용과 봉황이 새겨진 붉은 침상 위로 쓰러졌다. 머리 가득 꽂은 금은과 비취가 흔들리고 떨잠이 잘그락거렸다. 그 일렁이는 반짝임 속에서 묵연은 모든 것이 어그러졌다고, 모든 것이 거짓 같다고 생각했다. 금빛 찬란한 빛은 도깨비불 같았고, 빨갛게 불타는 초는 피눈물 같았다.

너무 역겨웠다. 그런데 누가 역겨운지 알 수 없었다. 송추동일까? 어쩌면 이렇게 변해 버린 자신일 수도.

그는 문을 박차고 나갔다.

전생에서 답선군의 혼례 날, 황후인 송추동이 푸대접을 받았다는 사실을 아는 자는 극소수였다. 묵연은 붉은 예복을 입은 채 홍련수사의 문을 열고 들어갔다.

그가 들어가고 잠시 후, 홍련수사의 촛불이 꺼졌다. 송추동의 신랑은 그곳에서 꼬박 하룻밤을 보냈다.

다음 날 해 질 무렵, 설몽이 사생지전에 쳐들어와 소란을 피울 즈음에서야 묵연은 나른한 모습으로 문을 열고 나왔다. 그는 흩어진 의관을 정리한 뒤 실컷 음탕하게 놀아 만족한 얼굴로 정전을 향해 발걸음을 옮겼다.

그날 밤 홍련수사에서 대체 무슨 일이 있었는지는 아무도 알지 못했다.

초만녕과 묵연은 남궁사와 송추동에게 인사한 뒤 함께 별원으로 돌아왔다.

초만녕이 갑자기 무심하게 물었다.

"남궁사가 송추동이 아름다울 거라고 말할 때, 뭘 그리 넋을 놓고 쳐다본 것이냐."

묵연이 말했다.

"그녀가 혼례복을 입은 모습을 상상했어요."

초만녕은 불쑥 치솟는 질투심에 소매를 털며 차가운 표정을 지었다.

"예가 아니니 생각하지 말거라. 남의 약혼녀인데 네가 신경 쓸 것이 뭐가 있어."

묵연이 웃었다.

"누가 그녀를 신경 쓴대요. 저는 그냥 혼례복을 입은 모습이 사존의 반도 못 따라올 거라고 생각한 것뿐이에요."

"……."

치밀어 오르는 화를 터트리려던 차에, 기습적으로 작은 사냥개가 손바닥을 쓱 핥고 지나간 기분이었다.

초만녕은 붉으락푸르락한 얼굴로 한참을 제대로 말도 못 하다가 결국 소매를 털며 이렇게 말했다.

"귀신 주례의 환각 세계에서 있었던 황당한 일은 이제 입 밖에도 꺼내지 말거라."

묵연은 속으로 한숨을 내쉬었다. 난 그러려고 한 게 아닌데 당신이 물었잖아. 그렇다고 당신한테 거짓말하기도 싫고. 예쁘다고 칭찬을 했을 뿐인데 도리어 혼나다니.

하지만 혼나는 것도 이렇게 달콤하다니.

한때 당신을 잃었던 것을 생각하면, 당신이 이렇게 기운차게 평생을 혼낸다고 해도 난 설탕 단지 속에 빠져 사는 느낌일 거야, 초만녕…….

어쩌지, 난 당신을 향한 갈망을 멈출 수 없어.

날은 빠르게 흘러 남궁사의 혼례가 하루 앞으로 다가왔다.

유풍문은 방방곡곡에서 온 손님들로 가득했다. 대문파의 장문인과 소주, 강호에 흩어져 수련하는 사람들은 물론 영력이 없는 거상들까지, 미리 오지 않았던 사람들 모두 이날 성 앞에 모여드는 바람에 순식간에 화개[#19]와 마차가 구름을 이루었다. 화려

#19 화개 華蓋. 그림이나 수를 놓아 화려하게 만든 양산

하게 차려입은 남녀가 끊임없이 밀려들고, 사람들이 걸친 비단과 보석에서 반사된 빛이 유풍의 거리를 은하수로 만들었다.

설몽은 아버지 손에 이끌려 또래의 여자 수련자와 인사를 나눴다.

"왕 선군, 오랜만이네. 반갑구먼. 이런, 만타 아닌가? 벌써 이렇게 자랐다니, 정말 눈부시게 예뻐졌어. 자, 설몽아, 와서 왕 백부님께 인사드려라."

설몽은 마지못해 다가가 인사했다.

"왕 아저씨, 안녕하세요."

설정옹이 그의 뒤통수를 퍽 치더니 어금니를 꽉 물고 미소 띤 얼굴로 말했다.

"왕 아저씨가 아니라 왕 백부님이다."

"하하하, 그게 그거지. 하늘의 총아는 역시 인물이 훤하군. 자네를 쏙 닮았네. 좋겠어."

주거니 받거니 한차례 한담이 오간 후 설몽은 설정옹에게 떠밀려 '만타'와 화원을 거닐게 되었다. 만타는 올해 열여섯으로 꽃다운 나이였다. 서늘한 분위기를 풍기던 그녀가 설몽과 나란히 걷다가 말했다.

"어른들께서 우리에게 함께 다녀오라고 한 뜻을 설 공자도 모르진 않겠지요."

"예."

"미리 말하지요. 산책은 상관없지만 전 설 공자 같은 성격을 좋아하지 않아요. 그러니 다른 생각은 하지 마세요."

"아…… 뭐라고요?"

깜짝 놀란 설몽은 발걸음을 딱 멈추고 잿빛이 된 얼굴로 만타의 다음 말을 기다렸다.

야생화 같은 그녀가 턱을 치켜들고 제법 거만하게, 제법 위협적으로 설몽의 얼굴을 보며 차갑게 말했다.

"제 마음의 주인은 따로 있어요. 설사 제게 마음이 있다고 해도……."

"돌았어?"

설몽이 결국 폭발했다.

"내가?"

그는 손으로 자신을 가리키며 어이없다는 표정을 했다.

"너한테 마음이 있다고?"

"그게 아니라면 왜 저를 외진 샛길로 데려온 거죠? 흑심을 품어서 아닌가요?"

"차라리 머리에 구멍이 났냐고 묻지그래!"

설몽의 불같은 성미가 터져 나왔다. 그는 분기탱천하여 눈에서 불을 뿜으며 말했다.

"내가 널 좋아한다고? 내가 널 좋아해? 내가……."

"내가 좋다는 말을 왜 자꾸 해요? 변태!"

한 성격 하는 만타가 발을 구르며 고개를 쳐들더니 설몽의 뺨을 냅다 갈겼다.

안 그래도 눈앞이 아찔할 정도로 화가 나 있던 설몽은 희고 보드라운 손에 맞자 억울해서 피를 토할 지경이었다. 왕 부인이 평소 예를 갖춰 여인을 대하라고 가르치지 않았다면, 진작에 만타를 쓰러뜨리고 흠씬 두들겨 팼을 것이다.

그때, 저편에서 옅은 색 눈동자에 오뚝한 코를 가진 남자가 다가왔다. 만타는 그를 보자 멈칫했다. 순식간에 그녀의 눈에 눈물이 그렁그렁 고였다. 그녀가 곧 애교 섞인 목소리로 남자를 부르며 그를 향해 뛰어갔다.

"매 공자!"

매함설이었다. 그는 이렇게 외진 길에서 다른 사람을 만날 것이라고 예상치 못했는지 잠시 당황하더니, 자신을 향해 날듯이 뛰어오는 만타를 보고는 손을 들어 허공에 결계를 쳤다. 그녀는 미처 멈추지 못하고 천둥 번개의 힘이 흐르는 결계에 퍽 부딪치고는 놀라 소리치며 쓰러졌다.

매함설은 그녀를 일으킬 생각이 없어 보였다. 그가 그녀에게 인상을 쓰며 말했다.

"낭자, 사람을 잘못 봤습니다."

"잘못 봤다니요? 어찌 잘못 볼 수 있나요……. 그때 저한테 금색 향낭을 주면서 그랬잖아요, 절 한번 만나니 잊을 수 없을 것 같다고, 제가 열여덟이 되면 아내로 맞이하겠다고. 설마…… 다 잊으셨나요?"

매함설은 묵묵부답이었다.

"매 공자……."

"사람 잘못 봤습니다."

매함설은 고개를 저으며 이 말만 내뱉고는 눈물을 한가득 머금은 여자 앞을 지나갔다.

이 장면을 목격한 설몽은 화가 나는 동시에 분이 풀리는 기분이었다.

화가 난 이유는 매함설 이 탕아가 재미 볼 건 다 보고 바로 안면몰수를 해서였다. 이렇게 모질고 매정하니 이런 장소에서 샛길만 골라 다닐 수밖에 없겠다 싶었다.

분이 풀린 건, 만타가 좋아하는 사람이 매함설 이 녀석일 거라고는 생각지도 못했기 때문이었다. 매함설은 이름처럼 헤프고 무정했다. 듣자 하니 여인과 사통하기 전과 후가 완전히 다르다고 했다. 만타도 그에게 빠진 모양인데, 재수에 옴 붙은 것이나 다름없었다.

매함설은 설몽 쪽으로 걸어오며 유리처럼 투명한 눈으로 그를 봤다.

설몽은 속으로 생각했다. 보긴 뭘 봐? 감히 네가 날 그런 눈으로 봐? 네가 탕아로 천하에 이름을 날렸다면 내 위명은 천하를 뒤흔들었어. 기세로 전혀 뒤지지 않는다고.

이에 그는 거만하게 고개를 치켜들고 멍텅구리처럼 매함설을 훑어보며, 두 사람이 스칠 때 위엄 있게 그리고 경멸하듯 코웃음을 칠 준비를 했다.

"얼굴이 왜 그렇게 부었지?"

그런데 뜻밖에도 매함설이 설몽 앞에 멈춰 서더니 코앞에서 담담하게 그를 바라보았다.

"꽤 특이하게 부었네."

설몽은 준비하던 코웃음을 미처 멈추지 못하고 거만하게 '흥' 하고 내뱉었다.

매함설은 입을 다물었다.

설몽의 얼굴이 순식간에 달아올랐다. 그는 고개를 획 돌리고 살벌하게 말했다.

"무슨 상관이야? 걷다가 실수로 넘어진 것뿐이야!"

"그럼 앞으로 걸을 때 조심해야겠어."

매함설이 차분하게 말했다.

"넘어져서 그렇게 되기도 쉽지 않을 텐데."

그러고는 멀어졌다. 남겨진 설몽은 그 자리에서 한참을 멍하니 있다가 나중에야 화를 내며 펄펄 뛰었다.

"매함설! 개놈의 자식! 너, 두고 보자! 난 네놈이랑 같은 하늘 아래 못 살아!"

울분에 찬 설몽은 눈이 벌겋게 부어서 화원에서 급히 뛰쳐나왔다. 그러다 누군가의 가슴팍에 부딪쳤다.

설몽이 버럭 화를 냈다.

"어떤 놈이야! 눈 똑바로 안 뜨고 다녀?"

고개를 드니 청색 옷을 입은 말쑥하고 훤칠한 남자가 보였다. 옷에는 두약 무늬가 금실로 수놓아져 있었고, 머리에는 고월야의 청옥 상투관을 하고 있었다. 부드러운 속눈썹을 내리깔고 있던 그가 눈을 들어 올리자, 강남에 내리는 안개비처럼 몽롱한 눈빛이 보였다. 사람의 혼을 쏙 빼놓을 법한 생김새였다.

남자는 설몽을 밀치고 자신의 의관을 가다듬었다. 그는 기분이 나쁜 듯 가늘고 긴 손가락으로 구겨진 옷깃을 꼼꼼히 매만졌다. 설몽은 그가 검지에 끼고 있는 현무 등껍질 모양의 은반지를 멍하니 보다가 갑자기 소리쳤다.

"강희?"

고월야의 장문이자 천하제일의 부호, 강희였다!

설정옹과 비슷한 연배였지만, 심법이 달라서 강희의 외모는 이십 대에 머물러 있었다. 대부호인 데다 지극히 아름다운 외모까지 가진 그는 하늘이 굽어살피는, 둘도 없는 하늘의 총아였다.

영산논검이 열렸을 때 열 명의 장문인 중 강희만 불참했다. 그때만 해도 불참한 녀석은 대체 어떻게 생긴 놈이야 하고 투덜거렸는데, 오늘 이렇게 보니 부티가 흐르는 고상한 얼굴인지라 깜짝 놀라서 저도 모르게 뚫어지라 쳐다보게 되었다.

강희가 어두운 얼굴로 쌀쌀맞게 말했다.

"한 문파의 주인 이름을 어찌 마음대로 부르느냐? 가소롭구나."

그의 말에 설몽은 조금 전 매함설 때문에 부끄러웠던 것보다 백배는 더 부끄러워져서 버럭 화를 냈다.

"왜요, 나이 들어서 이름 부르는 것도 허락 못 하나요? 꼭 장문 선군이라고 불러야 해요? 남궁류도 그렇게 빼기진 않습니다!"

"무엄하다!"

강희가 차갑게 말했다.

"너는 어디 제자이지?"

"내가 왜 답해야 하죠? 당신이 뭔데? 고월야의 원숭이들이 당신 명을 듣는다고 나까지 복종해야 해요? 안 알려 줄 겁니다! 내가 보기에 당신은……."

"몽아!"

갑자기 저편에서 온화한 목소리가 들렸다. 설몽은 황급히 입을 닫고 강희 뒤로 시선을 던졌다.

어느새 다가온 왕 부인은 조금 전 설몽이 버릇없이 대드는 것을 들었는지 하얗게 질린 얼굴로 다급히 말했다.

"몽아, 그만하고 오거라. 내 옆으로 와."

설몽은 사납게 강희를 째려보곤 팔을 휘저으며 왕 부인에게 다가가 공손하게 고개를 숙였다.

"어머니."

잠시 그 자리에 가만히 서 있던 강희도 천천히 몸을 돌렸다. 그가 눈을 가늘게 떴다. 아름다운 눈동자에 뜻밖에도 악의에 찬 빛이 번득였다.

그는 하얀 벽, 푸른 기와 아래에 서 있는 모자를 보고 이를 악물며 서늘하게 말했다.

"아, 하늘의 총아, 설정옹의 착한 아들 설몽?"

왕 부인은 아무 대꾸도 하지 않았다.

강희의 속눈썹이 잠시 떨리더니, 눈을 감았다 떴다. 눈에는 조롱기가 가득했다.

"역시 설정옹의 씨앗이라 그런가, 교양이 넘치는군."

"아버지를 모욕하지 말아요!"

"몽아!"

왕 부인이 바로 그를 말리며 자신의 뒤로 당겼다. 그러고는 표정을 가다듬고 강희에게 단정히 예를 갖춰 인사했다.

"부족한 내 아들이 멋대로 굴었군요. 강 장문께선 너무 언짢아하지 않으셨으면 합니다."

"하, 강 장문이라……."

강희는 축축한 잇새로 독사처럼 이 세 글자를 되뇌더니 천천히 삼켰다.

"괜찮습니다. 어쨌든 그 아이에겐 사저의 피도 반은 섞였으니 항렬을 따지면 조카뻘이겠군요…….”

“누가 당신 조카 한다고! 못생긴 얼굴 보고 싶지 않으니 꺼져요!”

“몽아…….”

강희는 차갑게 웃으며 설몽을 잠시 응시하더니 천천히 왕 부인에게 눈길을 옮겼다. 왕 부인은 눈을 내리깔고 말했다.

“그런 농담 마세요. 난 더 이상 고월야의 제자가 아닌데 어찌 강 장문과 항렬을 따질 수 있겠습니까.”

“……알겠습니다.”

강희가 고개를 끄덕이며 차갑게 말했다.

“좋군요, 아주 좋아요. 오늘 옛 친구와 그 아들을 보니 실로 시야가 넓어지는 것 같습니다. 사생지전 그 지저분한 곳에서 어떻게 사람을 가르치길래 멀쩡하던 백란화가 진흙투성이가 됐을까요.”

“강희! 빌어먹을, 다시 말해 봐! 그 입을 찢어 버릴 테니!”

설몽은 바로 눈앞에서 어머니가 모욕을 당하자 피가 거꾸로 솟구쳐서 물불 가리지 않고 달려들려고 했다. 왕 부인이 말리려야 말릴 수도 없었다. 상황이 걷잡을 수 없는 방향으로 흐르던 그때, 갑자기 하늘에서 큰 소리가 울리며 화려한 불꽃이 터지고 종과 북이 울렸다. 유풍문의 주례가 확음술로 뱉은 말이 72개 성에 순식간에 퍼졌다.

– 혼례식에 참석하기 위해 멀리서 오신 귀빈 여러분, 유시[#20]에 시악전에서 연회가 시작되오니 모두 참석해 주십시오.

강희는 발끈하여 싸늘한 눈으로 설몽을 보다가 소매를 털고 자리를 떠났다.

#20 유시 酉時, 오후 5시~7시

156장 사존, 축하주를 마시다

대문파의 혼례 연회는 사흘 연속으로 열린다. 첫째 날은 혼례 전날 밤으로, 접풍연(接風宴)이 열린다. 이름 그대로 멀리서 바람을 맞고 타고 일으키며 오는 손님들을 그 바람과 함께 맞이하는 자리다. 그러나 이날 밤 최고의 즐길 거리는 술자리가 아닌 연무장 사냥이다. 규칙에 따라 당일 저녁 해가 진 뒤에 덕망이 높은 어른이 붉은 명주를 묶은 뿔사슴 세 마리를 사냥터에 풀면, 신랑의 아버지가 스물두 명의 미혼 남녀를 선발하여 사냥터에서 사슴을 잡게 한다.

뿔사슴 세 마리 중 한 마리를 잡으면 천만 금의 상금을 받을 수 있는데, 솔직히 유풍문이나 고월야처럼 돈이 흘러넘치는 문파나 할 수 있는 놀이였다.

높은 곳에 자리한 시악전. 푸른 기와와 하늘을 향해 뻗은 처마 아래 시악전 대전에서 내려다보니 저편에 노을에 감싸인 사냥터가 보였다.

잇따라 도착한 손님들이 남궁류에게 축하 인사를 건넸다. 남궁류는 손님의 신분 고하를 막론하고 한 명 한 명 예의를 갖춰 답례하고 자리로 안내했다. 분주하게 반 시진 동안 모든 손님을 자리에 앉히자, 사악각(司樂閣)에서 울리는 편종 소리와 함께 저녁 연회가 시작됐다.

"남궁 장문이 어떤 손님을 사슴 사냥에 참여시킬지 궁금하군요."

"제비를 뽑는다고 했으니 뽑히면 정말 운이 좋은 거죠. 생각해 봐요, 사슴을 잡으면 상금이 천만이고, 사슴을 잡지 못한다고 해도 사냥터에서 다른 영수나 선과를 얻을 수 있잖아요. 세상에서 이보다 더 좋은 일이 어디 있습니까?"

떠들썩하게 이야기하는 사이, 대전의 문이 열리더니 남궁사와 송추동이 함께 손을 잡고 나타나 단으로 올랐다. 금붉은 색의 옷을 입은 선남선녀가 나란히 장문인 앞에 섰다.

자리에서 일어난 남궁류가 웃으며 고개를 끄덕이더니 쾌활하게 말했다.

"각지에서 오신 귀빈 여러분과 대선문의 손님 여러분, 바쁘신 와중에 제 아들의 혼례를 위해 유풍문에 와 주시다니 저는 실로 복받은 사람입니다."

아래에 있던 손님들 모두 그를 치켜세웠다.

"장문님, 천만의 말씀입니다."

"공자님과 부인은 정말 잘 어울리는 한 쌍입니다. 참으로 보기 드문 미남미녀예요."

"그러게 말입니다."

전생에서 자신이 혼례를 올릴 때 찬미자들이 했던 말과 똑같은 아첨이 듣기 싫어진 묵연은 무심코 사람들을 훑다가 상림 장로 옆에 앉아 있는 엽망석을 발견했다.

수수한 차림새의 엽망석은 눈을 내리깐 채 먹던 음식에만 집중할 뿐 끝까지 고개를 숙이고 남궁사를 보지 않았다.

그의 표정과 행동 모두 평소와 다름없었다. 심지어 평소보다 더 차분했다. 아마도 그동안 너무 고생해서일지도 몰랐다. 이런 유의 사람들은 자신에게 운명과 싸울 힘이 없다는 것을 안다. 그를 보던 묵연은 문득 어릴 적에 좋아했던, 야시장에서 팔던 보탑등이 떠올랐다.

기와 한 장 한 장까지 섬세하게 만든 정교한 등이었다. 그러나 늙은 장인이 부르는 값이 비싸서 좋은 등임에도 줄곧 팔리지 않았다. 묵연도 당연히 살 수 없었지만, 그는 거의 매일 밤 야시장이 열리기를 기다렸다가 노점으로 달려가서 구경하곤 했다. 그때마다 장엄하고 화려한 보탑등 불빛이 어린 묵연의 새까만 눈동자를 환하게 비췄다.

그러던 어느 날, 능라주단을 걸친 젊은 남녀 한 쌍이 왔다. 한눈에 보탑등이 마음에 든 소녀가 애교 섞인 목소리로 좋다고 말하자 곁에 있던 남자가 바로 돈을 꺼내 등을 샀다.

등이 팔렸다. 묵연은 고개를 들고 늙은 장인이 나무 선반에 오랫동안 걸려 있던 등을 내려서 두 손으로 소녀에게 건네는 장면을 보았다. 흔들리는 등불이 마지막으로 묵연의 갈망하는 얼굴을 비추더니 아름다운 연인을 따라 야시장 거리 끝으로 사라졌다.

당시 묵연은 너무 슬펐지만 차분했다.

그는 지금의 엽망석과 같았다. 사실 그들은 보탑등을 처음 보는 순간, 이렇게 화려하고 귀한 물건은 절대 자신의 것이 될 수 없음을 알아차린다. 매일 밤 보탑등이 환하게 빛날 때, 그들은 마음속으로 수만 번 이 빛을 잃어버리는 순간을 미리 연습한다.

포기하고 내려놓을 수 있기 때문이 아니다.

처음부터 어떤 결말일지 뻔히 알고 있기에 애초에 감히 가지려 하지 않는 것이다.

"자자, 제비를 뽑겠습니다. 이제 뽑을 겁니다."

유풍문의 노복이 나뭇가지 문양의 세 발 청동 주전자를 안아 들고 함박웃음을 지으며 상석으로 가더니 머리 위로 들어서 남궁류에게 내밀었다.

"장문님, 길시가 되었으니 뽑으십시오!"

"그래요! 얼른 뽑으십시오!"

남궁류가 웃으며 말했다.

"여러분 말씀에 따르지요. 제가 22개를 뽑겠습니다. 뽑힌 젊은 영걸들은 제 체면을 생각해서 반드시 야간 사슴 사냥에 참여해 주십시오. 참여를 원하지 않는 분이 있다면 번거롭겠지만 미리 알려 주시길 바랍니다. 감사합니다!"

잠시 후 수련 경지도 낮고 겁도 많은 몇몇 작은 문파의 여제자들이 부모에게 부탁하여 남궁 장문이 자신의 이름을 주전자에서 빼도록 했다.

서상림이 엽망석을 흘끗 보더니 나른하게 웃으며 물었다.

"엽아, 너도 가서 놀고 싶으냐? 가고 싶으면 내가 손을 써 주마."

"전 안 가겠습니다."

엽망석이 말했다.

"아버지, 죄송하지만 장문님께 제 이름을 빼 달라고 해 주시지요."

"그건 안 되지. 만약 뽑히면 천만 금화를 얻을 수 있는데."

엽망석은 아무런 대꾸도 하지 않았다.

서상림의 성격은 양자에 비하면 꽤 제멋대로였다. 그는 잠시 생각하더니 입꼬리를 올려 음흉하게 웃으며 말했다.

"네가 가기 싫다면 내가 가겠다."

"아버지…… 마흔이 넘으셨잖아요……."

"그게 어때서. 겉으로는 젊어 보인다. 내가 가서 사슴 세 마리를 잡으면 금화 3천만을 손에 넣을 수 있어. 횡재를 놓치면 천벌받아."

고집스러운 서상림은 수양아들의 우울한 기분은 눈치도 못 채고, 신발을 질질 끌며 남궁류에게 가더니 실실 웃는 낯으로 귓속말을 했다. 다른 사람들은 그가 엽망석의 제비를 빼려고 저러나 보다 생각했지, 돈 욕심에 직접 참여하려 할 거라고는 상상도 못 했다.

남궁류는 금세 사슴 사냥에 참여할 손님들을 뽑았다.

"심풍, 임생, 곡언연……."

상림 장로는 장문인 옆에 서서 그가 뽑은 제비를 건네받아 느긋하게 이름을 불렀다.

"어? 꽤 대단한 인물이 뽑혔군요. 하늘의 총아, 설몽."

금세 스물한 명이 뽑히고 이제 마지막 한 명이 남았다. 낯짝이 두꺼운 상림 장로는 배시시 웃으며 손을 들고 말했다.

"나머지 한 명은 접니다. 이 늙은이에게 많은 가르침 부탁합니다."

남궁류는 그의 성격을 잘 알기에 그냥 못 말리겠다는 듯 웃으며 모두에게 신호탄을 하나씩 나눠 줬다.

"사슴을 잡은 사람은 신호탄으로 증명하면 됩니다. 소리가 세 번 울리면 세 마리 사슴을 모두 잡았다는 뜻이니 사냥이 종료됩니다."

남궁류가 말을 이었다.

"그리되면 제가 소월 연무장에서 여러분들을 맞아 승자에게 상금을 드리겠습니다."

그의 말에 모든 사람이 뜨거운 박수로 자신의 지인에게 격려와 응원을 보냈다.

남궁류가 웃으며 덧붙였다.

"그 밖에 아들의 부탁으로 한 가지 더 추가하겠습니다. 1등을 거머쥔 분께 요랑 열 마리를 드리니 피의 계약을 맺고 집으로 데려가시면 됩니다!"

요랑이라니!

암시장에서 한 마리도 구하기 힘든 귀한 영수를 열 마리씩이나!

대전이 떠들썩해졌다. 어떤 이는 참지 못하고 벌떡 일어나 뽑힌 동문에게 소리쳤다.

"사형만 믿어요! 1등 하면 앞으로 일 년 동안 사형의 신발은 내가 빨아 줄게요!"

모두가 박장대소를 터뜨렸다.

한 여제자가 이에 지지 않고 카랑카랑하게 외쳤다.

"사형, 코를 납작하게 해 줘요. 사형이 이기면 한 번 해 줄게요!"

"우와, 좋은데. 엄청나네, 하하하! 어느 문파 선고가 이렇게 화끈해?"

순식간에 시악전이 웃음소리와 환성으로 가득 찼다. 흥미를 못 느끼던 사람들도 기대 어린 눈으로 술잔을 들고 왁자지껄한 모습을 구경했다.

묵연은 웃음소리를 뒤로하고 자리에서 일어나 초만녕에게 말했다.

"사존, 저는 일단 설몽과 함께 사냥터로 갈게요. 사존은 여기서 즐기시면서 제가 올 때까지 기다리세요."

초만녕이 말했다.

"가 보거라. 설몽에게 주의 단단히 주고. 그 아이는 너무 무모해."

"네."

묵연은 다른 스물한 명과 함께 등불을 환하게 밝힌 화려한 대전을 벗어났다. 초만녕은 젊은 남녀들의 빼어난 자태가 아득한 어둠 속으로 사라지는 걸 보며 잔에 담긴 여아홍[#21]을 입에 털어 넣었다.

그는 사생지전에 곧 돈이 생겨 하수진계에 영석으로 돌길을 깔 수 있을 거라고 생각했다. 그만큼 자신의 제자에 대해 자신감이 있었다.

#21 여아홍 女兒紅. 중국 명주 중 하나. 여자아이의 뺨처럼 붉다는 의미를 지닌 중국의 술

3천만 금화는 따 놓은 당상이었다.

젊은이들이 숲에 들어간 뒤 눈 깜짝할 사이에, 묵연이 설몽을 배웅하고 돌아오기도 전에 첫 번째 선홍빛 불꽃이 펑, 하고 터졌다. 남궁류가 혀를 차며 감탄하듯 말했다.

"참으로 대단하군요. 아직 차 한 잔도 다 못 마셨는데 첫 번째 사슴을 잡다니, 어느 문파 제자일까요? 이렇듯 용감하다니 탄복을 금치 못하겠습니다!"

남궁류 옆에 앉아 있던 벽담장의 이무심이 수염을 쓰다듬으며 웃었다.

"여기 계신 분들이 괜찮으시다면 내기 한판 하는 건 어떻습니까? 스물두 명의 젊은 인재 중 누구의 손에 사슴이 잡히는지 말입니다. 제가 금화 5만을 걸어 남궁 장문의 흥을 돋워 드릴까 합니다만?"

사람들이 그의 제안에 찬성하자 이름이 적힌 22개의 나무 제비가 기다란 탁자 위에 놓이고, 그 아래에 각각 붉은 비단이 깔렸다. 돈을 걸고 싶은 사람들이 잇달아 앞으로 나와 액수를 적고 낙관을 찍었다.

설정옹이 초만녕을 돌아보며 투덜거렸다.

"벽담장이 겨우 5만을 걸다니, 금액이 너무 적은데. 설마 이무심 노친네가 그렇게 가난한가?"

초만녕이 말했다.

"작은 내기는 기분을 낼 수 있지만 큰 내기는 다칠 뿐입니다."

설정옹이 씩 웃으며 초만녕에게 물었다.

"그럼 우리도 기분이나 내 볼까?"

초만녕이 날카로운 눈빛으로 아무 말 없이 그를 봤다. 설정옹은 그의 눈빛에 소름이 돋아 목을 움츠리며 말했다.

"알겠네, 알겠어. 그대가 안 좋아하는 거 알아. 그럼……."

"기분을 내어 뭐 합니까."

초만녕은 돈주머니를 빼서 탁자 위에 턱 올리며 무표정으로 말했다.

"하려면 다칠 정도로 크게 해야지요."

"……."

설정옹은 귀신이라도 본 듯 눈을 휘둥그레 뜨고 그를 한참 보다가 물었다.

"얼마를 걸 텐가?"

"30만을 걸겠습니다."

"……그렇게 많이? 손해 보면 어쩌려고?"

"손해 보지 않을 겁니다."

초만녕이 말했다.

"영석으로 길을 깔고 싶으시다면서요? 돈을 더 모으면 장려[#22]가 심각한 마을에 길을 더 낼 수 있습니다."

"정말 하자는 건가? 설몽이 지면?"

"안 집니다. 존주의 아들이니 저보다 잘 아시지 않습니까."

"……."

여전히 불안해하는 설정옹에게 초만녕이 단호하게 말했다.

"잃으면 제 탓이고 이기면 존주 겁니다. 가시죠."

비단에 이름이 빼곡했다. 내기할 생각이 없던 작은 문파들도

#22 장려 瘴癘, 덥고 습한 지방에서 생기는 유행성 열병이나 학질

보고 있자니 손이 근질거렸는지 참지 못하고 운이나 시험해 보자는 심산으로 소액을 걸었다.

남궁사도 재밌겠다고 생각하며 일어나 돈을 걸려고 했다. 그때 송추동이 그를 불렀다.

"서방님은 왜 가십니까?"

"너에게 장신구 사 줄 돈이나 좀 따 보려고."

송추동은 아무 말 없이 머뭇거리며 윤기 흐르는 얼굴을 떨궜다. 그 바람에 이마 앞으로 까만 머리카락이 몇 올 흘러내렸다. 유달리 수줍어 보이는 모습이었다. 초만녕은 무심코 그쪽으로 시선을 던졌다가 신혼부부의 알콩달콩한 모습을 보고는 어색함에 재빨리 고개를 돌렸다. 그래서 그는 송추동의 얼굴에 드리운 불안함을 보지 못했다.

미소를 띤 남궁사가 붓을 든 채 긴 탁자 앞을 쭉 걸었다. 그러다 한 명을 고르고 액수를 적으려던 순간, 갑자기 뒤에서 파공음이 들렸다. 남궁사는 늑대 같은 움직임으로 전광석화처럼 재빨리 몸을 옆으로 틀었다. 뒤에서 날아오던 새하얀 빛이 그의 볼을 스치고 날아가더니 '펑' 소리와 함께 금사남목[#23]으로 만든 대전 기둥에 세게 박혔다.

나무 파편이 사방으로 튈 정도로 강력한 공격이었다.

"누구냐!"

"자객이다!"

"경계하라! 경계 호각을 불어!"

귀청을 찢을 듯한 호각 소리가 72개의 성에 울려 퍼졌다. 조

#23 금사남목 金絲楠木. 금실과 같은 광채를 띤 녹나무

금 전까지 노랫소리가 울리고 즐거움이 넘쳐나던 시악전은 순식간에 아수라장이 됐다. 모두가 검을 뽑아 들었다.

남궁사의 가라앉은 눈에 잔인한 빛이 서렸다. 그는 뺨에 흐르는 피를 닦고 기둥 앞으로 성큼성큼 다가갔다.

단단한 녹나무에 깊숙이 박힌 것은 작은 죽통이 달린 평범한 화살이었다. 남궁사는 어두운 얼굴로 작은 죽통을 빼더니 송곳니로 꽉 물어 통을 단단히 밀폐한 봉랍을 떼어 냈다. 안에서 종이 하나가 떨어졌다.

남궁사는 종이를 펼쳐 굳은 얼굴로 첫 번째 단락을 읽더니 안색이 확 변했다. 그는 주먹을 꽉 쥐고 믿을 수 없다는 듯 다시 한번 읽었다. 이번에는 손이 미세하게 떨리며 손끝이 종이를 뚫었다.

"사야, 왜 그러는 것이냐?"

고개를 든 남궁사는 코를 잔뜩 찡그린 채 흉악한 얼굴로 말했다.

"유언비어입니다!"

그러면서 서신을 태우려고 했다.

그러나 남궁류가 한발 빨랐다. 그는 손을 들어 영력으로 아들을 꼼짝 못 하게 만든 뒤 나지막이 말했다.

"무슨 일이냐? 서신을 내게 다오."

"아버지, 보실 필요 없습니다. 그저 황당한 소문일 뿐입니다!"

남궁류는 그의 말을 무시하고 꼼짝 못 하는 남궁사의 손에서 서신을 빼냈다. 서신을 펼쳐 훑다가 송추동을 휙 돌아보는 그의 안색이 어두웠다. 사람들이 반응하기도 전에 그는 서신을 불에 태워 한 줌의 재로 만든 뒤 어색한 미소를 지으며 말했다.

"아들의 말이 맞는군요. 온통 헛소리뿐입니다. 누구 짓인지 모르지만 이렇게 저열한 장난을 치다니, 정말……."

"정말 뭡니까?"

처마 위에서 돌연 잠긴 목소리가 들려왔다.

사람들의 얼굴이 순식간에 굳었다. 엽망석은 재빨리 검을 뽑아 남궁사의 앞을 가로막았고, 초만녕도 자리에서 일어나 목소리가 들려온 곳을 응시했다.

유풍문이 이렇게 규모 있는 성대한 연회를 열 때면 경비는 모두 유풍문의 상급 제자들이 맡는다. 그런데 이자는 쥐도 새도 모르게 시악전 지붕에 오른 데다가 그가 말하기 전까지 아무도 눈치채지 못했으니, 분명 얕잡아 볼 자는 아니었다.

"남궁 장문, 내가 좋은 뜻으로 아들을 지조 없는 여인에게 장가보내지 말라고 주의를 줬건만, 듣기는커녕 오히려 내 서신이 헛소리투성이라고 하다니. 참으로 황당하군요."

말이 떨어지기 무섭게 검은 그림자가 휙 움직였다. 사람들이 알아차렸을 때 그는 이미 뒷짐을 지고 대전 중앙, 우글거리는 사람들 한가운데에 서 있었다.

"으악!"

"어, 어서 도망쳐!"

가장 가까이 있던 사람들은 대경실색하며 썰물처럼 빠져나갔고, 그의 주위는 순식간에 텅 비었다. 사형은 사제와 사매를, 장문인은 제자를, 어른은 어린아이들을 보호했다.

남자는 흉측한 청동 가면을 쓰고 두건이 달린 검은색 장포를 두르고 있었다. 그가 담담하게 말했다.

“뭐 하러 도망칩니까? 제가 해하려고 했으면 이 대전은 진작 피바다가 됐을 겁니다. 그러니 다들 가만히 계시죠.”

157장 사존, 저는 천문이 제일 무섭습니다

남궁류는 언뜻 침착해 보였지만, 사실 이마에는 땀방울이 송골송골 맺히고 있었다. 그는 속으로 상대의 실력을 가늠하다가 빈말이 아닐 거라는 생각에 더 당황스러워졌다. 하지만 천하제일 대문파의 체면이 있기에 자신을 다잡으며 말했다.

"귀하는 누구십니까? 야밤에 유풍문에 난입하다니 의도가 뭡니까?"

"말했잖습니까. 저는 그저 아들을 잘못된 사람과 혼인시키지 말라고 주의를 주려는 것뿐입니다."

그의 말에 주변에 있던 손님들은 서로 은근슬쩍 눈치를 살폈다.

유풍문의 엽망석과 송추동의 추문은 일찍이 거리 곳곳에 퍼져 모두가 아는 바였다. 아마도 이 소문을 모르는 것은 오직 남궁사 본인과 남궁류뿐일 것이다.

그러나 청첩장도 보냈고 혼서도 썼는데 이제 와 번복하면 유풍문의 체면이 뭐가 되겠는가? 남궁류는 입술을 부르르 떨더니 차갑게 코웃음을 치며 말했다.

"제 아들이 누구와 혼인을 하든 아들이 좋으면 되는 일이지 남이 신경 쓸 일이 아닙니다."

검은 옷이 웃으며 말했다.

"장문께선 마음이 참으로 넓으시군요. 송추동의 마음이 남궁 집안에 가 있는지, 엽씨 집안에 가 있는지 개의치 않으시다니요."

이에 경악한 송추동이 하얗게 질린 얼굴로 예쁜 눈을 부릅뜨고 소리쳤다.

"모함입니다!"

"제가 무슨 모함을 했다는 겁니까. 그대와 엽망석이 무슨 짓을 했는지 스스로 잘 알고 있지 않나요?"

엽망석은 느닷없이 자신의 이름이 언급되자 순간 멈칫했다가 한참 뒤에야 검은 옷이 무슨 말을 하는지 깨달았다. 그러나 그의 첫 반응은 분노가 아닌 실소였다.

"지금 무슨 헛소리를 하는 겁니까?"

"헛소리가 아닙니다. 두 눈으로 직접 본 사실을 이야기하는 거죠."

검은 옷은 구구절절 이치에 맞는 말을 했다.

"헌원각에서 거금을 들여 송추동을 구해 준 일은 천하의 수사가 다 압니다. 거액을 주고 미인을 샀는데 엽 공자는 무슨 의도였을까요?"

"가련하여 수수방관할 수 없었을 뿐입니다."

"수수방관할 수 없었다면 그녀를 구해 준 뒤 자유를 주면 될 것인데, 어디를 가든 그녀와 동행하고 심지어 함께 유풍문으로 돌아와 곁에서 시중들게 했지요?"

"송 낭자가 접골미인석인 것은 모두가 알고 있습니다. 만약 제가 그녀를 놓아주었다면 그녀는 아마 불온한 자들의 표적이 됐을 겁니다. 그래서 유풍문으로 데리고 와 그녀에게 머물 곳을 마련해 준 것입니다."

"말이 좋아 머물 곳이지요. 엽 공자를 유하혜라고 불러도 되겠습니다. 온종일 절세미인과 함께 있으면서도 전혀 선을 넘지 않았다니 말입니다."

검은 옷이 비꼬듯 하는 말에도 엽망석은 부끄러워하는 기색 하나 없었다.

"저는 양심에 거리낄 짓은 조금도 하지 않았습니다."

그는 그리 말했지만, 사람들은 믿지 않았다. 일반적으로 사람은 자신의 기준으로 다른 사람의 속을 가늠하는 법이다. 자리에 있는 이들은 대부분 상수진계 사람들이다. 만일 그들이 접골미인석을 손에 넣었다면 물불 가리지 않고 품거나 끓여 먹었을 텐데, 그 누가 엽망석의 결백을 믿겠는가?

그래서 눈빛을 교환하는 사람들의 시선에는 경멸이 담겨 있었다. 동시에 위태로운 분위기 속에서 타인의 사생활을 엿본다는 쾌감도 섞여 있었다.

남궁사가 심각하게 말했다.

"순전히 생트집을 잡아 이번 기회에 유풍문에 먹칠할 생각이군요. 제가 누구와 혼인하든 당신과 무슨 상관입니까? 더 말할 것도 없습니다. 이만 돌아가세요."

"남궁 공자, 어찌 이리도 호의를 몰라주는 겁니까."

검은 옷은 대전 안을 한 바퀴 돌더니 송추동과 멀지 않은 곳에 멈춰 서서 그녀를 보며 웃었다.

"송 낭자, 그대의 부군이 이렇게 맹목적으로 믿으니 그대가 부끄러운 줄 모르고 여기 서서 유풍문 소주의 부인이라 자처하는 거군요."

송추동은 다른 두 사람에 비해 훨씬 불안한 표정으로 긴장에 떨며 말했다.

"저의 순결함을 모욕하지 마세요!"

"그대와 엽 공자가 어찌 결백을 논하는 겁니까?"

검은 옷이 당당하고 차분하게 말했다.

"그대는 엽 공자가 구해 주고 얼마 뒤 기꺼이 그를 섬기겠다고 했지요. 당신들이 밀회를 가질 때 주변에 보는 이가 없을 거라고 생각했겠지만, 내가 줄곧 구석에서 보고 있었다는 것은 몰랐을 겁니다. 남에게 들키지 않고 싶었다면 애초에 저지르지 말았어야지요……."

송추동은 돌연 소리치며 그의 말을 끊었다.

"허튼소리!"

"내 말이 허튼소리라면서 왜 떠는 겁니까."

"전, 전 화가 나서 그렇습니다…… 전……."

그녀는 겁에 질려 남궁사를 봤다.

"공자님……."

남궁사는 송추동에게 다가가 그녀를 뒤로 숨기며 늑대처럼 음침하고 사나운 눈으로 검은 옷을 노려봤다.

"더는 모함하지 마십시오."

"모함인지 아닌지는 한 가지만 확인하면 분명해질 겁니다."

검은 옷이 웃으며 말했다.

"남궁 공자. 송 낭자의 왼쪽 허벅지에 붉은 반점이 있지요?"

그의 말에 남궁사가 멈칫했다.

"당신……."

"쌀알 크기만 하고 색도 선명하지요. 암홍색이 아닌 선홍색이고요. 제가 직접 그녀와 엽 공자가 사랑놀이에 빠져 있는 모습을 보지 않았다면 어찌 그녀의 몸에 대해 이토록 자세히 알겠습니까?"

"그럴 리가……."

"공자님!"

송추동은 허둥대며 남궁사의 소매를 당겼다. 그녀가 눈물이 그렁그렁한 채로 말했다.

"아닙니다, 아니에요. 저자가 누명을 씌우는 겁니다. 분명 제가 목욕할 때 훔쳐본 것이 틀림……."

"그대가 목욕하는 것이 뭐 볼 게 있다고?"

검은 옷이 불쾌해하며 그녀의 말을 잘랐다.

"차라리 사생지전에 가서 옥형 장로가 목욕하는 것을 훔쳐보겠습니다."

목욕하는 초만녕을 여제자가 훔쳐본 사건도 수진계에 떠도는 흥미진진한 일화 중 하나였다. 이 일화가 언급되자 사람들은 재미있어했고, 일부는 대담하게 초만녕에게 시선을 던졌다가 초만녕의 살기 가득한 표정에 고개를 숙였다.

검은 옷은 남궁사와 송추동 주위를 한 바퀴 돌더니 불현듯 무언가 생각났다는 듯 손뼉 치며 웃었다.

"아 참, 갑자기 생각났습니다. 엽 공자가 송 낭자를 경매에서 샀을 때 송 낭자의 손목에 한린성수가 직접 찍은 호궁사가 있었지요. 만약 송 낭자가 정말 순결하고 제가 저속한 말로 그녀를 모독한 것이라면 그녀의 팔목엔 아직도 주사가 남아 있을 겁니다."

그는 잠시 조용히 있다가 하얗게 질려 사시나무 떨듯이 온몸을 떠는 송추동에게 웃으며 말했다.

"송 낭자, 정말 결백하다면 호궁사를 모두에게 보여 주는 것이 어떤지요?"

남궁사도 옳다구나 싶어 송추동을 안심시키며 말했다.

"괜찮다, 보여 주거라. 너……."

그는 핏기 없는 입술과 종잇장처럼 하얗게 질린 얼굴로 덜덜 떠는 송추동의 모습에 멈칫했다. 잠시 후 그가 의혹 어린 목소리로 물었다.

"왜…… 왜 그러느냐?"

송추동은 잡고 있던 남궁사의 손을 놓고 뒤로 한 발짝 물러나더니 제 소매를 움켜쥐고 울 것 같은 표정으로 고개를 저었다.

"안…… 안 됩니다……."

남궁사의 눈이 커졌다. 상황을 알아차린 듯 그는 아무 말도 하지 못했다.

검은 옷이 차갑게 웃으며 말했다.

"왜요? 못 하겠습니까?"

"아닙니다. 그런 것이 아니라…… 저도 모르겠습니다……."

송추동은 털썩 주저앉아 눈물을 왈칵 쏟으며 처연하게 말했다.

"몰라요, 저도 모르겠습니다……. 제발 부탁이니…… 절 가만히 내버려 두세요……."

그녀는 소매를 꽉 움켜쥐고 아무에게도 보여 주지 않았다. 그러나 이렇게 감추는 건 그녀의 손목에 있던 호궁사가 검은 옷의 말처럼 없어졌다는 것을 알려 주는 꼴이나 다름없었다.

처녀의 몸으로 혼인을 약속해 놓고, 혼례를 올리기도 전에 손목에 있던 붉은 반점이 사라졌다.

이는 황하에 뛰어들어도 씻을 수 없는 죄였다.

검은 옷이 다시 입을 열려는 순간, 갑자기 한쪽에서 서늘한 목소리가 울렸다. 등불 아래에서 초만녕이 당당한 자태를 드러내며 말했다.

"송 낭자 팔목의 주사는 며칠 전까지 있었습니다. 귀하가 말한 송 낭자와 엽 공자가 간통했다는 날과 맞지 않으니 일부러 모함하는 것이 아닐까 싶습니다만."

어째서인지 검은 옷의 눈에 당황이 스쳤다. 무섭게 몰아붙이던 기세는, 몸을 돌려 초만녕을 보는 순간 온데간데없이 사라졌다.

"……."

잠시 후, 검은 옷이 탄식했다.

자리에 있던 사람들은 자신이 잘못 들었나 싶었다. 방금까지 인정사정없이 사람을 막다른 길로 내몰던 남자의 말투가 누그러진 것이다.

"초 종사의 말도 맞습니다. 그러나 저는 방금 두 사람이 사랑놀이를 했다고만 했지 간통했다고 말하진 않았습니다. 간통한 시간을 따지면 고작 며칠 전이겠지요."

엽망석이 중얼거렸다.

"정말 터무니없군……."

초만녕은 침착한 표정으로 위엄 있게 말했다.

"근거 없는 말이군요. 귀하의 말이 참인지 아닌지 제가 확인하게 해 주십시오."

"당신……."

그사이 초만녕의 손끝에서 황금빛이 번쩍였다. 검은 옷의 동공이 돌연 조여들더니, 그가 옆으로 몸을 틀어 허공에 불쑥 나타난 천문을 간신히 피했다.

"초 종사, 이게 뭐 하는 겁니까?"

검은 옷이 헛웃음을 쳤다. 그의 몸놀림이 어찌나 빠른지 초만녕의 채찍도 그를 한순간에 사로잡진 못했다. 검은 옷은 반격도 하지 않고 그냥 대전을 휘저으며 초만녕의 버드나무 가지를 피해 다녔다. 팽팽하게 돌아가던 분위기가 갑자기 우스꽝스럽게 변하더니 은근히 재롱 잔치 같은 분위기마저 풍겼다.

"때리지 마세요. 제 말 아직 안 끝났습니다."

"고자질을 하려면 가면을 벗고 하시지요!"

초만녕이 눈썹을 찌푸리며 매섭게 말했다.

"벗으라면 나중에 벗지요. 지금은 안 됩니다."

"어째서 안 된다는 겁니까!"

"제가 못생겨서 그렇습니다. 환한 곳에서 벗으면 사람들이 겁먹을 겁니다."

검은 옷은 천문을 피해 한참 도망 다니다가 초만녕의 술법이 점점 더 매서워지는 것을 느꼈다. 상황이 좋지 않다고 생각한 그는 사방에 금빛을 뿌리며 날아온 천문의 공격을 나무 기둥 뒤로 피하며 소리쳤다.

"엽망석, 당신이 군자입니까? 오늘 기필코 천하에 당신의 본색을 까발릴 겁니다! 당신은 여인을 사서 잠자리를 했어요. 강제로 송추동이 시중들게 했다고요. 인륜을 저버리고 주인의 아내를 능욕하다니! 당신은…… 사람의 탈을 쓴 짐승입니다!"

엽망석이 버럭 소리를 질렀다.

"무슨 되지도 않는 소립니까!"

"내 말이 틀렸다는 겁니까? 송추동의 호궁사가 왜 없어졌는지 설마 모른다는 건가요?"

검은 옷이 몸을 피하며 말했다.

"그저께 그녀는 당신 앞에 무릎 꿇고 사정했습니다. 자신은 이미 남궁사의 정혼녀이니 제발 더는 자신을 괴롭히지 말고 놓아 달라고요. 하지만 당신은 고집부리며 듣지 않았죠. 그리고 또……."

엽망석은 붉으락푸르락해진 얼굴로 이를 악물고 말했다.

"또 무슨 말을 하는 거요? 날조하지 마시오!"

"자신이 한 말을 다 잊었나 본데, 상기시켜 드리죠. 당신이 그랬습니다."

검은 옷은 목소리를 가다듬고 엽망석의 말투를 흉내 내며 말했다.

"송 낭자, 내가 거액을 들여 남 좋은 일을 했군요. 이제 남궁공자의 사랑을 얻어 나에게서 벗어나고자 우리 관계를 끊어 내려고 하는 것 같은데, 꿈 깨시지요."

그러고는 '하하하' 하고 큰 소리로 웃었다. 무뢰배의 말투가 따로 없었다.

엽망석은 할 말을 잃었다.

158장 사존, 그해 객잔의 환음술을 기억하십니까?

그의 말에 주변에 있던 손님들이 경멸에 찬 표정으로 엽망석과 남궁사 그리고 송추동을 번갈아 보았다.

누군가 작게 말했다.

"정말 파렴치하군……."

"남궁 공자는 화도 안 내네?"

"그럼 송 낭자가 강요에 못 이겨서……. 에휴, 그녀를 탓할 것이 아니야……. 기세등등한 두 공자 앞에서 여인이 뭘 어쩔 수 있었겠어?"

검은 옷은 마음을 놓고 있다가 불시에 천문에 맞았다. 급히 피한 덕에 상처가 깊지 않았고 잡히지도 않았지만, 장포가 찢어지며 피가 사방으로 튀었다. 그는 낮게 신음하더니 더는 게으름 피우지 않고 더 부지런히 초만녕의 버드나무 가지를 피해 다녔다. 그러나 그의 입은 여전히 엽망석을 놓아주지 않았다.

"엽 공자, 그저께의 일을 송 낭자가 인정하지 않는 것을 보니 엽 공자와 남궁 공자의 사이를 깨고 싶지 않은가 봅니다. 하나 하늘에도 눈이 있으니 판결은 공정해야죠. 설마 조금의 죄책감도 없나요? 사람들 앞에 고개 숙여 사죄하지 않을 셈입니까?"

엽망석은 머리끝까지 화가 치밀었지만 가소롭기도 하여 웃으며 말했다.

"제가 무슨 죄가 있습니까."

"죄가 없다니요. 설마 송 낭자 혼자 죄를 지었다는 말입니까? 송 낭자가 비록 나중에는 반항하지 않았다고 하지만 제가 보기에는 그저 협박을 받은 것 같은데, 설마 송 낭자가 자발적으로 당신을 유혹했다는 겁니까? 당신이 송 낭자를 협박한 것이 아니라?"

이때, 줄곧 아무 말이 없던 남궁사가 뒤돌아서서 고개를 숙이고 송추동을 보더니 손을 뻗어 그녀를 일으켜 세우려고 했다.

송추동은 그가 자신의 손목에 있는 호궁사를 확인하기 위해 손을 뻗는 것이라고 착각했다. 그녀는 오늘 아침에 일어나 손목에 있던 주사가 없어진 것을 알아차리고 매우 당황했다. 그러나 이런 일은 해명할수록 의심을 사기 십상이라 바로 오해를 풀기 힘들었다. 곧 있으면 남궁사와 첫날밤을 보내게 될 것이고, 그때 주사도 사라질 터였다. 그래서 그녀는 괜한 오해를 사지 않기 위해 차라리 며칠간 아무 말도 하지 말자 싶었다.

그런데 예상치도 못하게 저자가 그녀를 모함한 것이다…….

자신은 확실히 엽망석이 구해 줬고, 한때 엽망석의 시중을 든 것도 사실이다. 거기다 실제로 주사가 사라졌고, 저자가 다리에 있는 붉은 반점까지 정확히 짚어 냈다. 입이 백 개라도 해명할 방법이 없었다. 순간 머릿속이 웅웅 울리며 어떻게 해야 좋을지 알 수 없었다.

혼란 속에서 그녀는 촉촉해진 눈망울을 들어 사람들을 봤다. 그들은 경멸과 연민 어린 시선으로 그녀를 보며 수군거리고 있었다. 이번엔 엽망석을 보았다. 그는 외로이 선 채 어두운 얼굴로 사람들의 손가락질과 질타를 받고 있었다.

검은 옷은 계속 초만녕의 버드나무 가지에 쫓겨 이리저리 도망 다니면서도 쉴 새 없이 떠들었다.

"엽망석! 우리 사이엔 오랜 원한이 있지요. 난 오늘 기필코 당신이 거짓을 일삼는 위군자라는 것을 밝혀낼 겁니다! 소주의 부인과 사통하고, 양갓집 규수를 협박한 악독한 자!"

송추동은 멍하니 있다가 문득 어떻게 해야 할지 깨달았다. 누명을 벗는 건 이미 불가능했다. 검은 옷의 말을 들어 보니, 엽망석과 깊은 원한이 있어서 수단과 방법을 가리지 않고 군자로 유명한 엽망석의 평판을 해치려는 것 같았다.

사통한 죄는 그녀가 감당할 수 없었으나 검은 옷의 말처럼 엽망석에게 협박당했다고 하면 적어도…….

그녀가 신경질적으로 외쳤다.

"다 그의 탓이에요!"

뻗어 나가던 남궁사의 손이 그대로 굳었다. 그는 그 자리에서서 경악한 얼굴로 그녀를 봤다. 정혼녀가 정말 아버지의 심복에게 모욕당했다는 것을 믿을 수 없다는 표정이었다. 그는 완전히 넋이 나갔다.

송추동은 얼굴을 가리고 고개를 숙인 채 흐느끼며 말했다.

"여, 엽 공자가 저를 모욕했습니다. 그…… 그가 강제로 절……. 전 단 한 번도 허락하지 않았어요……."

남궁사가 그녀를 노려봤다. 밝아졌다 어두워졌다 하는 촛불을 따라 그의 눈빛도 또렷해졌다 사그라들었다. 잠시 후, 그는 송추동을 부축하려던 손을 내리고 잠긴 목소리로 노기를 뿌리며 말했다.

"지금 네가 무슨 말을 하는 것인지 아느냐?"

분노한 그의 모습에 송추동은 불안해져 울며 말했다.

"공자님, 죄송해요……. 공자님이 저를 내칠까 봐 무서워서…… 줄곧…… 줄곧 말하지 못했어요……. 더 두려웠던 건…… 말하고 난 뒤 엽 공자님과 공자님의 사이가 틀어지는 거였어요. 엽 공자는 장문님께서 중용하는 사람인데 두 분 사이에 악감정이 생기면 유풍문에 좋을 것이 뭐가 있겠어요?"

그녀가 긴 소매를 땅에 늘어뜨리며 고개를 숙이고 엎드렸다. 가녀린 어깨가 쉼 없이 떨리는 것이 가엽기도 하고 한탄스럽기도 했다.

"추동은 정말 어쩔 방법이 없었습니다……. 감히 장문님께 나서 달라 청할 수도 없어 그 굴욕을 혼자 감내하고 숨길 수밖에 없었어요……. 공자님, 추동은 공자님을 뵐 면목이 없지만…… 공자님을 향한 마음만은 진심입니다……."

그러나 남궁사는 창백한 얼굴로 뒷걸음질 치면서 고개를 저으며 같은 말을 반복했다.

"네가…… 네가 무슨 말을 하는 것인지 아느냐?"

아름다운 어깨 위로 흘러내린 머리카락이 등불 아래에서 비단같이 빛나며 송추동을 더 가녀려 보이게 했다. 그녀가 흐느끼며 말했다.

"추동이 잘못했습니다. 공자님을 속이면 안 되는 것인데 저는 의지할 곳이 없어서, 전……."

남궁사가 갑자기 큰소리로 그녀의 말을 잘랐다.

"네가 무슨 말을 하는 것인지 아냔 말이다!"

"전……."

그의 고함에 송추동이 크게 움찔하더니 고개를 들었다. 눈부시게 아름다운 얼굴이 눈물 자국으로 범벅이 되어 있었다. 그녀가 입술을 달달 떨며 말했다.

"저는……."

"네가 감히 이런 짓을 저질러? 네가 감히…… 네가 감히 이런 짓을 저질러!"

남궁사의 말에 사람들은 인상을 쓰며 눈빛을 주고받았다. 이렇게 속삭이는 사람도 있었다.

"유풍문에서 남자는 귀하게 여기고 여자는 천하게 여긴다는 것은 일찍이 들어서 알고 있었지만, 이런 일이 벌어졌는데 남궁사가 엽망석이 아닌 억울하게 모욕당한 송 낭자를 탓할 거라고는 생각도 못 했네. 참으로 실망스럽군."

"그러게. 옳고 그름을 구분하지 못하는구먼."

초만녕은 송추동이 잘못을 시인하는 걸 듣고 천문을 집어넣었다가 남궁사의 반응에 멍해졌다.

그가 기억하기로 남궁사는 가끔 오만방자하게 굴긴 해도 품행이 단정하고 올곧은 사람이었지 이렇듯 사리를 구분 못 하는 사람이 아니었다. 설사 이 일이 사실이라 해도, 잘못을 따지려면 엽망석에게 따져야지 송추동에게 따질 일이 아니었다.

그런데 지금 남궁사의 분노는 온전히 송추동을 향해 있었다……. 대체 어떻게 된 일일까?

손님 중 유일하게 매함설만이 평온히 자리에 앉아 술을 마시며 이 상황을 느긋이 구경하고 있었다. 설몽이 이때 자리에 있었다면, 아까 그가 본 모습과 완전히 다른 매함설을 발견했을 것이다. 그는 도화원의 그 풍류랑처럼 눈에 봄기운을 머금고 소탈한 모습으로 앉아 있었다.

송추동은 여전히 눈물을 뚝뚝 흘리며 온갖 추잡한 일을 모조리 엽망석에게 뒤집어씌웠다. 엽망석은 그녀의 발언에 놀란 듯, 한마디 말도 못 하고 그저 두 눈만 동그랗게 뜬 채 자신이 헌원각에서 사 온 여인을 멍하니 바라봤다.

"제가 너무 나약하여 엽 공자에게 모욕당하기 전에 자결할 용기가 없었습니다. 부평초 신세인 제가 얻은 모든 것은 공자님께서 주신 것입니다. 이제…… 이제 제 잘못을 알았으니…… 전…… 공자님의 처분에 따르겠습니다……."

남궁사는 애원하는 그녀의 말에 고개를 휙 치켜들고 눈을 감았다.

따듯하고 부드러운 등불이 그의 얼굴에 드리워 새까만 그림자를 만들었다. 애써 무언가 억누르듯 그의 속눈썹이 파르르 떨렸다.

그는 핏기가 가시도록 두 주먹을 불끈 쥐었다. 그의 마음속 격랑을 보여 주듯 그의 목울대가 꿀렁였다. 그는 참았다. 광대뼈가 서늘하게 도드라지고 이마에 핏줄이 튀어나왔다. 그는 또 참았다. 몸이 부들부들 떨리고 피가 불길처럼 사납게 끓어올랐다.

그는 다시 한번 더 참았으나, 결국엔 참지 못하고 노성을 지르며 검을 빼 들어 송추동 앞에 놓인 탁자를 두 동강 냈다. 잔과 그릇들이 어지럽게 흩어졌다.

"송추동, 그거 아느냐……. 내가 살면서 제일 싫어하고 가장 참지 못하는 것이 바로 거짓말이다!"

그러더니 돌연 외쳤다.

"엽망석!"

"……소주님."

"엽망석, 이리 와!"

"……."

그가 휙 고개를 돌렸다. 두 눈이 붉게 물들어 있었다.

"오라고!"

엽망석이 다가갔다. 구경하던 사람들은 이제 남궁사가 그대로 검을 엽망석의 가슴팍에 꽂아, 겉으로만 공손을 떨던 가증스러운 짐승의 배를 가르고 심장을 뜯어내 땅에 내동댕이칠 것이라고 생각했다. 그들은 숨 쉬는 것도 잊고 시선을 고정한 채 잔뜩 긴장하며 눈앞에 벌어지는 일을 지켜봤다.

남궁사가 숨을 몰아쉬며 엽망석을 가만히 바라보다 잠긴 목소리로 말했다.

"……너, 환음술 풀어."

"환음술?"

사람들이 어리둥절한 눈으로 서로 쳐다봤다.

"환음술이랑 무슨 상관이야?"

"그러게. 어, 그런데 궁금하긴 하군. 엽망석이 환음술은 왜 쓰는 거지? 원래 목소리가 너무 끔찍해서 사람이 놀랄 정도인가? 아니면 원래 목소리는 다른 사람이 들으면 안 되는 이유가 있나?"

엽망석이 눈을 내리깔고 말했다.

"소주님, 풀리지 않습니다."

놀란 남궁사가 그를 뚫어지게 봤다.

"뭐라고?"

"저는 열세 살부터 계속 환음술을 썼습니다. 이 목소리로 지낸 지 벌써 십 년이 넘어 환음술이 이미 영핵에 스며들었습니다."

엽망석은 잠시 말을 멈췄다가 다시 차분하게 말했다.

"이제 다시는 원래 목소리로 돌아갈 수 없습니다."

"……."

크게 놀란 남궁사가 뒷걸음질 쳤다. 한참 후 고개를 들어 상석에 앉아 난해한 표정을 짓고 있는 남자를 향해 중얼거렸다.

"아버지?"

남궁류가 드디어 입을 열었다.

"사야, 안타까운 일이긴 하나…… 환음은 엽망석이 원했던 일이다. 지금 이 지경이 된 건 예상치 못했던 일이고. 네가 마음 쓸 것 없다."

"하지만……."

남궁류는 계단을 내려와 겹겹이 둘러선 호위 뒤에 서서 뒷짐을 진 채 말했다.

"이 아비는 네가 엽망석에게 죽마고우로서 정이 깊은 것을 안다. 그동안 그가 보인 충성에도 고마운 마음이다. 그러나 그것과 이것은 다른 일……. 송추동과 사통하여 인륜을 저버리고 주인을 배신한 것은 죽어 마땅한 죄다."

남궁류가 그렇게 말할 거라고 꿈에도 생각 못 한 남궁사는 경악하여 외쳤다.

"아버지!"

남궁류가 손을 휘두르자 푸른빛이 번쩍이더니 남궁사를 곧장 속박 결계 안에 가뒀다. 그는 잠시 어리둥절해하더니 이내 분노하며 미친 듯이 소리쳤다. 그러나 그 결계는 유풍문에서 대대로 이어져 내려온 '규계(規戒) 결계'였다. 유풍문에서는 아버지를 죽이고 자리를 빼앗은 과거의 사건 때문에 장문인의 자식은 어릴 때 아버지와 이 결계에 관한 피의 계약을 맺는다. 이 결계는 아버지가 아들을 가두는 용도로 쓰이는데, 반 시진 정도 유지된다. 남궁사의 실력이 제아무리 강하다 한들 절대 벗어날 수 없는 것이다.

그가 결계 안에서 외치는 말 역시 모두 봉인되어 밖으로 전달되지 않았다…….

일이 이렇게 된 이상, 엽망석과 송추동의 사통을 인정하는 것이 유풍문의 다른 비밀이 새어 나가는 것보다 나았다. 남궁류는 검은 옷 앞에 서서 공수하며 말했다.

"선생과 엽망석 사이에 어떤 과거가 있는지 모르지만 오늘 이렇게 귀띔해 주셔서 다행입니다. 그렇지 않았다면 우리 가문의 큰 불행이었을 겁니다."

검은 옷이 담담하게 말했다.

"별말씀을요."

"여봐라, 즉시 엽망석을 끌어내고 감옥에……."

"잠깐."

검은 옷이 갑자기 저지하자 남궁류는 불안해졌다. 그러나 표정 하나 바꾸지 않고 웃으며 말했다.

"더 하실 말씀이 있으십니까?"

"아드님이 환음술과 관련된 말 몇 마디 했을 뿐인데, 장문께서는 왜 그리 서둘러 엽 공자를 감옥에 가두시려는 겁니까?"

"크흠. 이건 유풍문의 사적인 일이니 여기서 자세히 말하긴 어렵습니다……."

검은 옷이 웃으며 말했다.

"장문께선 유풍문의 체면을 위해 무엇을 버리고 무엇을 취할지 잘 아시는군요. 불쌍한 엽 낭자는 귀 문파를 위해 십여 년간 생사를 넘나들었는데 가문의 존엄을 지키기 위해 억울하게 그녀를 희생시키다니."

다른 사람들은 그의 말을 미처 알아듣지 못했지만, 남궁류의 안색은 순식간에 바뀌었다.

자리에 앉아 있던 매함설이 씩 웃더니 술을 따라 한 모금 마신 뒤 다시 내려놓았다.

등불에 비친 남궁류의 안색이 노랗게 뜬 것처럼 보였다. 얼마 뒤 그는 억지웃음을 지으며 물었다.

"엽 낭자라니 무슨……. 선생은……."

검은 옷의 눈이 반짝였다. 그의 또렷하고 우렁찬 목소리가 대전에 울려 퍼졌다. 한 글자 한 글자가 충격 그 자체였다.

"엽망석은 남자가 아닙니다."

159장 사존, 제가 모시고 날겠습니다

"엽망석은 남자가 아닙니다."

"……."

대전은 잠시 침묵에 휩싸였다가 갑자기 떠들썩해졌다.

사람들은 아연실색했다. 모든 시선이 엽망석에게 쏠렸지만, 엽망석은 고개를 떨군 채 눈을 감고 아무 말도 하지 않았다.

남자가 아니라니?

이 수려한 외모의 늠름한 청년이…… 여인이라고?

이 말에, 마치 기름이 끓는 솥에 물이라도 떨어진 것처럼 실내가 순식간에 시끄러워졌다. 놀라서 헉, 하고 숨을 들이켜는 소리에 이어 웅성거리는 소리가 끓어오른 기름처럼 파박 요란하게 튀어 올랐다.

"엽망석이 여인이라고?"

"세상에…… 어찌 그런……."

"어쩐지 남궁사가 엽망석을 탓하지 않더라니. 그도 알고 있었던 게 분명해! 그럼 송추동은 방금……."

"순전히 자기 살자고 남한테 뒤집어씌운 거로군!"

"정말 사악하네! 안 하면 안 한 거지, 제 누명을 벗자고 화살을 다른 사람한테 돌려?"

"그런데 정말 믿기지 않는군. 엽망석이 여인이라니? 전혀 그렇게 안 보이는데……."

남궁류는 섬뜩한 눈으로 검은 옷의 까만 눈을 응시하며 말했다.

"이 무슨 망언입니까. 무슨 근거로……."

"거리낄 게 없다면 남궁사를 풀어 주시죠."

검은 옷이 말했다.

"비록 아드님이 거칠기는 하나 정인군자이니 당신처럼 냉정하고 무정하진 않을 겁니다."

"……."

남궁류가 기름진 얼굴에 식은땀을 흘리며 말없이 주먹을 쥐자 검은 옷이 차갑게 말했다.

"왜 그러십니까. 풀어 주시지요."

남궁류가 소매를 털며 말했다.

"모자란 자식을 가르치는 중입니다. 남이 이래라저래라 함부로 참견할 일이 아니란 말입니다!"

비록 검은 옷의 말을 인정하는 발언은 아니었지만, 무엇이 사실인지 확실해졌다. 검은 옷의 말을 믿지 않던 사람들도 마음이 흔들려 엽망석의 준수한 얼굴을 다시금 살펴보며 그가 여인이라는 실마리를 찾기 시작했다.

이때, 사람들 사이에서 맑고 또렷한 목소리가 울렸다.

"그건 아닌 것 같습니다."

사람들이 고개를 돌렸다. 여우 가죽으로 만든 옷을 걸친 매함설이 온화하고 점잖은 자태로 고상한 미소를 지으며 등불 아래 서서 말했다.

"엽 낭자는 뛰어난 인재이기는 하나 틀림없는 여인입니다. 응당 남자로서 여인을 아끼고, 웃어른으로서 너그럽고 인자하셔야 할 장문께서 어찌 유풍문의 체면을 지키자고 여인을 괴롭히시는 겁니까?"

그가 천천히 앞으로 나가 미소 지었다.

"숨김없이 말하지요. 저는 예전에 도화원에서 엽 낭자와 마주친 적이 있습니다. 그때 그녀의 늠름하고 씩씩한 모습이 바람 불면 날아갈 것 같은 연약한 여인과 달라서 참으로 마음에 들었습니다. 그러나 제 부족한 말솜씨에 엽 낭자의 심기가 상했고, 화가 난 그녀와 다툼이 벌어졌지요. 그때 엽 낭자의 큰 가르침을 받고 유풍문은 과연 호걸을 배출하는구나, 여수사 또한 실력이 뛰어나구나, 감탄하며 엽 낭자의 사문[#24]까지 내심 칭찬했는데, 오늘 장문인의 언행을 보니…… 하, 화려한 유풍문은 이런 강직한 미인에게 어울리지 않는 것 같군요."

"……매 선군은 엽망석과 고작 일면식이 있을 뿐이니 잘못 볼 수도 있지."

남궁류는 어두운 안색으로 이를 악물고 계속 억지웃음을 지으며 말했다.

#24 사문 師門. 한 스승의 문하가 확대되어 만들어진 조직으로 문파와 비슷한 개념

"곤륜 답설궁의 체면을 봐서 방금 그 발언은 문제 삼지 않을 테니 여기까지 하시오."

그는 처음의 차분함과 침착함을 잃고 있었다.

검은 옷이 작게 웃으며 말했다.

"매 공자의 풍류는 온 세상이 알죠. 그가 남녀를 구분해 내지 못한다면 이를 구분해 낼 사람은 세상에 없을 겁니다."

그의 말에 남궁류는 울컥 화가 치밀어서 굳은 얼굴로 말했다.

"선생은 방금까지 엽망석이 송추동을 괴롭혔다고 우기더니 이번에는 또 엽망석이 여인이라고 말을 바꾸는군요. 애초에 유풍문의 청렴함과 공정함을 더럽히고 문파의 명성을 깎아내리려는 의도 아닙니까!"

검은 옷이 말했다.

"제가 이런 계책을 쓰지 않았다면 남궁 공자가 어찌 송 낭자의 실체를 알 수 있었겠습니까? 잘못된 사람과 혼인하면 반평생을 구역질하며 살았을 겁니다."

"하나 방금 선생은 꽤 근거를 가지고 말했습니다! 더구나 엽망석이 여인이라면 송추동의 손목에 있던 주사는 어찌 사라진 겁니까?"

"그녀에게 물어야지 왜 제게 물으십니까."

검은 옷이 차갑게 웃었다.

"유풍문에는 수천 명의 남제자가 있으니 장문께서 한가하실 때 한 명씩 심문해 보세요. 그러면 분명 만족할 답을 찾으실 겁니다."

유풍문의 체면이 달린 일이기에 사람들은 입을 꾹 닫은 채 아무 말도 하지 않았지만, 경멸과 호기심 어린 눈빛은 감출 수 없었다. 남궁류는 그런 시선에 가시방석에 앉은 기분이었다. 그는 가만히 있다가 돌연 엽망석을 돌아보며 호통쳤다.

"이리 오거라!"

"……."

"네가 말해 보거라. 송 낭자가 너에게 누명을 씌웠느냐?"

남궁류는 엽망석의 얼굴을 응시했다. 그의 손에는 가장 중요한 패가 남아 있었다. 그는 아들에게 깊은 마음을 품은 엽망석이 유풍문의 명성에 누를 끼치려 하지 않으리라는 것을 알고 있었다.

"네 정체가 무엇인지 사람들 앞에서 말해 보거라!"

엽망석은 항상 고분고분했고, 어려서부터 지금까지 그의 가장 순종적인 바둑돌이었다.

그는 엽망석이 열세 살 되던 해에 부름을 받고 금빛 찬란한 유풍문 대전에 왔던 일을 선명하게 기억하고 있었다.

문이 꾹 닫힌 대전에는 오직 두 사람만 있었다.

남궁류는 차가운 상석에 앉아 아래를 내려다봤다. 아직 여인으로서 발육이 시작되기 전인 열세 살짜리 여자아이는 푸른색 솜옷을 껴입은 채, 땋은 머리를 비단 끈으로 묶고 팔에는 작은 은팔찌를 차고 있었다.

그가 미소 지으며 그녀에게 말했다.

"망석아, 오늘 너를 부른 이유는 이미 알고 있을 것이다."

엽망석은 무릎을 꿇고 머리를 조아렸다.

"네, 존주."

"네 아버지는 여러 차례 중상을 입어 근골이 상해 이제 암위를 통솔하지 못하게 됐다. 너는 그의 양녀이자 사의 죽마고우이니, 다른 사람은 못 믿어도 내 너는 믿을 수 있다."

엽망석은 여전히 일어나지 않고 가만히 엎드려 있었다. 땋은 머리 사이로 가는 목덜미를 드러낸 모습이, 목을 빼고 죽음을 기다리는 새끼 양을 연상시켰다.

남궁류가 말했다.

"너는 천부적인 재능이 뛰어나고 장래가 촉망되는 아이이다. 나는 너를 유풍문 암위의 수장으로 임명하여 나중에 72개 성 중 하나를 통솔하게 할 것이다. 이렇게 하면 너는 네 아버지의 짐을 나눠 가질 수 있으며 사의 오른팔이 될 수 있다. 그렇게 사는 양지에서, 너는 음지에서 유풍문의 휘황찬란한 미래를 이끌어 가는 것이다."

그는 잠시 머뭇거렸다.

"싫다고 해도 괜찮다. 네 아버지가 어느 정도 더 버틸 수 있으니 그사이 적합한 자가 있는지 찾아보면 된다. 어쨌든 큰 희생이 따르는 일임을 나도 알고 있으니 강요하지 않으마."

말을 마친 남궁류는 느긋한 자세로 바꿔 앉았다. 부모도 없고 의지할 곳도 없는 여자아이이니 자신의 제안을 받아들일 거라고 자신했기에 그는 아이가 고개를 끄덕이기만을 기다렸다.

마침내 엽망석이 허리를 펴고 앉아 가만히 그를 올려다봤다.

별안간 남궁류는 오싹함을 느꼈다. 마치 자신의 계략과 거짓 웃음을 어린 여자아이에게 들킨 것 같았다. 그러나 다음 순간 엽망석이 말했다.

"제 목숨은 아버지께서 주신 것입니다. 아버지께 은혜를 갚을 수 있다면 무엇이든 기꺼이 하겠습니다."

남궁류는 잠시 침묵하다, 탄식하며 말했다.

"너에게 미안하구나."

엽망석은 차분하고 담담하게 말했다.

"좋게 봐 주시니 제가 존주께 감사드립니다."

남궁류가 말을 돌렸다.

"그러나 유풍문은 남존여비 관념이 있는 곳이다. 여인은 나약하고 힘이 없어 하찮게 여겨졌다. 천하에서 남자만이 사람들의 신망을 얻고 성을 통솔할 수 있다. 망석아, 너는 명석한 아이이니 어떻게 해야 할지 알 것이다."

엽망석이 잠시 침묵하더니 냉정한 표정으로 차고 있던 은팔찌를 빼고 머리를 묶은 비단을 풀었다. 그러고는 안에 받쳐 입는 하얀 옷만 남기고 솜옷을 벗은 다음, 땋은 머리를 풀어 하나로 높이 묶었다. 대전에 쏟아진 햇빛이 허리를 꼿꼿이 세운 채 꿋꿋한 표정을 하고 있는 그녀를 비췄다. 아직 어린아이의 몸집이지만, 기개만은 이미 소나무 같았다.

"좋다."

남궁류는 용의주도했다. 그는 그녀에게 환기시켰다.

"앞으로 그렇게 차려입거라. 단, 목소리도 잊으면 안 된다."

엽망석은 눈을 내리깔았다. 그녀는 들어올 때 이미 자리 앞에 준비된 금색 가위를 봤다.

그녀는 가위를 들고 모질게 목을 그었다.

붉은 피가 뚝뚝 흘렀다.

"옛 목소리는 영원히 사라진다."

그녀는 천천히 짧은 주문을 내뱉은 다음, 눈을 감은 채 가위를 내려놓았다.

남궁류는 가위에 묻은 핏자국을 잠시 바라보다 말했다.

"잘했다, 잘했어. 앞으로 너는 암성의 수장 자리를 물려받을 유풍문의 엽 공자다. 사도 앞으로 너를……."

그때 엽망석이 입을 열었다. 그녀의 목소리는 이미 소년의 것으로 변해 있었다.

"청이 있습니다. 앞으로 아버지 혼자 위험을 무릅쓰게 하지 말아 주세요. 제가 함께하겠습니다."

남궁류는 엽망석이라는 사람을 너무 잘 알고 있었다.

십 년이었다. 빈틈없이 남자의 행색을 익혔고, 여인으로서 발육이 시작되자 매일 비약을 먹고 홀로 고통을 감내하며 지금의 남성적인 자태를 가지게 되었다.

그에게 엽망석은 유풍문이 키운 개였다. 키워 준 은혜를 갚기 위해서라도 그녀는 결코 배신하지 않을 터였다.

십 년 전, 그녀는 목을 그어서 목소리를 영원히 바꾸었다.

오늘도 그녀는 그를 실망시키지 않을 것이다.

그는 엽망석이 자신을 도울 것이라고 믿었다.

엽망석이 제 입으로 '저는 여인이 아닙니다'라고 말하면, 다들 안 믿는다 한들 또 어쩔쏘냐?

검은 옷도 같은 생각을 했는지 앞으로 나와 손을 들어 엽망석의 길을 막았다.

"남궁 장문, 엽 낭자는 이미 유풍문을 위해 젊음을 바치며 전심전력을 다했습니다. 억지가 통하지 않을 이 마당에 또 그녀의 여생을 바치라는 것입니까?"

남궁류가 변명하려던 찰나, 갑자기 밤하늘에 주황색 불꽃이 높이 치솟았다. 또 누군가 뿔사슴을 잡은 것이다.

그러나 유풍문의 비밀이 드러나기 일보 직전인 마당에 사슴이 누구 손에 죽었는지 더는 중요하지 않았다. 그래서 2등이 누구인지 궁금해하는 사람은 아무도 없었다. 모든 사람의 시선은 여전히 대전 중앙에 고정되어 있었다. 바닥에 나뒹구는 의자, 두 동강 난 탁자, 남궁류와 엽망석 사이를 가로막고 있는 정체불명의 검은 옷의 고수, 아버지에 의해 결계에 갇힌 신랑, 바닥에 꿇어앉아 눈물범벅이 된 채 소리 죽여 우는 신부.

정말 뜻밖이었다. 드러난 사통부터 등을 돌린 부부, 그리고 남자인 줄 알고 있던 자가 여인이라는 사실까지 유풍문의 장문인은 죽어도 인정하지 않았다. 오늘의 소란은 삼 년, 오 년 뒤에 찻집과 술집에서 사람들의 입에 신나게 오르내릴 굉장한 화젯거리였다.

그러니 누가 가여운 사슴 세 마리를 신경 쓰겠는가?

그래서 폭죽 소리가 여기저기서 터지며 깜짝 놀란 숲속 새들이 날아올라 어두운 하늘 저편으로 도망가고, 스무 개의 신호탄이 동시에 터져 밤하늘이 아수라가 만든 피바다처럼 빛날 때까지, 숲의 상공에 서서히 검붉은 구멍이 벌어지는 것을 아무도 발견하지 못했다.

시악전에 있던 사람들은 그제야 무언가 잘못된 것을 느끼고 난간 쪽으로 몰려갔다.

"어찌 된 일이지?"

"왜 모든 신호탄이 동시에 터졌지?"

"저기 봐! 하늘! 저거 뭐야?"

"……천열!"

"천열이다!"

대전 안이 삽시간에 쥐 죽은 듯 고요해졌다가 이내 비명과 고성이 터져 나왔다.

"귀계의 천열이다! 상수진계에 왜 귀계의 천열이 나타난 거야?"

"사냥터 위쪽이다!"

"사형! 우리 사형이 아직 저기 있는데!"

"언니!"

사람들은 연못에서 헤엄치던 물고기처럼 한쪽으로 바글바글 모여들었다. 경악과 충격은 연못에 드리워진 미끼처럼 거센 물결을 만들어 냈다. 이제 추문이건 강호의 비밀이건 궁금해할 겨를이 없었다. 남궁류는 체면을 되찾기 위해 확음술로 말했다.

"당황하지 마십시오. 고작 귀계의 천열일 뿐입니다. 여러분이 유풍문에 계신 이상 제가 털끝 하나 다치지 않게 하겠습니다!"

그는 손을 흔들어 자신의 패검을 소환한 후 푸른빛으로 번쩍이는 칼자루를 밟고 어검술로 밤바람 사이에 섰다.

"유풍문의 5개 근위대는 즉시 나를 따라 숲으로 정찰을 하러 간다. 남은 장로와 제자들은 시악전에서 손님들의 안전을 지켜라!"

그는 말을 마친 뒤 검은 옷의 심문을 피하려는 듯 5개 근위대를 이끌고 재빨리 소월 연무장 방향으로 날아갔다. 난장판이 된 혼례 연회는 수습할 생각조차 없어 보였다.

"멀쩡하다가 갑자기 이게 뭐지?"

"그러게 말일세. 상수진계에는 단 한 번도 귀계의 천열이 나타난 적이 없는데 이, 이게 대체 어찌 된 일이란 말인가?"

진주와 옥으로 장식된 누각 위에서 사람들은 불안에 떨었다. 상수진계 수사들은 평소 사치스럽고 안일한 생활에 익숙해져 있어서, 급작스럽게 일어난 귀계의 천열 앞에서 책임감보다 두려움이 앞섰다. 그들은 낙오한 큰 요괴는 죽일 수 있었지만, 천열은 달랐다. 쪼개진 것이 지옥의 상층이라 일반 귀신이나 요괴만 나온다면 괜찮았다. 그러나 만약 오 년 전 채접진처럼 무간지옥이 열렸다면…….

그들은 소름이 돋았다. 초만녕 같은 종사도 그 격전 속에서 죽지 않았던가. 그들은 두려운 마음으로 주황색 난간에 모여 먼 하늘에 생긴 핏빛 균열을 바라봤다.

초만녕이 일어나 설정옹에게 말했다.

"존주, 균열의 색이 심상치 않습니다. 지옥의 마지막 몇 개의 층일 가능성이 높지요. 설몽과 다른 참가자들이 걱정되니 저도 살피러 가겠습니다."

화려한 월백색 옷을 휘날리며 난간으로 곧장 향한 그는 놀라움과 의아함이 뒤섞인 사람들의 시선 속에서 경공으로 옆에 있는 푸른 기와로 넘어가더니 빠르게 멀어졌다.

"옥형……!"

설정옹이 그를 불렀을 때, 초만녕은 이미 캄캄한 밤하늘로 사라진 뒤였다.

설정옹이 속으로 욕을 내뱉으며 뛰어내리려던 찰나, 누군가 어깨를 잡았다. 뒤돌아보니 흉악한 몰골의 청동 가면이 보였다. 검은 옷이 그의 어깨를 두드리며 작게 속삭였다.

"백부님은 여기서 백모님을 지키세요. 사존은 제가 따라갈 테니 걱정 마시고요."

설정옹이 경악했다.

"연……."

검은 옷이 손가락을 입술에 갖다 대며 고개를 저었다.

"……."

설정옹은 검은 옷이 묵연일 거라고는 상상도 못 했다. 묵연은 그가 뭐라 더 묻기 전에 한 손으로 난간을 짚고 매처럼 가볍게 몸을 날려 어둠 속으로 뛰어들었다. 그는 장포를 휘날리며 금세 초만녕이 사라진 지붕 뒤로 사라졌다.

"사존!"

묵연은 경공으로 처마를 따라 달리다 속도가 느린 것 같자 자신과 계약을 맺은 패검을 소환해 어검술로 초만녕을 따라잡았다.

그가 가면을 들어 올렸다. 해괴망측한 청동 가면이 이마 뒤로 넘어가자, 영민하고 잘생긴 얼굴이 드러났다.

"기다리세요."

초만녕의 눈이 커졌다.

"어떻게 네가?"

"올라오세요. 제가 어검술로 사존을 모실게요. 자세한 건 가면서 얘기해요."

초만녕은 그가 내민 손을 잡고 발돋움하여 검 위에 섰다. 그러고는 묵연을 놓으려고 했으나 크고 투박한 손이 그를 더 꽉 잡았다. 묵연이 그의 뒤에 서서 말하자 젊은 남자 특유의 뜨거운 숨결이 그의 귓등을 간지럽혔다. 빠르게 스치는 차가운 밤바람 속에서 유독 더 후끈하게 느껴졌다.

"검의 기운이 강해서 나는 속도가 빨라요. 꽉 잡으세요."

두 사람은 검에 서서 바람을 타고 날았다. 초만녕이 물었다.

"아까 대전에서 있었던 일은 다 네가 꾸민 것이냐?"

"네. 그동안 강호를 떠돌면서 송추동에 관한 이야기를 많이 들었어요."

묵연이 말했다.

"살육을 저지르고 성을 차지할 만큼 악독한 짓을 저지를 배짱은 없지만, 우물에 빠진 사람에게 돌을 던지고도 남을 인물이에요. 그녀가 정말 남궁사에게 시집가서 유풍문 소주의 부인이 되면 그 문파는 지금보다 훨씬 악랄해질걸요."

초만녕이 말했다.

"유풍문이 지금보다 더 나빠지지는 않을 거다."

그러더니 인상을 쓰며 묵연의 검정 장포를 봤다. 문득 석연치 않은 점이 생각났다.

"……그런데 너는 엽망석이 여인인 것을 어찌 알았느냐?"

160장 사존, 제가 함께 싸울게요

"솔직히 말씀드리면 도화원에 있을 때 알았어요."

사실 전생에서부터 알고 있었지만 초만녕에게 사실대로 말할 수는 없었다. 그래서 묵연은 웃으며 이렇게 말했다.

"길 가다가 매함설과 답설궁 사람이 그녀에 대해 얘기하는 걸 들었어요. 매함설의 안목이 틀릴 리 없다고 생각하며 나중에 유심히 관찰해 보니 엽 낭자가 남자가 아니라고 확신하게 됐고요."

"어째서?"

"사존은 그녀가 늘 옷깃을 높이 세우고 다니는 걸 못 알아차리셨어요? 전부 목을 완전히 가리는 게 이상하잖아요. 그런 옷 한두 벌 정도 있는 건 그렇다고 치는데, 그녀는 모든 옷이 그래요."

"……몰랐다."

묵연은 빈손을 들어 초만녕의 목에 대고 대충 가늠했다.

"여기까지 와요. 이 정도일 거예요."

어쩌다 보니 그의 손가락이 초만녕의 목울대에 닿았다. 미세하게 솟아오른 그곳은 몹시 연약했다. 그는 자기도 모르게 잠시 꾸물거렸다. 모질고 괴팍하고 길들이기 힘든 거친 성미의 사존이 이렇게 약한 곳을 드러낸 채 제가 더듬게 놔두다니, 너무나도 자극적인 느낌이었다.

순간의 황홀함에 앞을 보는 걸 깜빡했다. 게다가 검의 속도가 너무 빨랐다.

"조심해!"

초만녕이 외쳤지만, 그걸 듣고 수습하려 했을 때는 이미 늦어버렸다. 그들은 어두운 하늘 높이 우뚝 솟은 나무에 그대로 부딪치고 말았다.

소리가 '쾅!' 하고 울렸다.

완전히 당황한 묵연은 초만녕의 손을 꼭 잡고 있어야 한다는 것만 생각하며 낮고 초조한 목소리로 '만녕!' 하고 불렀다. 그러나 너무 다급하게 부른 데다, 나무줄기 꺾이는 소리가 요란하게 울렸기에 초만녕은 제대로 듣지 못했다.

초만녕은 화가 나서 돌아 버릴 지경이었다. 어검, 어검, 그놈의 어검! 안전하게 두 발로 처마를 밟으며 달리면 좀 좋은가? 꼭 잘난 체해야 속이 풀리는지!

두 사람은 제대로 땅에 떨어졌다. 묵연이 먼저 떨어지면서 자잘한 돌이 가득 깔린 숲 바닥에 등을 세게 박았다. 상처가 나진 않았지만 아픈 건 마찬가지였다. 하지만 하늘을 보고 누워 나뭇가지 사이로 밤하늘에 가득한 반짝이는 별을 보니 문득 행복해졌다.

하하, 아래 깔린 게 초만녕이 아닌 자신이어서 다행이었다.

그는 참지 못하고 웃었다. 초만녕이 그의 가슴팍에 부딪치는 바람에 갈비뼈가 아팠음에도 웃음을 참을 수 없었다. 그가 눈을 휜 채 빙그레 미소 짓자 보조개가 움푹 패었다. 좋아서 얼이 빠진 모습이었다.

초만녕은 고개를 들었다가 웃는 그를 보고 버럭 화를 냈다.

"웃기는 무슨! 넘어져서 머리가 어떻게 됐느냐!"

묵연은 기회를 놓치지 않고 그를 안아 품에 가뒀다. 지금 상황에 맞는 행동은 아니었지만 지금 꼭 초만녕의 머리를 쓰다듬어 보고 싶었다.

그런 생각이 들자 그는 행동으로 옮겼다.

초만녕의 말이 맞았다. 그는 넘어져서 머리가 어떻게 된 것 같았다.

"사존……."

그는 초만녕의 머리를 쓰다듬었다. 밤하늘이 꽉 잠가 둔 애욕의 상자를 열어 버린 것 같았다. 그의 말투에서 억누를 수 없는 애정이 흘러넘쳤다.

부르는 목소리가 지나치게 끈적했다. 그 끈적함에 초만녕은 처음엔 움찔했다가 곧 당황스러워졌다. 그는 황급히 자신의 위엄을 수습하며 말했다.

"왜 부르느냐? 어검을 하다 넘어지기나 하고, 아주 대단한 재주다!"

묵연은 옅게 한숨을 쉬고는, 마지막으로 그의 머리카락을 어루만진 후 쓴웃음을 지으며 담백한 음색으로 말했다.

"사존께서 타박하실 만해요. 그럼 사존, 제 몸 위에서 어서 일어나 주세요."

사실 '사존, 제 품에 조금만 더 누워 계세요'라고 말하고 싶었다.

하지만 이런 말은 절대 입 밖에 낼 수 없었다.

초만녕은 굳은 얼굴로 재빨리 몸을 일으키면서 묵연도 잡아 일으켰다.

"괜찮으냐?"

그가 무뚝뚝하게 물었다.

"어디 다친 데는 없고?"

"없어요."

묵연은 웃었다.

"살집이 많아서 넘어져도 끄떡없어요."

초만녕은 뭐라 말하려다 묵연의 머리에 시든 꽃 한 송이가 달려 있는 걸 발견했다. 아마 떨어질 때 그의 머리카락에 걸린 모양이었다. 그의 봉안이 살짝 가늘어졌다.

"네 머리……."

"상처가 났나요?"

묵연이 만져 봤지만 멀쩡했다.

"아니, 꽃이 피었다."

초만녕은 대충 꽃을 떼서 무표정한 얼굴로 묵연에게 건넸다. 조금 민망해진 묵연이 쑥스러운 듯, 수줍은 듯 뒤통수를 긁적이며 더 눈부신 미소를 지었다.

"……."

초만녕은 고개를 돌리고 헛기침을 했다.

"괜찮으면 계속 가자."
"어검……."
"아니."
초만녕이 고개를 획 돌려 매서운 눈으로 봤다.
"경공으로!"
"……알겠어요."
묵연은 마지못해 검을 건곤낭에 넣었다.
사냥터로 깊이 들어갈수록 수풀이 무성해서 어검보다 경공이 더 빠를 터였다. 초만녕은 다리 힘도 좋아서 땅을 가볍게 디뎠다가 힘차게 도약하며 날듯이 이동했다.
차가운 바람이 얼굴에 닿자 방금까지 고동치던 묵연의 심장이 조금 차분해졌다.
갑자기 앞에서 초만녕의 목소리가 들렸다. 그가 차분한 어조로 무심하게 물었다.
"송추동의 다리에 반점이 있는 건 어찌 알았느냐?"
당황한 묵연은 잠시 정신을 놓았다. 위풍당당한 묵 종사는 또 한 번 소나무에 머리를 퍽 하고 박고 말았다.
"……야맹증이냐?"
"아, 아니요."
묵연이 말했다.
"죄송해요. 오늘 자꾸 집중이 안 되네요."
초만녕은 살짝 미간을 찌푸리더니 뭔가 알아챘다는 듯 버럭 소리를 질렀다.
"송추동 다리에 있는 반점 때문에 집중이 안 될 정도냐? 수련하는 자는 마음을 비우고 욕심을 버리는 것이 중요한 법이거늘, 미색을 훔쳐보고 이렇듯 마음이 흔들려서 무슨 수련을 하겠다는 것이냐?"

묵연은 순간 할 말이 없었다. 초만녕의 말도 일리가 있었다. 다만 초만녕은 상대를 잘못짚었다. 그가 탐내는 미색은 송추동이 아닌, 성질 고약한 표범처럼 털을 세우고 낮게 으르렁거리며 화내는 눈앞의 그였다.

한숨을 쉬고, 초만녕을 바라보는 묵연의 눈빛은 매우 부드러웠다.

"사존, 송 낭자는 제 취향이 아니에요. 오해세요. 그녀 다리에 있는 반점도 예전에 헌원각 경매 때 누군가 한 말을 들어서 알고 있을 뿐, 제가 직접 본 것도 아니고요. 화 푸세요, 사존."

"내가 무슨 화를 냈다고? ……됐다. 그럼 엽망석이 여인이라면, 송추동의 손목에 있던 주사는 어찌 없어진 것이냐? 우연은 아닐 터."

"물론 우연이 아니죠. 제가 저번에 송추동에게 선물한 팔찌 기억하세요?"

"그래."

"그 팔찌에 제가 만든 술법이 걸려 있어요."

묵연이 머뭇거리며 말을 이었다.

"나흘을 공들였는데 그리 잘 만든 건 아니에요. 그래도 송추동이 그 팔찌를 차기만 하면 짧은 시일 내에 한린성수가 남긴 주사를 가릴 수 있죠."

초만녕은 아무 말도 하지 않았지만 눈빛이 좋지 않았다.

그는 묵연이 뭔가를 숨기고 있다고 느꼈다.

묵연은 요 몇 년간 많이 변했고, 그사이 괜한 일에 참견하길 좋아하는 자신의 성격도 옮겨 간 듯했다. 하지만 참견이라고 해도 억울한 일을 당하는 사람을 보면 도와주는 정도였다. 이렇게 복잡하게 일을 꾸미고 간단한 법술까지 만들어 송추동의 참모습을 폭로해 그녀가 유풍문에 시집가는 걸 막으려 하다니, 과해도 너무 과했다.

송추동과 묵연 사이에 과거가 있거나 엽망석과 묵연 사이에 사연이 있는 것이 아니라면 이 녀석이 이렇게까지 할 리가 없었다.

이어지는 침묵 속에서 묵연은 초만녕의 생각을 눈치챘다.

그는 초만녕의 뒤를 바짝 쫓아 날아가며 말했다.

"사존."

"왜."

초만녕은 덤덤히 답했다.

물론 전생의 일을 말할 수는 없지만, 묵연은 초만녕의 마음이 불편한 것도 싫었다. 그는 고민하다가 자신의 진짜 의도 일부를 초만녕에게 털어놓기로 했다.

"사존, 엽망석은 정말 좋은 사람입니다. 헌원각에서 거액을 들여 본 적도 없는 여인을 구했어요. 이 일은 사존도 아시잖아요."

"그래."

"그런데 엽망석은 남궁사를 좋아합니다. 눈치채셨어요?"

"……조금은. 오늘 밤에 보니 알겠더군."

"알아차리셨다니 다행이네요. 저는 엽 낭자의 진짜 정체를 알고 있어서 그녀의 마음도 알고 있었어요. 송추동은 엽망석이 여인이라는 걸 몰랐기 때문에 그녀를 어려워만 했지 악의를 품진 않았어요. 하지만 송추동이 남궁사에게 시집간다면 유풍문은 그녀에게 이 비밀을 숨길 수 없었을 거고, 송추동의 성격이면 분명 남궁사를 좋아하는 여인을 눈엣가시처럼 여겼을 거예요."

묵연은 잠시 말을 멈추고 전생의 일을 떠올렸다. 송추동은 자신과 초만녕 사이의 은밀한 감정을 알아차리고, 질투심에 눈이 멀어 감히 자신이 궁에 없는 틈을 타 초만녕의 열 손가락 손톱을 모조리 뽑았었다.

이런 여인의 손에 엽망석이 들어가면 어떻게 되겠는가? 말하지 않아도 뻔했다.

송추동이 하는 못된 짓은 끽해야 손톱을 뽑는 정도지 경악할 수준은 아니라서 다른 이의 더 추악한 악행 뒤에 숨어 어떻게든 제 목숨은 부지할 수 있을 터였다.

세상에서 선행과 악행은 똑같다. 하늘이 무너지면 가장 큰 자가 무너진 하늘을 먼저 맞는 법이라, 가장 선한 자와 가장 악한 자가 먼저 죽는다. 약자의 손에 밀려난 초순, 만인을 학살하고 천하를 쓸어버린 답선군처럼 말이다.

그러나 만일 작은 악행이 하나하나 쌓이지 않았다면, 흐르는 세월 속에서 극악무도까진 아니지만 어쨌든 악한 자들이 묵연의 몸에 칼로 한 번, 또 한 번 상처를 내지 않았다면 어땠을까.

그래도 이 세상에 답선군 묵미우가 생겨났을까?

초만녕이 말했다.

"이 일에 끼어들어서 화를 자초하게 될까 걱정되지 않느냐?"

묵연도 이번에 자신의 재주를 너무 드러냈다고 생각했다.

그러나 엽망석은 전생에 자신 때문에 피바다로 끌려 들어간 인물이다. 이번 생에서 유풍문의 흥망성쇠는 자신과 무관할지도 모른다. 하나 어쨌든 엽망석에게 목숨 빚이 있으니 도가 지나치다 해도, 사람들의 의심을 살지 모른다 해도 주저 없이 이 일을 저지른 것이다.

그는 초만녕뿐 아니라 그가 전생에서 빚진 사람들 모두가 잘 지내길 바랐다. 또한 사치스러운 바람일 수 있으나, 자신이 속죄할 수 있길 바랐다.

"걱정은 돼요."

묵연이 말했다.

"하지만 진실을 알았으니 마음이 편할 수 있는 길을 찾아야죠."

초만녕은 아직도 묵연의 이번 행동이 너무 무모했다는 입장이지만, 그의 말을 듣고 더는 생각하지 않기로 했다. 그런데 이때 바람에서 비릿하고 들척지근한 단내가 진하게 풍기기 시작했다. 그와 동시에 저 앞쪽에서 강한 영류가 흐르기 시작하는 게 느껴졌다.

초만녕이 반응하기도 전에 묵연의 안색이 어두워졌다. 그가 조용히 말했다.

"큰일입니다. 진롱기국이에요!"

"저쪽이군."

무겁게 내려앉은 밤하늘 아래 피비린내가 진동했다. 벌어진 하늘의 틈새에서는 귀신들이 마구잡이로 기어 나왔고, 땅에서는 다섯 개의 빛기둥이 하늘로 뻗어 올라갔다. 각각 금, 목, 수, 화, 토, 다섯 개로 채접진 때와 똑같았다.

초만녕이 차갑게 가라앉은 눈으로 말했다.

"그자다."

묵연은 그자가 누구인지 알 수 있었다. 금성호, 도화원, 채접진…… 오 년간 잠잠하더니 오늘 다시 나타난 자. 줄곧 배후에 숨어 있던 가짜 구진이었다!

그러나 묵연은 어렴풋이 이번 진롱기국이 지난번과 완전히 다르다는 느낌을 받았다. 어떤 숨김도, 어떤 위장도 없었다……. 그자는 마치 이미 승기를 잡은 것처럼, 반드시 이길 것처럼 굴고 있었다.

놀란 숲속의 새들이 날개를 푸드덕거리며 사방으로 흩어졌다. 묵연은 발을 미친 듯이 움직이며 초만녕과 앞뒤로 나란히 천열 아래로 향했다.

가까이 다가가 틈에서 쏟아져 나오는 귀신들을 본 묵연이 중얼거렸다.

"무간지옥……."

이번에 열린 건 오 년 전 채접진과 동일한 무간지옥이었다!

묵연은 황급히 고개를 돌리며 초만녕의 팔목을 잡았다.

"사존, 가지 마세요!"

"……바보 같은 소리 하지 말거라."

바보 같은 소리라는 것은 알지만 두 번의 인생에서 두 번의 무간지옥 천열을 겪은 그다. 두 번의 천열이 불러온 결과가 악몽처럼 잊히지 않는데, 세 번째 나타난 것을 보고 어찌 걱정하지 않을 수 있을까?

그렇지만 '가지 마세요' 같은 말이 무슨 소용 있으랴.

사람의 성정은 쉽게 변하지 않는다. 초만녕은 수천 번 수만 번 선택의 기회가 주어져도 절대 재앙 앞에서 꽁무니를 빼고 도망갈 사람이 아니었다. 그렇기에 묵연은 초만녕을 보고 있으면서도 뭐라고 해야 할지 알 수 없었다.

초만녕이 묵연을 슬쩍 보더니 말했다.

"걱정 말거라. 신중하게 움직일 테니."

그는 말을 마치고 천문을 소환했다. 가늘고 긴 손가락 사이로 아름다운 금빛이 번쩍이며 사방으로 불꽃을 튀겼다.

묵연은 초만녕의 눈을 뚫어지게 보다가 결국 한숨을 내쉬었다. 그의 손에도 눈부신 빛이 번쩍하더니 손끝에 견귀가 나타났다. 견귀의 붉은빛과 천문의 금빛이 어우러져 밝게 빛났다. 오랜만에 다시 만난 두 무기는 듬직하고 강인하여 그 무엇도 막을 수 없었다.

"……알겠어요, 말리지 않을게요. 사존이 무얼 하시든 제가 늘 곁에 있을게요."

두 사람의 눈에 눈부신 빛이 어른거렸다. 강렬한 붉은빛이 금빛을 태우고, 금빛이 붉은빛을 물들였다.

"전 사존과 함께하겠어요."

초만녕은 자신과 함께 싸우려는 미련한 묵연의 모습에 마음이 따뜻하면서도 난감했다. 묵연의 눈 속에 수많은 감정이 뒤섞여 있었고, 그중 일부는 사제 간의 정과 어딘지 다르게 보였다. 하지만 그는 그 감정이 무엇인지 감히 확신할 수 없었다.

그는 손을 들어 묵연의 이마를 콕콕 찌르며 말했다.

"상은 없다."

묵연은 멈칫하더니 초만녕의 손을 잡아 내렸다. 그 손을 제 손안에 쥐었을 때 입술로 가져가 입맞춤하지 않기 위해 젖 먹던 힘을 다해야 했다. 그가 웃으며 말했다.

“네, 없으면 없는 거죠. 가요.”

신무의 빛이 어둠 속 신선처럼 금붉은 색으로 서로에게 스며들더니 순식간에 사냥터 중심으로 날아갔다.

감천호가 나왔다.

초만녕과 묵연은 기척을 감추고 숨을 죽인 채 귤나무 숲에 숨어서 호수를 내다봤다. 호수에 기를 불어넣던 영류는 차단되어 있었다. 혹독한 추위에 두껍게 얼어붙은 호수의 사방에는 네 개의 법진이 그려져 있었고 각각 광채가 흐르는 무기가 꽂혀 있었다.

초만녕이 목소리를 낮추고 말했다.

“속성이 다른 네 개의 신무 같은데?”

묵연이 잠시 멈칫했다가 말했다.

“지난 오 년간 발생한 신무 도난 사건은 역시 그와 연관이 있었군요…….”

“채접진 때 그가 사용한 건 분명 살아 있는 인간의 심장이었는데, 왜 갑자기 진법을 바꿨지?”

묵연이 막 뭐라 말하려는데 초만녕이 손가락으로 그의 입을 막았다.

“쉿, 저기를 보거라.”

그의 시선을 따라 눈을 돌리니 유풍문의 근위대가 얼어붙은 호수 위를 천천히 걷고 있는 게 보였다. 숲으로 사냥 갔던 젊은 수사들도 함께였는데, 그들의 가슴에서 영류가 쉬지 않고 흘러나와 네 개의 신무로 모여들고 있었다. 강력하고 순수한 영력은 신무의 빛을 강화했고, 그 빛은 하늘로 뻗어 올라가 하늘에 생긴 거대한 틈, 무간지옥의 입구를 미친 듯이 크게 벌리고 있었다.

묵연이 두 눈을 크게 떴다.

"저들이 지금 뭐 하는 거죠?"

"보아하니 근위대는 이미 정신을 잃고 진룡기국에 조종당하고 있는 것 같다."

초만녕은 미간을 찌푸린 채 고민하는 표정으로 사람들을 훑어보다가 그대로 멈췄다. 그의 안색이 급격히 창백해지더니 평소와 달리 묵연의 어깨를 꽉 잡으며 미세하게 떨었다.

"……!"

"왜 그러세요?"

묵연이 고개를 돌렸다. 잠시 후 그는 사람들 사이에서 익숙한 형체를 발견하고 경악했다.

"설몽?"

161장 사존과 불귀

숲속으로 사슴 사냥을 갔던 스물두 명의 청년 중 하나인 설몽의 몸속에도 진롱기국의 바둑돌이 심어졌다. 쉬지 않고 호수를 따라 걷는 그의 동공은 텅 비어 있었다. 하늘에서 귀신들이 떨어질 때, 그는 다른 사람들과 함께 아픔도 죽음도 모르는 꼭두각시처럼 겁도 없이 귀신들을 검으로 베어 그것들이 진법을 파괴하지 못하게 했다. 그러나 바깥으로 도망쳐 어둠 속으로 사라지는 귀신들은 손 놓고 신경 쓰지 않았다.

바둑돌의 목적은 명확했다. 바로 오행진(五行陣)을 수호하는 것이다.

조종당하는 제자를 보고 잠시 참는가 싶더니, 결국 초만녕이 일어나 달려 나가려 했다. 하지만 묵연이 그를 막았다.

초만녕이 이를 악물고 낮게 으르렁댔다.

"놓아라."

"가지 말고 조금만 기다려 보세요."

"뭘 기다리라는 거냐? 설몽이다!"

묵연은 초만녕의 힘이 너무 강해서 한 손으로 막을 수 없자 그를 힘껏 품으로 당겨 옭아매며 한 손으로 초만녕의 입을 막았다. 묵연은 그가 품에서 아무리 발버둥 쳐도 팔을 풀지 않았다. 묵연의 뜨거운 숨결이 그의 귓가를 쓸었다.

"지금 뛰어드는 건 너무 무모해요. 감정적으로 행동하지 말고 제 말 한 번만 들어 주세요. 네?"

하지만 초만녕은 대답 대신 그의 팔을 꺾었다. 묵연은 고통스러워했다. 초만녕은 자신을 잡고 있던 그의 손을 떼어 내고 숨을 몰아쉬며 분노에 찬 눈으로 낮게 말했다.

"진롱기국에 조종당하면 영력이 빠르게 소모된다. 여기는 온통 악귀 천지야. 자칫 잘못하면 설몽은 목숨을 잃을 거다!"

"안 그래요."

"……."

묵연이 초만녕의 손을 잡았다. 그의 눈빛은 단호함으로 번뜩였다.

"전 진롱기국에 대해 잘 알아요. 그러니 절 믿으세요."

초만녕은 그의 진지한 표정에 살짝 당황했지만, 호흡은 점차 차분해졌다. 이때 멀리서 기이하고 긴 울음소리가 들렸다. 고개를 돌리니, 악귀가 허공을 가르며 설몽에게 돌진하고 있는 것이 보였다.

쇄악!

설몽이 달빛에 반사된 서늘한 용성을 제비처럼 가벼운 몸놀림으로 휘두르자 칼날이 순식간에 귀신을 관통했다.

"진룡기국에 당한 사람의 영력은 서서히 소모되어 결국 전과 같지 않게 되죠. 그렇지만 설몽은 조종당한 시간이 짧으니 아직은 괜찮아요."

초만녕이 묵연을 다시 돌아봤다. 그의 미간이 깊게 패었다.

"네가 어찌 그리 잘 아느냐?"

"……떠돌아다니다가 들었어요."

쓰러진 악귀는 금세 먼지가 되어 흩어졌다. 설몽의 손에 들린 용성에서 까만 핏방울이 뚝뚝 떨어져 눈밭에 괴상한 흔적을 남겼다.

달빛에 비친 그의 얼굴은 차가웠고, 눈빛은 죽어 있었다.

묵연의 가슴이 죄어들었다.

설몽은 전생에서 바둑돌이 된 적이 없는데, 대체 누가……?

순간 멀리서 기척이 느껴졌다.

묵연은 정신을 차리고 조용히 말했다.

"누가 온 것 같아요."

과연 숲속에서 두 사람의 모습이 나타났다. 그들은 얼어붙은 호수 표면을 따라 푸른빛이 솟아오르고 있는 법진 안으로 향했다. 둘 중 한 사람이 신무를 들고 있었지만, 각도 때문에 어떤 신무인지 도무지 보이지 않았다.

그자는 손으로 얼음을 깨고 신무를 법진 중앙에 던졌다. 그러자 순식간에 법진 중앙에 빛이 커다랗게 번지더니 짙은 먹구름이 흩어지고 그 뒤에서 달이 모습을 드러냈다. 차가운 달빛이 얼음에 반사되어 법진 중앙에 서 있는 두 사람의 모습을 선명하게 비추었다.

한 사람은 금실로 테를 두른 화려한 옷을 입은, 온화하고 점잖은 분위기를 풍기는 자였으나 두꺼운 창의를 두른 데다 삿갓을 쓰고 있어서 얼굴이 잘 보이지 않았다. 다른 사람은 동상에 걸릴까 무섭지도 않은지 추운 날씨에도 맨발이었다.

그자가 고개를 들어 천열을 봤다.

묵연의 눈이 휘둥그레졌다.

"어떻게 이런 일이!"

서상림?

이루 말할 수 없을 만큼 경악스럽고 너무 충격적이었다. 서상림…… 상림 장로라니?

엽망석의 양아버지인 그는 전생에서 자기 몸을 던져 엽망석을 보호하다 난도질당해 죽었던 선한 사람이었는데, 그가 어째서?

초만녕은 묵연이 충격을 받은 것도 모르고 그의 어깨를 가볍게 두드리며 속삭였다.

"가자."

"그는 왜 아직도 안 나타나는 거지?"

서상림 옆에 있던 삿갓을 쓴 남자가 말했다. 뜻밖에도 남궁류의 목소리였다.

남궁류는 조급함과 근심이 드러나는 어투로 욕을 퍼부었다.

"이런 망할, 실수한 거 아냐?"

서상림이 말했다.

"잠시만 더 기다리십시오."

“서둘러! 천열을 더 크게 찢으라고. 손님들이 언제 사람을 보내올지도 모르는데 더 꾸물거리면 늦어!”

“조급하신 건 알지만 천열을 더 크게 만들어도 되는지 안 되는지 정말 모르시겠습니까? 지난번 채접진에서도 너무 조급한 마음에 일을 수습할 수 없을 정도로 만들어 10대 문파가 줄줄이 들이닥쳤습니다. 감정을 제어하지 못하시면 성공을 눈앞에 두고 망치는 꼴이 됩니다.”

“……에잇!”

서상림이 눈을 감고 말했다.

“장문님, 어렵게 속성이 다른 신무 다섯 개를 찾아 수사들의 영기를 흡수할 수 있게 됐습니다. 몇 년을 참으셨는데 고작 하룻밤이 대수입니까.”

“네 말이 맞다.”

남궁류는 심호흡을 한 후 고개를 끄덕였다.

“오 년을 기다렸어……. 아니지, 어디 오 년뿐인가. 내가 유풍문의 장문이 된 그날부터 지금까지 기다렸어…….”

소매 속에 있는 반지를 만지작거리는 그의 눈에 짙은 불길이 일렁였다.

남궁류가 중얼거렸다.

“나는 쭉 기다렸다고…….”

“기다릴 필요 없습니다.”

돌연 날카롭고 매서운 남자 목소리가 적막한 호수 표면에 울려 퍼졌다. 구름 사이로 번개라도 내리친 듯 두 사람은 깜짝 놀라 고개를 들어 서로를 봤다.

하늘 높이 걸린 달 아래, 바람이 만들어 낸 나무 파도 사이로 나무 꼭대기에 서 있는 훤칠한 남자가 보였다. 그는 봉안을 가느다랗게 뜨고 있었다. 바람에 펄럭이는 짙은 월백색 옷이 얼음에 파묻힌 옥 같은 그의 얼굴을 더 강조해 주었다. 수려함 속에서 으스스한 한기가 뿜어 나왔다.

"남궁류, 거기까지 하십시오."

남궁류는 깜짝 놀라는가 싶더니 이내 이를 갈며 말했다.

"초만녕……!"

천문에서 타다닥 튀는 금빛이 음산하게 일렁이는 초만녕의 눈을 비췄다. 그가 더 위협적으로 보였다.

"대단하신 만야옥형, 북두선존이군. 채접진 습격에서 널 제대로 죽이지 못했더니 이렇게 오늘 내 대업을 망치려 드는구나. 망할 놈!"

초만녕은 멈칫하더니 눈썹을 내리누르고 분노에 찬 목소리로 말했다.

"오 년 전 재앙도 당신이 벌인 짓인가?"

남궁류는 이미 탄로 난 마당에 숨기지 않고 냉소하며 말했다.

"그렇다면?"

초만녕이 천문을 들어 올려 손가락으로 쓸었다. 그의 손가락이 지나간 자리마다 백금색에 가까운 빛을 발했다. 그가 매서운 눈으로 말했다.

"……예전에 당신이 금성호에서 무기를 얻으려고 했을 때, 호수의 귀신이 당신 아내의 영핵과 교환하자고 하자 당신은 곧장 사람을 시켜 그녀의 심장을 뜯어 와 호수에 던졌습니다. 그때 나는 뼛속 깊은 곳에서부터 구역질이 치밀어 당신을 죽이려고 했습니다. 그런데 당신이 말했지. 남궁사가 아직 어리니 아버지가 필요하다고…… 한순간 귀신에 홀려 저지른 짓이라 후회막급이라고……. 앞으로 유풍문을 올바르게 이끌고 다시는 악한 짓을 하지 않겠다던 당신이…….”

그의 손가락이 버드나무 가지 끝에 이르자 곧 금빛이 폭발했다.

초만녕은 이를 악물었다.

“남궁류, 어찌 잘못을 뉘우치지도 않고 이토록 악독한 짓을 벌일 수 있느냐!”

“내 탓을 하는 건가?”

남궁류가 갑자기 낮게 웃었다.

“어째서 당시 어리숙하고 미숙했던 자신은 탓하지 않는 거지? 그때 열대여섯 살짜리 소년이었지? 참으로 천진난만했어. 내 말 몇 마디와 눈물 몇 방울 그리고 사를 들먹이는 소리에 너그럽게도 나를 놔줬지. 큭, 초 종사, 생각해 보게. 오늘의 내가 있는 것은 그대가 날 너그럽게 봐준 탓이 아닐까?”

말이 끝나기도 전에 강풍이 불어닥쳤다.

천문이 어둠을 가르며 남궁류가 서 있는 곳을 내리쳤다. 순식간에 빛이 용을 그리며 춤을 췄고, 불길이 하늘을 뚫고 차갑게 얼어붙은 감천호를 반으로 쪼개며 얼음을 산산조각 냈다!

남궁류가 소리쳤다.

“모두 일어나라!”

감천호를 따라 걸으며 명을 기다리던 꼭두각시들이 갑자기 눈빛을 번득이더니, 몸을 돌려 초만녕 쪽으로 몰려갔다. 그리고 뜻밖에도 전력이 가장 뛰어난 설몽이 앞장섰다.

챙!

용성과 천문이 세게 부딪쳤다. 초만녕은 설몽이 다칠까 봐 곧바로 뒤로 몇 척 물러나며 살벌한 표정을 지었다.

"남궁류, 남을 이용해 수작을 부리다니 겨우 이것밖에 안 되나?"

"허, 그대를 꼼짝 못 하게 만들어 날 죽이지 못하게 하는 것이 내 실력이다."

남궁류가 웃으며 말했다.

"싸우지 않고 뭐 하나. 내 진롱기국의 검은 돌이 됐을 뿐 모두 살아 있는 사람이야. 초만녕, 설 공자가 그대의 제자이지? 공격할 수 있겠나? 그대는 속수무책으로 가만히 앉아서 죽기만 기다려야 할 거야. 십여 년 전 금성호에서 그랬던 것처럼 그대는 무력하여 날 놓아줄 수밖에 없어. 그대는……."

그는 갑자기 말을 잇지 못했다. 찬물을 맞은 듯 그의 얼굴에서 순식간에 미소가 사그라들더니, 숯처럼 까맣게 변해 희미하게 연기가 피어오르는 듯한 착각이 들 정도였다.

초만녕의 눈빛이 너무도 차가웠던 것이다.

남궁류는 초만녕을 뚫어지게 응시했다. 초만녕의 침착함은 그를 불안하고 소름 돋게 만들었다. 그가 안절부절못하며 입술을 떨었다.

"무슨 짓을 하려고……."

초만녕은 대꾸 없이 냉랭한 눈으로 천문을 휘두르며 큰 소리로 외쳤다.

"천문, 만인관!"

수십 개의 황금빛 넝쿨이 땅에서 솟아올라 진롱기국에 조종당하는 꼭두각시를 하나씩 가뒀다. 굵직하고 단단한 거대한 넝쿨이 거대한 물결을 일으키며 호수를 가르고 승천하는 청룡처럼 솟아올랐다. 초만녕이 몸을 날려 넝쿨 위에 서니 한 폭의 그림처럼 옷자락이 펄럭였다. 그는 가늘지만 힘 있는 한 손을 들어 한 글자씩 또렷하게 말했다.

"구가, 소환."

여러 갈래의 금빛이 그의 손바닥에서 흘러나오더니 그의 무릎 앞에서 새카만 칠현금으로 변했다. 살아 있는 나무처럼 꿈틀거리는 봉미[#25]에는 가지와 잎이 무성하고 해당화가 피어 있었으며, 차가운 백색 빛이 흐르는 현에서는 끊임없이 한기가 풍겼다.

신무, 구가였다.

천문의 필살기인 '풍(風)'이 살초라면 구가의 필살기인 '송(頌)'은 마음을 정화하는 초식이었다. 초만녕이 현을 튕겨 '송'의 일부를 연주하자 진롱기국에 조종당하던 사람들의 얼굴에 멍한 표정이 드러났다. 천문 넝쿨에 묶여 발버둥 치던 그들은 이제 어리둥절한 표정으로 주변을 두리번거렸다.

머리끝까지 화가 치밀어 소리 없이 주문을 외우던 남궁류의 이마에 핏줄이 튀어나왔다. 초만녕과 맞서던 그는 버틸 수 없다는 것을 깨닫고 뒤돌아 외쳤다.

"상림, 저놈의 현을 끊어!"

"……저요? 어휴, 알겠습니다."

서상림은 한숨을 쉬더니 마지못해 초만녕이 있는 거대한 나

#25 봉미 鳳尾. 거문고 줄을 붙들어 매는 꼬리 부분

무를 향해 날아올랐다. 그런데 생각지도 못하게 눈앞에 검은 그림자가 불쑥 나타났다. 묵연이 허공에 서서 채찍으로 그의 길을 막았다.

"상림 장로님, 한 수 청하겠습니다."

서상림은 눈을 껌뻑이더니 돌연 비웃음 소리를 냈다.

"나를 막겠다고? 스승과 제자 간의 정이 참으로 감동스럽군."

초만녕은 싸우면서 묵연에게 말했다.

"결계는."

"벌써 쳤어요."

방금까지 묵연의 모습이 보이지 않았던 것은 명령을 받고 감천호를 따라 결계를 쳤기 때문이었다. 이번 천열은 과거 채접진 때처럼 심각하진 않았다. 하지만 무간지옥에 갇힌 것들은 죄다 마음이 비뚤어지고 이성을 잃은 사악한 악귀들인지라, 네다섯 놈 도망치는 건 상관없어도 수가 많아지면 곤란했다. 이 세상에 또다시 하룻밤 새에 처리할 수 없는 길고 긴 피바람이 불 것이기 때문이다.

서상림과 묵연은 순식간에 공격을 열 번 이상 주고받았다. 묵연이 말했다.

"상림 장로님, 제 사존께 가려는 시도는 그만하세요. 장로님의 상대는 접니다."

"뭐라?"

서상림이 갑자기 웃음을 터뜨렸다.

"요즘엔 싸울 때 이렇게 핍박도 하나? 이봐, 젊은이, 자네도 참 너무하네. 나는 나이가 많아서 자네의 거친 공격을 견디지 못해."

묵연은 아무 대꾸도 하지 않았다.

"자네와 싸우면 난 끝장난다고."

그가 빙그레 웃으며 말했다.

"그러니 그대의 사존과 놀도록 내 목숨 좀 살려 주면 안 되겠나?"

묵연은 사실 서상림을 어떻게 상대해야 할지 알 수 없었다. 그는 전생에서 서상림의 죽음을 두 눈으로 목격했고, 그래서 그가 악인이 아니라고 알고 있었다. 그런데 이번 생에선 고약한 짓의 막후 인물로 남궁류 외에 그까지 포함되어 있을 줄이야. 그래서 순간 어쩔 줄 몰라, 아무 말 없이 그와 싸우는 데 집중했다.

견귀는 천문처럼 심문 능력이 있기 때문에 서상림을 잡으면 그의 속마음을 알아내는 것은 어렵지 않았다. 하지만 서상림이 가벼운 몸놀림으로 전진과 후퇴를 반복했다. 남궁류보다 얼마나 뛰어난지 알 수 없었지만, 산산조각 난 호수 위에서 연처럼 둥실둥실 날아다녔다. 붉은빛은 그를 맞힐 수는 있었지만 붙잡을 수는 없었다.

게다가 그는 엽망석의 양아버지이기 때문에 일을 명확하게 파악하기 전에는 거칠게 대할 수 없었다.

서상림이 갑자기 사악하게 웃었다.

"이만하면 됐고, 묵 종사에게 먼저 사과하겠네."

묵연은 그의 말을 이해하지 못해서 순간 멍한 표정을 지었다.

"뭐라고요?"

"자네 사존을 괴롭힐 거라서 말이야."

서상림이 손을 들자 손끝에서 빛이 번쩍이더니 하얀 비단이

칠현금을 뜯고 있는 초만녕을 향해 날카로운 소리를 내며 날아갔다.

묵연이 가장 걱정하는 건 초만녕이라 순간 정신이 흐트러졌다. 그때 서상림의 눈이 어둡게 번뜩이더니 다른 손으로 허리춤에 차고 있던 쥘부채를 뽑아 묵연의 목으로 날렸다.

촤악.

순식간에 피가 사방에 흩뿌려졌다. 묵연이 재빨리 피하기는 했지만, 그래도 예리한 부채 끝에 목이 베여 상처가 났다. 서상림은 묵연의 피가 묻은 부채를 되잡아 땅에 털었다. 붉은 피 한 방울이 호수에 떨어지더니 호수 밑바닥이 갑자기 초록빛으로 반짝였다.

아래를 내려다보니, 조금 전 남궁류와 서상림이 보호하던 목속성 법진에 꽂혀 있던 신무가 얼음 호수에 잠겨 주변 초목의 정화를 빨아먹고 있었다.

그런데 영력이 풍부한 묵연의 핏방울에 신무가 돌연 폭발하듯 눈부신 초록빛을 뿜었다. 땅이 흔들리더니 잠깐의 정적 후 예스럽고 날카로운 흉검이 물속에서 튀어나와 빛을 쏟아 냈다!

서상림이 남궁류에게 외쳤다.

"금지 주문이 풀렸습니다! 그가 곧 나올 것이니 어서 천열 아래로 가서 맞서 싸우세요! 싸우라고요!"

맞서 싸워?

그들이 무간지옥에서 뭔가를 불러들인 이유가 설마 싸우기 위해서란 말인가?

하지만 이 생각은 묵연의 머릿속에 잠시 떠올랐다가 사라졌을 뿐, 허공에 떠 있는 신무를 본 그는 다른 생각을 할 틈이 없었다. 그는 채찍에 맞은 사람처럼 딱딱하게 굳어서 아무 말도 하지 못했다.

목 속성을 빨아들이는 법진 중앙의 신무가 바로…….

답선군과 수많은 싸움을 치른 사나운 신무, 불귀였던 것이다!

묵연은 별안간 가슴이 갑갑해졌다. 눈앞은 까매지고, 귀에는 알 수 없는 환청이 끊임없이 들렸다. 숨이 쉬어지지 않았다. 전생에 뿌려진 피가 밤하늘에서 떨어져 자신을 덮치는 기분이었다. 역겹고, 어지러웠다. 심장이 미친 듯이 뛰었다.

불귀를 가지고 무언가 하려는 서상림의 모습에 묵연은 생각할 겨를도 없이 손을 들어 그 신무를 소환했다. 그러나 영력을 막 내보내려던 그때, 초만녕의 칠현금 소리가 돌연 멈췄다. 묵연은 무언가 잘못됐음을 감지하고 묘한 갑갑함을 참으면서 고개를 돌렸다.

그리고 동공이 좍 조여들었다.

"사존!"

어떻게 잊을 수 있지? 초만녕은 영핵이 약해져 있었다. 헌원각에서 나온 후 의원이 말하길, 불귀가 가진 어떤 힘이 초만녕을 공격하는 바람에 약한 초만녕의 영핵이 버틸 수 없었을 거라 했다.

어떻게 이걸 잊었을까!

묵연은 불귀와의 연결을 끊고 거대 넝쿨로 날아갔다. 그러고는 영력으로 만든 넝쿨이 힘을 잃기 직전에 넝쿨을 차고 날아올라 고통으로 안색이 창백해진 초만녕을 끌어안고 그와 함께 옆에 있는 귤나무 숲에 떨어졌다.

그와 동시에 초만녕이 소환한 천문의 만인관이 잇달아 깨졌다. 다행인 것은 미혹당한 사람들이 이미 조금 정신을 차렸다는 것이다. 정신이 완전히 돌아온 건 아니지만, 더는 남궁류의 지시를 듣지 않았다. 그들은 하나같이 멍하니 서서 꿈을 꾸는 듯한 표정을 하고 있었다.

"사존!"

묵연은 초조했고, 후회스러웠다. 그는 눈밭에 무릎을 꿇고 앉아 미간을 한껏 찌푸리고 있는 초만녕을 꽉 껴안은 채 그의 얼굴을 쉼 없이 어루만졌다.

"괜찮으세요?"

초만녕의 입가로 흘러내리는 피를 보자 가슴이 더 미어졌다. 허둥대며 피를 닦다가 문득 초만녕이 지금처럼 그의 품에 누워 있던 전생의 일이, 곤륜 설산의 정상에서 얼굴의 모든 구멍에서 피를 흘리며 죽었던 순간이 떠올랐다. 그때도 그는 지금처럼 허둥대며 핏자국을 닦았지만 아무리 닦아도 다 닦을 수 없었다.

심장이 송곳에 찔린 듯했다.

그의 눈시울이 붉어졌다.

"많이 아프세요?"

초만녕은 불귀의 사나운 기운에 엄청난 영향을 받았다. 그 사나운 기운이 심장을 가르듯 순식간에 제 가슴으로 달려든 느낌이었다.

더 미치겠는 것은, 그의 눈앞에 조각 난 환영이 비틀린 채 번쩍인다는 것이었다.

그는 머리를 흔들어 흐릿한 환영을 떨쳐 내고 남궁류를 보려고 안간힘을 썼다. 그리고 저편을 본 순간, 그의 얼굴에서 마지막 남은 핏기까지 싹 가셨다.

대체 어디서 난 힘인지 그가 묵연의 팔을 확 당기며 쉰 목소리로 외쳤다.

"저쪽, 조심해!"

묵연은 납덩이같은 얼굴을 한 초만녕의 두 눈동자에서 극도의 경악과 불꽃을 발견했다.

불꽃?

묵연은 고개를 돌렸다. 천열에서 쏟아져 나오는 것은 더는 작은 악귀가 아닌 부글거리는 지옥의 용암이었다. 끓는 지옥불이 하늘에서 흘러내리고 있었다. 천열에서 빠져나온 귀신들은 용솟음치는 사악한 불길 속에서 재가 되거나, 처량한 비명을 지르기도 전에 연기로 변했다.

이건 무슨 기괴한 상황이지?

지옥 용암이 웅장하고 화려한 폭포처럼 하늘에서 느긋하게 흘러내리며 위태롭고도 아름답게 주변을 집어삼켰다. 용암이 감천호로 흘러 들어가자 부서진 얼음과 호수는 장작처럼 불이 붙어 활활 타올랐다. 가장 앞에 서 있던 남궁류와 서상림은 가장 강한 수 속성 주문을 펼치고 나서야 불에 먹히지 않을 수 있었다.

느리게 흐르는 화염이 그 자리에 굳어 있는 진롱기국에 조종당한 사람들을 삼키기 바로 직전이었다.

묵연은 욕지거리를 내뱉으며 손을 들어 결인을 만들었지만, 그는 수 속성 진법에 익숙하지 않았다. 그가 반쯤 완성했을 때 갑자기 품에 안겨 있던 초만녕이 그의 손을 잡아 내리며 창백한 얼굴로 말했다.

"결인이 틀렸다. 내가 하마."

묵연은 그를 부축하여 자신에게 기대앉도록 했지만, 그의 손은 저지했다.

"더 움직이지 말고 저한테 가르쳐 주세요."

초만녕은 머뭇거렸지만 자신의 영력이 온전하지 않아 법술을 잘 펼칠 수 없을 거라고 판단했다. 사람 목숨과 직결된 일은 대충 해서는 안 되는 법. 그래서 초만녕은 묵연의 손을 잡고 그의 열 손가락을 하나씩 집으며 모양을 잡은 뒤 갈라지는 목소리로 말했다.

"주문을 외워라."

영력이 손끝에서 흘러나와 허공에 금세 푸른색 물결의 결계를 만들더니 의식이 채 돌아오지 않은 꼭두각시들을 감쌌다.

한시름 놓은 초만녕은 묵연을 칭찬하려고 고개를 들었다. 그런데 뜻밖에도 지옥의 불빛에 반사된 수려한 얼굴에는 촉촉한 눈물이 반짝이고 있었다.

그가…… 왜 울지?

누구 때문이지?

초만녕은 조금 멍해졌다.

사매는 여기 없고, 설몽도 다치지 않았다. 그밖에 묵연이 아는 사람도 없었다. 그래서 그는 감히 욕심을 부리며 생각했다. 묵연이 지금 흘리는 눈물은 나 때문이 아닐까?

"……울지 마라."

정신이 번쩍 든 묵연은 허둥대며 황급히 얼굴을 닦았다.
"나이가 몇인데 무슨 꼴이냐."
묵연은 촉촉한 눈으로 초만녕을 보며 물었다.
"아프세요?"
그의 말에 초만녕은 잠시 놀랐지만, 곧 통증이 가시지 않은 가슴에 부드러운 온천수 같은 따스한 느낌이 퍼지는 것을 느꼈다. 비통함과 따스함이 한데 어우러진 시큰함과 슬픔, 달콤함과 씁쓸함. 대재앙 앞에서 사적인 감정으로 인한 상념이 생긴 것은 생전 처음이었다. 지금 이 상황에 어울리지 않는 감상이었지만, 도저히 억눌러지지 않았다.
"작은 상처일 뿐이다. 동시에 신무 두 개를 소환했더니 영력 손실이 너무 커서 고질병이 돋은 거야."
초만녕은 손을 들고 주저하다가 묵연의 머리카락을 쓰다듬었다.
"걱정 말거라. 난 괜찮다."
그는 다시 고개를 돌려 끝없이 흘러내리는 지옥불의 붉은 불길을 바라봤다.
가라앉은 눈에서 고통이 사라지고, 대신 냉혹함과 단호함이 떠올랐다.
"남궁류가 뭘 하는지 지켜보다가 기회를 엿봐라."
잠시 말이 없던 그가 단호하게 말했다.
"그리고 그를 죽여."
초만녕의 냉혹한 눈빛 속에 회의감이 짙게 섞여 있었다.
남궁류의 말이 맞다. 금성호에 갔던 건 열대여섯 살이었던 때였다. 갓 속세에 나와 세상 경험이 부족했던 자신이 이미 악마의 얼굴을 드러낸 남궁류를 놓아주었다. 심지어 상수진계의 안정이 걱정돼서, 또 어린 사가 모르게 하려고 남궁류가 신무를 얻기 위해 아내를 바친 일을 천하에 알리지 않았다.

그는 어렸을 때 너무 어리석었고, 천진했다. 지나친 선의가 지금 같은 참담한 상황을 만들었다. 그가 호랑이를 숲으로 돌려보내는 바람에 지금과 같은 지옥의 업화(業火)가 초래된 것이다…….

남궁류는 대체 무슨 꿍꿍이란 말인가!

162장 사존이 제자를 죽이다

마치 초만녕의 의문에 호응이라도 하듯, 부글부글 흐르는 용암 위로 거대한 해골 발이 나타났다. 발톱만 해도 수레바퀴만 한 그 발이 감천호를 밟자 호수 절반이 꽉 들어찼다. 뒤이어 다른 쪽 발이 내려와 호숫가의 수많은 귤나무를 지르밟았다.

곧 어마어마하게 큰 해골이 포효하며 천열에서 튀어나왔다. 그것은 뻣뻣한 머리를 움직여 하늘이 떠나가라 울부짖더니 '흐엇' 하고 기합 소리를 내며 사슬이 절그럭거리는 예리한 도끼로 땅을 내리찍었다.

거대한 도끼가 땅에 박히자 땅이 물결처럼 출렁이며 흙과 돌이 이리저리 뒹굴고 풀과 나무가 순식간에 꺾였다.

설몽이 서 있는 자리에 구멍이 생기기 일보 직전, 갑자기 푸른빛이 번쩍였다. 남궁류가 쌍검을 들고 온몸으로 영기를 내뿜으며 해골과 맞선 것이다. 쾅, 하는 굉음과 함께 두 개의 힘이 서로 부딪치자 흙과 부서진 나무들이 폭발했다. 서상림은 옆에서 수 속성 결계를 유지하며 외쳤다.

"옆구리 사이를 노리세요! 보이십니까!"

"봤다."

남궁류가 어금니를 꽉 깨물고 답하더니, 평소의 유들유들하고 약한 모습은 온데간데없이 거대한 해골의 흉골을 공격했다. 그 광경을 주시하던 묵연은 해골의 가슴에서, 타오르는 화염 속에서 줄에 매달린 흐릿한 형체를 발견했다. 더 자세히 보고 싶었지만, 거대한 해골과 남궁류가 싸우면서 생긴 불꽃 때문에 자세히 볼 수 없었다.

이치대로라면, 남궁류가 지옥에서 어렵게 소환한 일당백 흉신이 그의 명을 받아 세상을 어지럽게 만드는 것이 맞았다. 그러나 남궁류는 일생 동안 쌓아 온 내공을 걸고 그것과 치열하게 싸우고 있었다.

너무나도 이상했다…….

하지만 묵연은 깊이 생각할 시간이 없었다. 설몽과 사람들이 여전히 그 자리에 서 있었기 때문에 이 싸움이 계속되면 피해를 볼 것이 분명했다. 묵연은 초만녕의 결인을 떠올리며 낮게 외쳤다.

"견귀, 만인관!"

수십 개의 붉은 버드나무 가지가 날아오른 뱀처럼 사방에서 솟아나 호숫가에 있는 사람들을 하나씩 감싼 뒤 호수 밖으로 끌어냈다.

"잘했다. 잘 썼어."

초만녕의 한마디 칭찬이 묵연의 가슴에 훈훈하게 스며들었다. 좋아하는 사람은 바로 곁에 있고, 보호해야 할 사람도 신무 견귀의 비호를 받고 있다. 묵연은 훨씬 편한 마음으로 남궁류와 해골의 싸움을 지켜봤다.

남궁류의 공격술은 내세울 것이 없었지만 피하고 방어하는 기술만큼은 일류였다. 그는 어려서부터 이런 종류의 법술에만 치우쳐 수련한 것 같았다. 전생에서 자신이 유풍문을 참살할 때 위명을 떨치던 장문인이 토끼보다 빠르게 도망친 게 이래서였구나 싶었다.

거대한 해골이 거친 공세를 퍼부었지만, 너무 큰 몸집 때문에 행동이 굼떠서 남궁류에게 작은 상처도 입히지 못했다. 남궁류는 해골의 오싹한 뼈대를 따라 점점 더 높이 올라갔다. 그의 화려한 장포가 펄럭이고, 삿갓에 달린 붉은 수술이 휘날렸다. 그는 거대한 해골의 갈비뼈 위에 서서 백골 사이로 해골의 심장 부위에 매달린 사람을 봤다…….

남궁류는 극도의 고통에 시달리다가 벗어난 사람처럼 비틀리고 거친 목소리로 큰 소리를 내지르더니 곧이어 하늘을 보고 웃기 시작했다.

"하하하…… 하하하하하! 찾았다! 드디어…… 드디어 당신을 찾았어!"

삿갓 안쪽에서 반짝이던 그의 두 눈에 핏발이 섰다. 그는 분노하며 울부짖었고, 또 미친 듯이 기뻐하며 소리 질렀다.

"찾았다!"

화염에 휩싸인 사람은 두 눈을 꼭 감고 있는 남자였다. 그는 허약하고 나약해 보이는 데다 보잘것없는 얼굴이라 쉽게 잊힐

법한 얼굴이었다.

쉬지 않고 중얼거리는 남궁류의 모습은 광증에 가까웠다.

“찾았어, 내가 찾았다고…… 하하, 하하하하하…… 당신을 찾았어……. 드디어 찾았어…….”

그는 갑자기 푸른빛이 흐르는 검을 들어 거대한 해골의 핵심 부위에 있는 깊이 잠든 남자를 힘껏 찔렀다!

그런데 바로 그 순간, 죽은 듯이 있던 남자가 고개를 휙 들더니 두 눈을 번쩍 떴다. 서상림이 밑에서 울화통을 터뜨렸다.

“그의 눈을 보지 마십시오! 이런 젠장할, 그의 눈을 보지 말라고 말씀드렸잖습니까!”

하지만 남궁류는 그 남자와 거리가 너무 가까웠다. 그는 피할 틈도 없이 남자의 눈을 마주 봤다. 짐승처럼 반들거리는 동공이 새빨개지며 피눈물을 흘렸다. 그것을 본 남궁류는 온몸이 찢기는 듯한 극심한 통증을 느꼈다.

그는 외마디 비명을 지르며 높은 공중에서 그대로 땅에 떨어졌다. 서상림이 결계를 펼쳐 그를 보호하지 않았다면 아마 온몸이 산산조각 났을 것이다.

서상림은 빠른 발걸음으로 다가와 맨발을 동동 굴렀다.

“뭐 하러 그를 보십니까? 그를 보면 그의 영혼이 받는 고통을 느끼게 된다고 말하지 않았습니까? 왜…….”

남궁류가 비틀거리며 일어나자 서상림은 말을 멈췄다. 남궁류의 삿갓이 떨어지며 흐트러진 머리카락과 그 아래 숨어 있던 당황과 놀람이 섞인 눈이 드러났다.

“아…… 아악!”

달빛이 그의 얼굴을 그대로 비췄다. 그는 경련이 일어난 손으로 고통스러운 듯 자신의 얼굴을 감쌌지만, 아무 소용이 없었다. 달빛에 노출된 피부가 빠르게 갈라지고 터지기 시작하더니 빨간 속살을 드러내며 끊임없이 피를 흘렸다.

"아악!"

남궁류가 미친 듯이 소리치며 소매로 얼굴을 가리려고 시도했다. 그러나 허둥대다 밖으로 드러난 그의 두 손과 팔마저 피부가 갈라지며 피로 얼룩졌다.

멀리서 보던 묵연과 초만녕은 어리둥절했다. 남궁류가 대체 왜 저러지?

설마…… 달빛에 직접적으로 닿으면 안 되는 것인가?

펄럭이는 옷자락이 매의 날개처럼 바람을 가르며 넓게 펼쳐졌다. 서상림이 자신의 장포를 벗어 정확히 남궁류의 머리 위로 날려 그를 빈틈없이 덮은 것이다. 그는 새하얀 내의만 입고 있었지만, 겨울밤에도 추위를 전혀 못 느끼는 듯했다. 살짝 벌어진 옷깃 아래로 단단한 가슴이 미세하게 오르내리고 있었다. 주저앉아서 바들바들 떠는 남궁류를 본 그는 순간 화가 치솟아서 맨발을 들어 올려 불경하게도 장문인의 머리를 퍽 찼다.

"앉아서 뭐 합니까, 일어나세요! 모은 영력이 소모되기 전에 저것을 죽이지 못하면 평생 두 발 뻗고 잘 생각은 하지 마십시오!"

그런데 외강내유형 폐물 남궁류가 눈물 콧물을 쏟아 내며 땅에 앉아 우는 것이 아닌가.

"아파 죽겠다……. 차라리 죽는 것이 나아, 죽는 게 낫다고……. 얼굴이 온통 피야…… 손도 똑같아……. 못 참겠다…… 상림, 난

못 참겠어……. 그러니 네가 대신…….”

“대신할게요, 대신. 뭐든 다 대신하지요!”

서상림은 발끈하며 그의 얼굴을 또 걷어찼다.

“아예 장문 자리도 저에게 양보하세요. 제가 대신해 드리겠습니다!”

“나라고 안 그러고 싶은 줄 아느냐!”

걷어차인 남궁류는 땅에 넘어진 채 낮게 울부짖었다.

“나라고 안 그러고 싶겠냐고! 난 오래전에 질렸다! 라풍화가 남긴 저주가 내 삶을 망쳤어! 그가 날 이 자리에서 영원히 물러나지 못하게 만들었다! 네가 해! 나도 남이 대신해 주길 간절히 바란다! 이 반지를 내 손에서 빼지 못하는 것이 한스럽다고!”

“라풍화?”

묵연이 작게 속삭였다.

“귀에 익는 이름인데. 어디서 들어 본 것 같아요.”

“……남궁류 전에 있던 유풍문의 장문인이다.”

초만녕은 둘의 대화를 들으며 미간을 더 찌푸렸다.

“장문인이 되고 겨우 이 년 만에 악질에 걸려 죽었지.”

묵연은 당황스러웠다.

“유풍문은 대대로 남궁 가문의 아들이 후계 자리를 놓고 경쟁해 왔는데, 어찌 라씨 성이 있을 수 있죠? 성이 남궁이 아니라고요?”

“원래대로라면 남궁이어야 하지만, 라풍화가 권력을 찬탈하여 유풍문의 장문인이 됐다.”

초만녕의 이야기를 들으니, 묵연은 예전에 읽었던 책에 실린 유풍문의 역사 속에 짧게나마 이 이름이 언급됐던 것이 떠올랐다. 그런데 유풍문의 역사가 워낙 방대하고 복잡한 데다 그 안에 얽힌 은원 관계가 너무 많았던지라, 도저히 그 책에 흥미가 생기지 않아 대충 훑어만 봤지 자세히 보진 않았었다.

묵연의 눈이 살짝 커졌다.

"유풍문이 권력을 빼앗긴 적도 있어요?"

"그래. 좋은 일도 아니고, 지금의 장문인까지 엮여 있어서 언급하는 사람은 거의 없다."

초만녕이 계속 설명했다.

"남궁류는 존주의 자리에 어렵게 올라갔다. 그가 젊었을 때 부친이 주화입마에 빠져 죽었는데, 죽기 전 그를 후계자로 정했지. 그런데 남궁류에게 자존심도 강하고 법술에도 뛰어난 동생이 있었다. 결정에 불복한 동생은 부친이 죽은 그날 밤 유풍문 장문인이 물려받는 반지를 빼앗아 남궁류 대신 문파의 수장이 됐다."

"수장 자리를 빼앗은 사람이 그의 동생이라면 성이 남궁일 텐데 왜 라씨인 거죠?"

"끝까지 듣거라."

초만녕은 멀리서 덜덜 떨며 일어난 남궁류가 서상림이 준 옷을 단단히 여미고, 다시 한번 해골 가슴팍의 화염을 향해 달려가는 것을 보며 계속 말했다.

"남궁류의 동생은 잔인하고 포악했다. 수장 자리를 찬탈한 지 겨우 세 달 만에 상수진계의 존주를 둘이나 죽였지. 그해에 영산논검에서 그 둘이 그를 유풍문의 서자라며 괄시하고 승부를 공정하게 심판하지 않았다는 것이 이유였다……. 나중에 더한 짓도 저질렀지. 그를 비난한 모든 사람들을 잡아들여 유풍문 광장에 모아 놓고 하나씩 눈알을 뽑았다. 내 두 눈으로 재앙 같은 그 장면을 보지는 않았지만, 기록에 따르면 그가 뽑은 눈알이 마차를 세 대나 채우고서야 모두 치울 수 있었다고 하더군."

묵연은 심장이 벌렁거려서 아무 말도 하지 못했다.

이럴 땐 응당 화를 내며 욕해야 마땅하지만, 그가 무슨 낯짝으로 욕을 할 수 있을까?

이번 생의 초만녕은 묵연이 전생에서 한 짓을 전혀 모른다. 묵연은 한때 자신의 개인적 원한 때문에 유풍문 72개 성의 거의 모든 사람을 죽였고, 그중 한 성주는 능지과를 먹여 꼬박 일 년을 괴롭히다가 죽게 놓아줬다.

사실 묵연은 이번에 유풍문에 와서 줄곧 그 성주와 마주치지 않으려고 애썼다. 자신과 그자 사이의 원한이 너무 깊었기 때문이다.

그를 봤다가 자신이 이성을 잃고 미쳐 날뛰며 일을 저지를까 봐 두려워했던 것이다.

지금도 그는 여전히 난폭함을 버리지 못했다.

그러니 무슨 자격으로 타인을 잔인하고 포악하다 욕한단 말인가?

남궁류는 한 걸음 한 걸음 거대한 해골의 심장으로 다가가 다시 한번 활활 타오르는 화염을 향해 검을 겨눴다. 가까워질수록 손에 든 패검에서 서늘한 빛이 번쩍였다.

초만녕이 말했다.

"라풍화는 그자의 사존이었다. 그자의 폭거를 참을 수 없어서 남궁류와 함께 반란을 일으켰지. 어느 날 밤, 둘은 군사를 일으켜 순조롭게 그를 유풍문 장문 자리에서 끌어내렸다. 하지만 권력에 눈이 먼 라풍화는 장문 반지를 손에 쥐고 남궁류에게 건네주지 않았다."

묵연이 깜짝 놀랐다.

"그가 반지를 차지했나요?"

"그래."

초만녕이 말했다.

"각 문파가 가진 장문인의 신물에는 엄청난 영력이 담겨 있고, 신물은 주인을 섬긴다. 유풍문의 반지도 마찬가지야. 끼는 사람이 주인이 되는데, 문파의 주인이 바뀌지 않는 이상 죽어야만 풀 수 있지."

"……그럼 라풍화가 자리에 오른 지 이 년 만에 죽었다면, 설마 남궁류가 장문 자리를 되찾기 위해 그를 죽인 건가요?"

초만녕이 고개를 저었다.

"유풍문의 정사에 따르면 라풍화는 병사했다. 그가 병으로 죽은 뒤 남궁류가 다시 장문 반지를 되찾았고. 하지만 진상이 무엇인지 그 누구도 확실히 말할 수 없지. 다만 남궁류가 갖은 계략으로 이 괴물을 불러내 싸우면서 저주니 뭐니 지껄이는 것을 보니…… 그때 일이 그리 간단치 않은 것 같다."

마찬가지로 간단한 사건이 아닐 거라고 생각하던 묵연은 또 다른 의문점이 생겼다.

"동생은요? 남궁류의 동생은 자리에서 쫓겨난 뒤 어떻게 됐나요?"

"죽었다."

초만녕이 말했다.

"반란이 일어난 날 밤, 라풍화는 문파를 깨끗이 정리한다며 직접 자기 제자의 목숨을 거뒀다. 소문에는 갈기갈기 찢어 고깃덩어리로 만들었다더군."

묵연은 할 말을 잃었다.

그는 자기도 모르게 조마조마했다. 만약 전생에 자신이 한 행동을 이번 생의 초만녕이 안다면 그의 사존도 문파를 깨끗이 정리한다며 그를 갈기갈기 찢어 고깃덩어리로 만들까?

잡생각에 빠져 있던 중, 갑자기 '쾅' 하는 굉음이 들렸다. 남궁류의 패검이 거대한 해골 안에 있던 그 남자를 찌른 것이다. 해골은 순간 이를 드러내며 고통에 찬 포효를 내질렀다. 뼈밖에 없는 거대한 발바닥이 땅에 커다란 구멍을 냈다. 해골이 분노에 차 손을 휘젓자 넓은 귤나무 숲이 단번에 엉망이 됐고, 황금색 과일이 땅에 떨어져 짓밟혔다.

피비린내와 과일 향이 뒤섞인 괴상한 기류 속에서, 거대한 해골이 갑자기 멈춰 서더니 꼼짝도 하지 않았다. 곧이어 그것이 털썩 무릎을 꿇자 용암이 사방으로 튀었다. 백골은 순식간에 가루가 되고 연기가 되어 사라졌다…….

남궁류는 장검을 뽑아 들고 거대한 해골 안에서 떨어진 남자를 잡은 채 흥분하여 말했다.

"내가 해냈다! 내가 풀었어! 저주가 풀렸다, 저주가 풀렸어! 하하하하!"

그는 바람을 타고 땅에 착지했다. 바로 그때, 멀리서 수상함을 감지하고 시악전에서 달려온 수사들이 하나둘 감천호에 도착했다.

고월야의 장문인 강희가 흘러넘치는 용암을 보고 경악하더니 수려하고 고고한 얼굴을 일그러뜨렸다.

"무간지옥의 불?"

그는 곧바로 소매를 걷어 올려 뒤에 있는 사람들에게 수 속성의 영력 가루를 뿌렸다. 문파마다 방어 법술이 제각각인데 보통은 결계를 쓰는 반면 고월야는 영력 가루를 쓰며, 마찬가지로 뜨거운 불꽃을 막을 수 있었다.

방어 조치를 끝낸 강희가 화를 내며 매섭게 질책했다.

"남궁류, 이게 무슨 일이오!"

남궁류는 대답 없이 거대한 해골 속에서 끌어낸 남자를 꽉 잡았다. 남자의 육체를 감싸고 있던 불길은 이미 사그라들었고, 그와 동시에 그는 기력과 의식을 잃고 다시는 눈을 뜨지 않았다. 그는 평범한 시체와 다를 바 없이 무력하게 남궁류의 손안에 늘어져 있었다.

묵연과 초만녕을 발견한 설정옹이 재빨리 다가가 초조하게 물었다.

"연아, 옥형, 다들 무사한가? 몽…… 몽이는!"

묵연이 재빨리 그를 안심시키며 말했다.

"설몽도 괜찮아요. 저기 있어요."

그가 가리키는 방향을 돌아본 설정옹은 설몽이 창백한 얼굴만 드러낸 채 거대한 버드나무에 갇힌 것을 보고 얼굴이 굳었다. 그가 비틀거리며 설몽이 있는 곳으로 달려가려 하자 묵연이 그를 막았다.

"백부님, 설몽은 잠시 정신을 잃은 것뿐이니 곧 괜찮아질 거예요. 버드나무 안에 있는 게 더 안전하니까 가지 마시고 저희와 여기 계세요."

설정옹은 조바심이 났다.

"대체 무슨 일이 일어난 거냐? 저 멀리서 악귀가 나오는 걸 봤는데 남궁 장문은……."

말하면서 고개를 돌린 그는 용암 속에 서 있는 남궁류와 그의 품 안에 있는 생기 없는 시체를 보고는 일순 말문이 막혔다.

그는 문득 무언가 잘못됐다는 것을 느꼈다. 저 시체가 왜 이렇게 눈에 익지?

마치 오래전, 정말 아주 오래전에…… 저 남자의 얼굴을 본 적이 있는 것 같았다…….

남자의 얼굴은 지나간 세월에 묻혀 잊히기 쉬운, 너무나도 평범한 얼굴이라 설정옹도 순간적으로 누군지 떠오르지 않았다. 그러나 그는 무언가 잘못됐다고 느꼈다. 모든 것이 잘못됐다. 이때 그의 눈에 고개를 번쩍 들어 올린 남궁류가 들어왔다. 얼굴은 온통 핏자국이었지만, 입은 매우 기쁜 듯 한껏 벌어져 있었다.

하하 웃는 남궁류의 눈이 이채로 번뜩였다. 항상 낮은 자세로 아첨하고 비위를 맞추던 그와는 완전 딴판이었다.

서둘러 온 사람들 속에는 엽망석과 남궁사도 있었다.

남궁사가 중얼거렸다.

"아버지……."

엽망석은 옆에 있는 서상림을 보고 경악하여 말했다.

"아버지?"

서상림은 엽망석을 슬쩍 보더니 고개를 저으며 그녀에게 다가오지 말라는 신호를 보냈다. 뜨거운 용암 속에서 느슨하게 풀린 그의 새하얀 내의 자락이 바람에 펄럭였다. 그는 뜻밖에도 느긋한 미소를 지으며 턱을 살짝 들고 눈앞에 벌어진 홍련지옥을 보고 있었다.

그는 맨발로 땅을 밟은 뒤 매끄러운 발가락을 꼼지락거리며 불꽃을 건드렸다. 그러더니 무언가 기다리듯 고개를 숙였다. 불꽃이 그의 눈에 비치는 것이, 마치 금붉은 잉어가 어두운 밤의 연못에서 헤엄치는 것 같았다.

"아악!"

별안간 사람들 틈에 있던 한 여수사가 놀라서 소리를 질렀다.

서상림은 고개를 들지 않고 미소만 지었다. 그는 무슨 일이 벌어졌는지 이미 알고 있었다. 피와 살을 뜯어 먹는 소리를 들었기 때문이다.

그의 뒤에서 남궁류가 남자의 어깨를 감싼 채 달빛 아래에서 남자의 목을 물어뜯고 탐욕스럽게 피를 삼키고 있었다.

한 차례 비명이 울린 후 그 누구도 소리를 내지 않았다. 비난하는 사람도 없었다. 사람들은 눈앞에 벌어진 장면을 보고도 이해하지 못했다. 모두가 충격 상태였다.

천하제일 유풍문의 장문인 남궁류가 저리 걸신들린 듯 잔인하게 시체를 뜯어 먹다니?

이게…… 어찌…… 된 일이란 말인가.

"아버지!"

가장 먼저 정신이 붕괴된 남궁사가 미친 듯이 남궁류에게 달려갔다. 그를 막지 못한 엽망석이 그와 함께 남궁류에게 달려갔다.

"아버지, 뭐 하시는 겁니까? 이게 무슨 짓이냐고요!"

"장문님……."

남궁류는 못 들은 척하고 계속 뜯어 먹었다. 그의 얼굴을 가리던 삿갓은 진작에 떨어졌다. 터진 살갗이 달빛 아래에서 끊임없이 꿈틀거렸고, 그럴수록 그는 더 고통스러웠다. 그는 고통스러울수록 더 미친 듯이 시체의 피와 살을 뜯어 먹었다. 마치 그것이 다디단 감로수이고, 입에 쓴 좋은 약이고, 그가 원해도 가질 수 없었던 자유인 것처럼.

참지 못한 수사들의 구역질 소리가 들렸다. 어떤 사람은 힘없이 신음하며 웅얼거렸다.

"어떻게 이런……."

"미쳤군…… 미쳤어……."

"역겨워……."

달빛이 천천히 움직여 남궁류를 비추었다. 고개를 숙인 채 덜덜 떠는 남궁류의 입가로 타액과 피고름이 끊임없이 흘러나오는가 싶더니, 그가 돌연 고개를 들고 찐득거리는 새빨간 입을 벌려 떨리는 목소리로 울부짖었다.

"아! 아아악!"

그의 얼굴은 남자의 시체를 먹었다고 해서 좋아지지 않았다. 여전히 달빛을 받아 조각조각 갈라지고 있었다.

온통 피투성이인 그의 얼굴에서 유일하게 두 눈만 하얀색이었다. 그는 시체를 바닥에 던진 뒤 발로 밟고는 몸을 홱 돌려 서상림의 멱살을 잡으며 짐승처럼 포효했다.

"어떻게 된 거야? 왜 아무 소용이 없어……! 왜 아무 소용이 없냐고!"

핏줄이 툭툭 튀어나오고, 두 손이 계속 떨렸다. 핏발 선 눈에서 고통으로 인한 눈물이 왈칵 쏟아졌다.

"아파…… 아파 죽겠어……. 차라리 죽는 게 나아……. 차라리 죽고 싶어!"

절망한 듯 낮게 울부짖던 남궁류는 문득 무언가 떠오른 듯 서상림을 놓고 고개를 숙여 남자의 심장을 움켜쥐었다.

"영핵! 분명 힘이 부족한 걸 거야……. 그의 영핵을 먹어야겠어! 영핵…… 영핵, 영핵……."

그는 남자의 가슴팍에 검으로 난 상처를 계속 헤집었다. 손이 피로 범벅이 된 그는 미치광이 같았다.

이때 날카로운 손톱이 돌연 등 뒤에서 그를 찔러 가슴에 구멍을 냈다!

피가 쏟아져 내렸다.

남궁류는 순간 멍해져서 무슨 일이 일어났는지 깨닫지도 못하고 고통을 느끼지도 못한 채 넋을 놓고 고개를 돌렸다.

그는 핏발 선 눈으로 서상림의 깨끗한 얼굴에 미소가 걸린 것을 봤다.

"뭘 먹어? 너 같은 인간은 뭘 먹어도 아깝다."

163장 사존, 그 사람이에요!

영력이 담긴 갈고리 같은 손을 거둬들이자 선홍색 피가 쏟아졌다.

남궁류는 입을 벌렸다 닫았다 하며 한참을 아무 말도 하지 못했다. 그는 서상림이 자기 등 뒤에서 제게 구멍을 낼 거라고는 상상도 못 했는지, 한참 뒤에야 피를 한가득 토해 내며 뻣뻣한 자세로 무릎을 꿇고 쓰러졌다.

"아버지!"

남궁사의 처절한 비명이 하늘로 울려 퍼졌다.

"장문님!"

"……!"

모두가 경악을 금치 못했다.

서상림은 차분하게 무릎을 꿇고 앉아 무심하게 건곤낭에서 열매 하나를 꺼내 남궁류의 입에 쑤셔 넣고는 그에게 억지로 삼키게 했다.

눈썰미가 좋은 묵연의 안색이 어두워졌다.

"능지과?"

서상림이 남궁류에게 먹인 것은 바로 도화원에서 우민의 목숨을 억지로 잡아 놓았던, 살지도 죽지도 못하게 하는 능지과였다! 남궁류는 죽고 싶을 만큼 극심한 고통에 새우처럼 몸을 웅크린 채 격렬하게 몸을 떨었다. 그를 보는 서상림의 눈 속에 반짝이는 불꽃이 비쳐, 왠지 그의 두 눈이 따스해 보였다.

"장문, 당신이 반평생을 살고도 여전히 남의 말에 휩쓸리는 무능한 인간이라는 사실이 참으로 안타깝습니다."

엽망석이 두려움 섞인 목소리로 말했다.

"아버지?"

"아버지…… 아버지를 놓아주세요! 놓아 달라고요!"

피는 물보다 진했다. 아무리 남궁류가 썩어 빠진 인간이라고 해도 처참한 모습의 그를 본 남궁사는 결국 화가 머리끝까지 치밀어 올라 서상림을 공격했다. 하지만 서상림이 한 손으로 친 방어 결계에 간단히 저지당했다.

서상림이 눈을 굴려 남궁사를 차갑게 흘겼다.

"어른이 말하는데 어디 끼어드는 것이냐. 꿇고 있거라!"

그가 허공에 대고 손가락을 까딱하자 남궁사는 등이 천근만근 무거워지는 걸 느꼈다. 서 있기 힘들었지만 이를 악물고 버텼다. 하지만 그것도 잠시, 결국 무릎을 꿇었다.

"사!"

엽망석이 바로 남궁사의 앞을 가로막으며 그를 보호했다. 그녀는 서상림에게 검을 겨눌 수도, 수수방관할 수도 없어서 고통과 망연함이 섞인 표정을 지었다.

"아버지, 그를 해치지 마세요……."

"누가 그를 해친다고 했느냐. 그가 뭐라고."

서상림은 눈을 돌려 남궁류를 보더니 피와 살점으로 엉망이 된 그의 얼굴을 걷어찼다.

"긴 세월이었지. 이제 이 천하의 폭군을 더는 못 봐주겠다. 나는 이자와 회포를 풀어야겠어."

남궁류가 콜록거리며 피를 토했다.

"회포? 무슨 회포! 무간지옥에서 라풍화의 영혼을 소환하면 그가 내게 건 저주를 풀 수 있다고 하지 않았느냐! 그러면 나는 완쾌되어 더는…… 더는 밤을 두려워하지 않아도 된다더니, 네가 날 속였어……. 감히 네가…… 감히 네가 날 속이다니……."

젊은 수사들은 그의 말을 이해하지 못했지만, 설정옹 세대의 사람들은 모두 얼굴이 퍼렇게 질렸다. 설정옹은 고개를 획 돌려 청년의 시체를 봤다.

"라풍화?"

"라풍화다!"

땅에 누워 있는 건 남궁 형제의 스승이자, 한때 권력을 찬탈하고 단명한 장문인이자, 유풍문 역사상 유일하게 다른 성을 가진 존주, 라풍화의 시체였다!

"꿈도 야무지십니다."

서상림이 웃으며 말했다.

"저주를 풀어요? 그해에 당신 두 손으로 그를 죽이더니, 지금은 또 그의 피를 마시고 살을 뜯어 먹었습니다. 그렇게 잔인한 짓을 해 놓고 저주를 풀고 싶다고요? 참으로 순진하십니다."

"내가 그의 피를 마시고 살을 먹으면 안 되는 것이냐? 비록 내가 자리를 되찾기 위해 그를 죽음으로 내몰았지만, 그가 죽기 전 장문인의 반지에 건 저주 때문에 난…… 벌써 십수 년이다! 십수 년 동안 난 하루도…… 쿨럭, 단 하루도…… 정상적으로 밤을 보낸 적이 없어! 왜…… 내가…… 그러면 안 되는……."

"됩니다."

서상림이 무표정한 얼굴로 동의했다.

"당연히 되지요."

그러다 갑자기 얼굴을 일그러뜨리며 웃었다. 그는 아예 쭈그리고 앉아 남궁류의 얼굴을 들어 올리고 말했다.

"아주 잘하셨습니다. 그 누구도 당신보다 잘하지도, 뛰어나지도, 말을 잘 듣지도 않았을 겁니다……. 장문, 당신보다 멍청한 사람은 없어요."

그가 사악한 미소를 지으며 한마디로 정리했다.

"쓸모없는 인간."

말을 마치고 천천히 일어선 서상림은 정중하면서도 온화하고 부드러운 미소를 지으며 양팔을 벌려 사람들에게 다정하게 말했다.

"귀빈 여러분, 저녁 연회가 끝났습니다. 제가 이곳에 간식거리를 준비했으니 함께 맛보시지요."

누군가 버럭 고함을 질렀다.

"서상림! 대체 무슨 속셈이요?"

"사실 별거 없습니다. 그저 여러분과 함께 재미있는 이야기를 나누고자 하는 것이지요. 유풍문이 수진계를 업신여기던 백여 년 동안, 더러운 추문이 셀 수 없이 많았지요. 그중 제가 십여 년간 묵혀 둔 일을 오늘 온 천하에 밝히고자 합니다."

그는 이 대목에서 까랑까랑하던 목소리를 부드럽게 바꿨다.

그러고는 가볍게 한마디 툭 던졌다.

"이는 유풍문의 마지막 숨겨진 이야기일 겁니다."

그의 말을 들은 남궁류는 문득 엄청난 두려움이 몰려와 격렬하게 몸을 떨었다. 입술은 말을 못 할 정도로 파르르 떨렸고, 두 눈은 흐르는 용암 위에 서 있는 서상림에게 고정되어 있었다.

"너…… 넌 대체…… 누구냐?"

서상림은 얼굴을 살짝 돌려 옅은 미소만 지을 뿐 대답하지 않았다.

그의 손바닥에서 별안간 빛이 번쩍이더니 비수 하나가 나타났다. 그가 비수를 꽉 쥐어 살을 가르자 그의 손바닥에서 피가 흘러나왔다. 그는 피를 찍어 팔에 법진을 그린 후 입으로 가볍게 불고 말했다.

"서쪽 창가의 작은 배야, 임을 태워 꿈속으로 들어가라."

그러고는 고개를 돌려 웃었다.

"장문, 제가 누구인지 알고 싶다면 이것을 보세요. 그러면 알 겁니다."

묵연이 그를 저지하려 하자 초만녕이 가볍게 막았다.

"사존?"

"저주가 아닌 회상 결계다. 도화원 우민선사의 법술과 매우 유사해. 모든 사람이 그의 기억을 보게 하는 법술이지.”

초만녕이 말했다.

“그가 대체 무슨 말을 하는지 지켜보자.”

서상림이 허공에 띄운 법진이 빛을 내며 점점 높아지고 계속 커지더니 순식간에 감천호를 뒤덮었다. 가루 같은 기억의 파편이 하늘에서 서서히 떨어졌다. 호수는 금세 서상림의 기억으로 뒤덮였다…….

폭설이 대지에 새 옷을 입히듯, 법진의 힘이 퍼져 나갈수록 정경도 변했다.

사람들은 감천호 주변에 가만히 서 있었지만, 주변의 수풀과 용암이 흐려지더니 어느새 유풍문의 비요대 주위에 서 있는 자신들을 발견했다.

환영 속의 비요대에는 오직 두 사람만 있었다.

한 사람은 편한 차림새에 머리도 제대로 빗지 않고 상투도 비뚤어진 채 맨발로 서 있었다. 서상림이었다. 다른 한 사람은 화려한 무늬가 수놓아진 진홍색 장포를 입은 채 앉아 있었다. 하얗게 윤이 나는 얼굴의 그는 남궁류였다.

엄지손가락에 낀 검푸른 비취옥이 박힌 장문 반지를 어루만지는 남궁류의 얼굴에는 흥분과 초조한 기색이 역력했다.

“신무 다섯 개는 모두 준비됐겠지?”

서상림이 느긋하게 말했다.

“벌써 아홉 번째 물으셨습니다. 한 번만 더 물으시면 저는 손 떼겠습니다.”

남궁류가 초조한지 다리를 떨었다.

"알겠다, 알겠어. 손님들이 모두 도착하는 사의 혼례 날만 기다리면 되겠군……. 제물 명부를 다시 보여다오. 지금까지 명부 중 몇 명이 도착하지 않았는지 봐야겠다."

서상림이 그에게 명부첩을 건네자 남궁류가 기다렸다는 듯이 다급하게 펼쳤다. 그는 광기로 눈을 번뜩이며 갈증에 시달린 사람이 물을 들이켜듯 명부첩을 휙휙 넘겼다. 숫자를 한 번 센 그는 마음이 안 놓이는지 책에 구멍이라도 낼 듯이 손가락으로 꾹꾹 짚어 가며 또 셌다.

"다 왔습니다."

서상림이 미친 듯이 중얼거리는 그를 보며 말했다.

"오행이 맑은 스무 명과 그동안 뽑은 오행 영력 근위대의 영핵 힘을 한데 모으고 신무의 힘까지 빌리면, 직접적으로 정화의 영체를 이용하는 것만큼 대단한 위력은 아니지만 충분할 겁니다. 분명 무간지옥의 문을 열 수 있습니다."

남궁류가 명부첩을 꽉 쥐고 고개를 끄덕였다.

"알겠다."

"그러나 이번이 마지막 기회입니다. 이번에도 망치면 저주를 푸는 건 더 어려워질 겁니다."

"절대 망칠 수 없다!"

서상림이 느긋하게 말했다.

"절대 망치지 않을 거라고 하셔야죠."

"그래그래, 절대 망치지 않을 것이야, 절대."

남궁류가 머뭇거리다가 말했다.

"상림, 불안해서 그러는데 우리 다시 한번 계획을 맞춰 볼까?"

"……존주, 이미 스무 번도 넘게 했습니다."

남궁류는 개의치 않았다.

"여러 번 하는 게 어때서. 신중한 게 좋지."

서상림은 귀찮았다.

"알겠습니다. 마음대로 하십시오."

남궁류가 계획을 짚어 가며 말했다.

"사의 혼례식 전날 밤, 모든 손님이 시악전에 모이면 내가 미리 표시해 놓은 스물한 개의 제비를 뽑을 것이다."

그가 고개를 들어 서상림을 봤다.

"그다음은 네 차례다."

"……네. 제가 동행하겠다고 자청할 겁니다."

서상림은 마지못해 그에게 맞춰 줬다.

"숲에 들어간 뒤 저는 제물들을 감천호로 유인하여 그들에게 진롱기국의 바둑돌을 심고 얌전히 영력을 신무에 바치게끔 할 겁니다. 이 일이 순조롭게 끝나면 저는 모든 사람을 조종하여 하늘로 신호탄을 쏘게 하고, 동시에 지옥의 틈을 열겠습니다."

"좋아, 좋아!"

귀찮은 서상림과 달리 남궁류는 흥분해서 계획을 신나게 읊었다.

"불꽃을 보면 나는 5개 근위대를 이끌고 천열을 진압하겠다는 것을 빌미로 사냥터에 있는 너와 합류한다. 그다음 우리는 5개 근위대 또한 바둑돌로 만들어 제물로 바칠 것이다!"

서상림이 고개를 끄덕이며 마무리했다.

"아마 실수는 없을 겁니다."

"절대 있어서는 안 돼."

반지를 움켜쥐는 남궁류의 안색이 창백했다.

"나는 이미 참을 만큼 참았어……."

중얼거리던 그가 고개를 휙 들고 서상림에게 물었다.

"상림, 정화의 영체를 쓰지 않아도 정말 괜찮을까? 만약 신무의 힘이 깨끗하지 않다면……."

"걱정 마십시오. 신무 다섯 개 모두 최상품 중 최상품이고, 최고 중 최고입니다. 자연을 움직일 만한 힘을 가지고 있으니 제물의 영력을 흡수하면 반드시 성공할 겁니다."

"만약이라는 것이 있잖아? 내가 말하는 건 만약이야. 만약 무간지옥의 문을 열 수 없다면, 만약 채접진 때처럼 누군가 방해한다면…… 초만녕을 봐라!"

남궁류가 침을 뱉었다.

"만야옥형, 북두선존은 무슨, 오지랖만 넓어서는! 지난번 채접진에서 우연히 그가 죽어서 잘됐다 싶었는데, 회죄 그 영감탱이가 그를 기사회생시킬 줄 누가 알았냐고. 제기랄!"

여기까지 본 묵연은 분노가 치밀어 올랐다. 채접진에서 재앙이 일어났을 당시, 유풍문 또한 많은 수사를 진압에 참여시켰다. 백여 명의 유풍문 제자가 혼란 속에서 목숨을 잃었다는 것을 두 사람 모두 뻔히 알고 있을 텐데…….

그럼 가짜 구진은 누구지?

남궁류, 아니면 서상림?

"초만녕은 죽으면 안 되지요."

환영 속의 서상림이 말했다.

"그는 재주가 뛰어난 사람인데, 쉽게 죽어 버리면 얼마나 아깝습니까."

"재주가 뛰어난 게 어때서? 나는 그 기고만장한 얼굴이 마음에 안 들어!"

"아하, 그 말씀을 듣고 보니 생각나네요. 장문 선군, 며칠 전 초만녕을 만나셨는데 어떠셨습니까. 죽었다 살아난 그의 영력이 그대로이던가요?"

"영력은 모르겠으나 성깔은 여전하더군."

남궁류는 분통을 터뜨렸다.

"어찌나 고상한지 눈에 뵈는 것이 없어. 그의 앞에 서면 나는 진흙탕에서 뒹군 개가 된 기분이라고, 염병할!"

서상림이 웃음을 터뜨렸다.

"참 재미있는 비유입니다."

"생각하지 않을 때는 괜찮지만, 생각만 하면 열불이 터져! 천하제일 대문파의 존주인 내가 초만녕에게 굽실대는 건 그렇다고 쳐도, 그의 제자 눈치까지 본다고. 제자 놈도 잘났지, 아주. 묵 종사는 버르장머리 없는 것이 제 스승보다 더하더군."

그가 악의에 찬 눈을 번뜩이며 숨을 골랐다.

"목령의 정화의 영체? 신무를 포기하고 처음 계획대로 그의 피와 살로 하늘에 제사 지내지 못해서 아쉬울 따름이야! 그렇게 무간지옥의 문을 열어야 하는데!"

"금성호와 도화원 두 번 다 실패했습니다."

서상림이 말했다.

"그가 홀로 수행한 오 년 동안 그의 행적을 못 찾다가 유일하게 딱 한 번 그를 속여서 황하의 악귀에게 중상을 입게 만들었지만, 명이 길어서 지나가던 강희가 구해 줬죠. 이제 묵연의 힘은 훨씬 강해졌습니다. 예전의 열예닐곱 살짜리 소년이 아니니 그를 건드릴 수 없어요. 정화의 영체를 이용하는 방법은 더는 불가합니다."

"두고 봐라!"

남궁류가 버럭 소리를 질렀다.

"내 저주가 풀리면 힘이 강해질 테지. 그때가 되면 초 종사든 묵 종사든 모조리 내 앞에 무릎 꿇리고 내 명을 듣게 만들 것이야!"

서상림은 그의 말에 웃기만 할 뿐 대답하지 않았다.

혼자 씩씩대던 남궁류는 조금씩 평정심을 되찾았다. 그가 심호흡을 하고 손에 낀 반지를 보다가 불쑥 물었다.

"상림, 오 년 전 네가 정화의 영체 찾는 걸 포기한 이유가 묵연이 하산하여 떠돌아다니느라 행방이 묘연해져서만은 아니지?"

"……."

남궁류가 천천히 반지에서 시선을 떼며 말했다.

"조사하다가 토 속성 영체가 엽망석인 걸 알아 버렸기 때문이기도 해. 그렇지? 네 수양딸을 바치려니 내키지 않았겠지. 세상에 남은 유일한 가족이니……."

"저에게는 가족이 없습니다."

서상림이 무표정하게 그의 말을 끊었다.

"게다가 장문께서도 잘 아시겠지만, 화 속성 영체는 아드님입니다. 제가 엽망석을 내놓는다면, 장문께서는 사를 내놓을 수 있겠습니까?"

"됐다."

남궁류가 손을 휘휘 저으며 지친 기색으로 말했다.

"신무로 대체할 수 있으니 더 말할 것 없다. 여기까지 하자."

"만약 신무로 대체할 수 없다면요?"

남궁류가 펄쩍 뛰었다.

"무슨 뜻이냐? 절대 실수가 없을 거라고 하지 않았느냐?"

"뭘 그리 긴장하십니까. 저는 그저 호기심에 그러는 겁니다. 만약 다섯 명의 살아 있는 영체를 사용해야 한다면, 사를 제물로 바쳐야만 무간지옥의 문을 열 수 있다면 존주께서는 어떤 선택을 하실 겁니까? 계속 저주의 고통을 감내하실 겁니까, 아니면……."

그는 조롱 섞인 미소를 지을 뿐 더는 아무 말도 하지 않았다.

남궁류도 대답하지 않았다. 그러나 한참 뒤, 사람들이 회상이 끝났다고 생각할 만큼 긴 시간이 흐른 후 남궁류가 나지막이 말했다.

"사람은 누구나 이기적이지."

"!"

그의 말에 사람들의 얼굴이 일그러졌다. 특히 설정옹처럼 자식을 목숨처럼 아끼는 사람은 더더욱 남궁류의 선택을 이해할 수 없었다. 그가 크게 분노하며 말했다.

"황당하기 짝이 없군……. 제아무리 독한 호랑이도 자기 새끼는 잡아먹지 않는 법인데, 자기 살자고 아들을 희생해? 어찌 이런 황당한 일이!"

남궁사는 마비된 듯 그 자리에 꼼짝 않고 서 있었다. 그는 실의에 빠져 허망한 눈을 하고 있었다.

환영이 어두워지더니 영롱한 기억의 파편이 다시 청량한 풍경

소리를 내며 나풀거렸다.

환영이 다시 밝아졌다. 눈앞에 구름이 드리워진 높은 하늘 아래 눈부신 빛을 반사하는 우뚝 솟은 설산이 나타났다. 누군가 놀라서 외쳤다.

"금성호?"

164장 사존이 존경하던 용 부인

금성호였다. 호숫가에는 붉은색으로 '의행로난'이라고 적힌 비석이 위용을 뽐내고 있었다.

환영 속에는 여전히 남궁류와 서상림, 두 산 사람뿐이었다. 두 산 사람이라고 하는 이유는 땅에 무수히 많은 시체가 널브러져 있었기 때문이었다.

혹은 죽은 인어라고 할 수도 있었다.

"서둘러라. 계속 길을 막고 다른 수사들이 산에 오르지 못하게 하면 의심받을 거야."

"금방 됩니다."

서상림이 한 인어의 입에 검은 돌을 쑤셔 넣더니 속으로 주문을 외웠다. 그러자 인어가 비틀거리며 일어나 두 사람을 향해 인사하더니 얼음 조각이 떠다니는 금성호로 풍덩 뛰어들었다.

서상림이 말했다.

"제가 아직 금지 술법에 능숙하지 않습니다. 조금만 더 숙련되면 이렇게 하나하나 바둑돌을 먹일 필요 없이 허공에 대고 손짓만 해도 제 명령에 따라 움직일 겁니다."

"그렇게 대단하다고?"

"그러니 금지 술법이죠. 그 정도로 수련한다 해도 별거 아닙니다. 제가 본 어떤 사람은……."

서상림이 갑자기 말을 멈추고 웃었다.

"제 말은, 제가 읽었던 기록에 따르면, 어떤 사람은 생령이 의식을 잃지 않게 하면서 기꺼이 명에 따르게 한다던데, 그거야말로 대단한 거지요. 저는 그저 육체를 조종하는 수준일 뿐, 정신까지는 통제할 수 없어요. 아직 멀었습니다."

남궁류가 고개를 끄덕였다.

"그렇게까지 대단하게 수련할 필요 없다. 괜히 남의 이목을 끌어서 좋을 게 없어."

"존주가 옳으십니다."

"그래도 네가 이 방법을 생각해 내서 다행이다. 내 저주를 풀려면 무간지옥의 문을 열어야 하고, 무간지옥의 문을 열려면 금, 목, 수, 화, 토 오행의 영력을 모두 갖춰야 하지. 이 세상에서 정화의 영체를 찾기란 여간 어려운 것이 아니야. 그렇다고 문파마다 확인할 수도 없고. 네가 금성호를 장악한 덕에 신무를 얻으러 온 수사들이 무슨 영핵을 가졌는지 하나도 빠짐없이 착실하게 너에게 알려 줄 테니, 정말 거저먹는 격이지."

남궁류는 말안장에 걸어 둔 주머니에서 귤을 꺼내 껍질을 벗겨 먹으면서 감탄했다.

"상림, 금성호의 요괴들이 너를 못 이기더군. 참으로 실력이 출중해."

서상림이 미소 지으며 말했다.

"금성호는 상고 시대의 유적이긴 하나 억만년이 흘러서 구진상궁의 신력이 미미할 정도로 약해졌습니다. 그렇지 않았다면 제 능력으로 어찌 빈틈을 파고들 수 있었겠습니까. 과찬이십니다."

남궁류가 크게 웃었다.

"그만 됐다. 무슨 상을 내려 줄까?"

"저는 바라는 것이 없습니다."

"어허, 그럴 수는 없지. 꼭 하나는 말해야 한다."

"그럼 귤 반쪽만 내주십시오."

남궁류는 당황하다가 이내 웃으며 말했다.

"그게 무슨 상이냐?"

그러면서도 귤껍질을 까서 서상림에게 건넸다.

"하나를 통째로 주겠다."

"반쪽이면 됩니다."

서상림이 옅은 미소로 말했다.

"많이 필요 없습니다."

"너도 참 특이한 사람이야. 옜다, 반쪽."

남궁류가 말하면서 귤을 내밀었다. 서상림은 손끝에 피가 묻은지라 입으로 대신 받아먹고는 방긋 웃으며 말했다.

"과즙도 많고 달군요. 맛있습니다."

그 순간, 햇빛 아래 드러난 서상림의 미소가 소름 끼쳐 보였다. 입가로 흘러나온 과즙을 혓바닥으로 핥아 먹는 모습이 독사가 혀를 날름거리는 모습과 닮아 있었다.

갑자기 오싹해진 남궁류가 재빨리 손을 거두었다. 그러다 자신이 대체 무엇을 두려워하는 건지 이해할 수 없어 고뇌와 혼란이 섞인 표정을 지었다.

갑자기 서상림이 말했다.

"저것 보십시오."

"뭐?"

서상림의 말에 남궁류가 눈을 돌렸다. 잠시 후 그의 눈이 커다래지며, 그 통통한 얼굴에 복잡한 기색이 드러났다.

"저것은……."

"식인 물고기입니다."

서상림이 죽은 식인 물고기를 건져 모래와 자갈이 겹겹이 쌓인 땅에 내던지더니 몸을 숙여 자세히 관찰했다. 사자 얼굴에 물고기 몸을 한 괴물은 입을 벌린 채 피로 얼룩덜룩해진 송곳니를 드러내고 있었다. 툭 튀어나온 짙은 회색 눈알은 빛을 잃어 참담해 보였다.

서상림은 물고기 몸에 묻은 피를 찍어 냄새를 맡더니 저도 모르게 맨발에 문질러 닦으며 인상을 썼다.

"우웩, 썩은 내."

그는 일어나 식인 물고기를 걷어찼다.

"금성호 안에 몇 안 되는 괴수일 겁니다. 구진이 호수 안에 신무를 수호할 신수를 남겼다고 해도, 긴 세월은 많은 것을 변화시키지요. 악귀가 해탈하고 신이 타락하는데, 고작 신수 따위가 뭐 다르겠습니까."

남궁류가 중얼거렸다.

"그때 이것이…… 나에게 용언의 심장을 바치라고 했어……."

환영을 보고 있던 사람들은 그의 말에 소름이 돋았다. 이미 진실을 알고 있던 초만녕을 제외하고, 모두가 경악했다.

"뭐라고?"

"용언이면…… 바로…… 바로……."

사람들은 낮게 그 이름을 되뇌었다. 일부는 경악과 연민에 찬 눈으로 남궁사를 돌아봤다.

"그녀는 남궁 공자의……."

잠시 멍해 있던 남궁사는 온몸을 덜덜 떨며 비틀비틀 뒷걸음질 치다가 그대로 넘어졌다. 죽은 사람보다 더 하얗게 질린 얼굴이 귀신보다 무서웠다.

"어머니? 아니…… 아닐 거야!"

엽망석이 눈물을 삼키며 말했다.

"사……."

"그럴 리 없어!"

남궁사는 실성하기 직전이었다. 수려한 그의 얼굴은 공포와 분노, 고통과 경악으로 일그러졌다. 그의 눈, 코, 입 어느 하나 비틀리지 않은 데가 없었다. 누구의 말도 귀에 들어오지 않았고, 아무 소리도 들리지 않았다.

"아니야! 내 어머니는 요괴를 죽이러 갔다가 돌아가셨어! 아버지가 그랬어, 어머니는 요괴를 죽이려다가 심장을 관통당해 돌아가셨다고!"

갑자기 그가 흠칫 떨더니 혼잣말처럼 중얼거렸다.

"심장이 없는 건…… 심장을 관통당해서……."

그는 우는 대신 두 눈을 부라리며 갈라진 목소리로 같은 말을 반복했다. 중얼거림은 낮은 으르렁거림으로, 낮은 으르렁거림은 울부짖음으로, 울부짖음은 광기 어린 포효로 변했다.

"관통당해서라고! 관통!"

남궁사는 문득 어떤 기억이 떠올랐다.

그가 아직 어렸던 그해, 부모님 일행은 금성호에 신무를 구하러 나섰다. 그는 또렷이 기억하고 있었다. 첫날 밤, 놀기 좋아하던 그는 노백금과 뒷산 사냥터에서 늦은 밤까지 신나게 놀다가 이슬 맺힌 야심한 밤이 되어서야 몰래 방으로 돌아가 서책을 읽는 척했다. 그러나 어머니가 저녁 식사 후 새로 수놓은 전갑을 주러 찾아왔다가 공자 처소를 다 뒤져도 안 보이는 모습에 몰래 놀러 나간 것을 눈치챘다는 사실은 까맣게 몰랐다.

용언은 침착하고 차가운 성격의 여인이었다. 보통의 어머니처럼 남궁사에게 애정 넘치는 다정함을 보인 적이 한 번도 없었다. 그녀가 남궁사의 침실을 다시 찾아왔을 때, 남궁사는 〈소요유[#26]〉를 들고 머리를 앞뒤로 흔들며 소리 내어 읽고 있었다. 용언이 남궁사에게 물었다.

"저녁 식사 후에는 뭘 했지?"

남궁사는 용언이 자신의 꾀를 눈치챈 줄도 모른 채 서책을 내려놓고 머리를 긁적이며 환하게 웃었다.

"어머니. 저, 저 서책을 외고 있었어요."

#26 소요유 逍遙遊. ≪장자 · 내편≫의 첫 편으로, 절대 자유를 추구하는 인생관에 대해 이야기함

"계속 외고 있었느냐?"

벌을 받을까 봐 겁이 난 그는 한참을 우물거리다 고개를 끄덕였다.

"음…… 네!"

용언은 아름다운 목을 세우고 턱을 치켜든 채 예리한 눈빛으로 흘겨봤다.

"거짓말."

남궁사는 깜짝 놀라 얼굴이 빨갛게 달아올랐다.

"아니에요."

용언은 말없이 그의 죽간을 빼앗아 돌돌 만 뒤 물었다.

"'세상이 비난하여도 낙담하지 않는다'의 앞 구절이 무엇이지?"

"또…… 또한 세상이……."

"세상이 칭송해도 더 칭송받고자 노력하지 않는다!"

용언은 잔뜩 인상을 쓰고 죽간으로 탁상을 내리치며 화냈다.

"남궁사, 어미가 너를 어떻게 가르쳤지? 밖에서 늦게까지 노는 건 그렇다 쳐도, 어찌 거짓말을 하는 것이냐?"

"어머니……."

"그렇게 부르지 말거라!"

남궁사는 화내는 그녀의 모습에 당황했다. 사실 그는 자상한 아버지보다 항상 무장하고 다니는, 기개 높은 어머니를 더 경외했다.

"한심하구나."

어린아이는 저도 모르게 눈시울을 붉히며, 또 혼이 날까 두려워 요행을 바라며 변명했다.

"많이 늦게 온 건 아니에요. 밥 먹고 잠깐 나가서 놀고 온 거예요."

용언이 그를 노려봤다. 평소 그렇게까지 화를 내지 않던 어머니는 아들이 쥐어짜 낸 변명에 갈수록 실망했고, 점점 더 화가 났다.

"어두워지자마자 바로……."

짜악!

뺨 때리는 소리가 세차게 울리며 남궁사의 말을 끊었다.

용언은 숨을 몰아쉬며 여전히 손을 든 자세로 머리끝까지 화가 치밀어 소리쳤다.

"남궁사! 탐욕, 원망, 기만, 살인, 음란, 절도, 약탈은 유풍문 군자의 7대 금계다. 배운 걸 까먹은 것이냐? 어찌 계속 어미를 속이려고 해?"

그녀에게 맞아서 얼이 나간 남궁사는 한참이 지나서야 정신을 차렸다. 눈에 눈물이 그렁그렁 맺혔다. 그도 억울해서 크게 소리 질렀다.

"어머니가 이렇게 엄하지 않았다면 제가 왜 거짓말을 하겠어요? 툭하면 때리고 욕하고…… 저에게 조금도 잘해 주지 않잖아요! 저는 어머니가 싫어요! 아버지가 좋다고요!"

그러고는 남궁류에게 가려고 했다.

"거기 서라!"

용언이 그를 잡아당겼다. 그녀의 안색이 몹시 어두웠다. 그녀는 육두구[#27]로 붉게 물들인 손가락으로 아들의 코끝을 톡톡 치며, 분노가 일렁이는 눈으로 말했다.

#27 육두구 향신료나 약재로 쓰이는 식물로, 붉은 부분을 취해 손톱을 물들이기도 함

"아버지를 찾아가서 뭐 하려고? 네 아버지는 온종일 유유히 빈둥거리며 아첨이나 떠는 쓸모없는 사람이다. 설마 너도 그렇게 되고 싶은 것이냐? 앉거라!"

"싫어요! 싫다고요!"

용언은 이를 악물고 쉬지 않고 발버둥 치는 남궁사를 자리에 끌어다 앉혔다. 그러나 그녀가 손을 놓자마자 남궁사가 또 뛰쳐나가자 결국 금제(禁制) 법술로 그를 속박했다. 꿇어 엎드린 남궁사는 모욕적이고 분해서 우리에 갇힌 짐승처럼 계속 숨을 몰아쉬었다.

"놔주세요! 저는 당신 같은 어머니는 필요 없어요! 어머니는…… 저에게 좋게 말한 적도, 저를 신경 써 준 적도 없었죠. 늘 꾸짖기만 하셨어요……. 꾸짖기만 하셨다고요!"

용언의 얼굴이 벌겋게 달아올랐다가 하얗게 질렸다. 그녀가 미세하게 떨리는 입술로 한참 후 말했다.

"얌전히 방에서 〈소요유〉를 다 외우거라. 내일 검사하겠다. 또 고집을 피웠다가는……."

그녀는 말하다가 멍해졌다. 피웠다가는 뭐? 그녀도 사실 뭘 어떻게 해야 할지 몰랐다. 그녀는 원래 엄한 성격인 데다 늘 으름장을 놓는 방식으로 사람을 대했다. 나약한 남편에 대해서도 사람들 앞에서 가차 없이 꾸짖고 혼냈다.

하지만 남궁사는…… 그녀가 뭘 어쩔 수 있을까?

그녀는 잠시 그 자리에 가만히 서 있었다. 씁쓸함과 원망, 슬픔과 무력감이 교차하는 가운데, 치밀어 오르는 분노 때문에 심한 기침을 했다. 지병이 있는 그녀는 기침을 하다가 피를 토했지만, 아무렇지 않은 척하며 남궁사가 보기 전에 손수건으로 재빨리 닦아 냈다. 그러고는 갈라지고 가라앉은 목소리로 말했다.

"사야, 너는 아직 어려서 세상의 시시비비를 스스로 구분하지 못한다. 너에게 잘해 주는 사람이 반드시 너의 성공을 바란다 할 수 없고, 너를 엄하게 대하는 사람이 반드시 네가 망하길 바란다 할 수 없단다. 네 아버지는 나약하고 무능한 데다……."

머뭇거리던 그녀는 잠시 고민하다가 다음 말을 생략한 채 말을 돌렸다.

"나는 네가 나중에 아버지 같은 수사가 되지 않길, 아버지 같은 장문인이 되지 않기를 바라는 것이다."

남궁사는 입을 꾹 다문 채 대답하지 않았다.

"네가 고집을 피우고 공부를 소홀히 하는 것은 괜찮다. 그렇지만 거짓말을 해서는 안 되지 않겠느냐? 유풍문은 백 년간 명성을 떨쳤고, 앞으로도 군자의 품격을 유지해야 선군들의 위에 설 체면이 선다. 네 아버지는 이 이치를 너에게 가르치지 않았지. 하지만 나는 네 어미다. 네 아버지가 하지 않으니 내가 대신 널 타이르고, 계속 말하는 것이다. 설사 네가 듣지 않고, 내가 너무 엄하다 여기고, 나를 미워해도 말이다."

"……아버지가 제게 그런 말을 안 하시는 건, 저를 아들로 생각하고 제가 행복해야 아버지도 행복해서인데, 어머니는요?"

남궁사가 소리쳤다.

"무슨 어머니가 그래요. 어머니는 저를 유풍문의 소주이자 미래의 장문으로만 생각하잖아요! 어머니랑 있어서 좋았던 날이 없어요! 저는 어머니 말 안 들을 거예요!"

너무 괴로운 나머지 용언의 하얗던 얼굴이 비정상적으로 붉어졌다. 그녀는 손수건으로 얼굴을 가리고 기침을 하다가 한참 숨을 고르고 난 뒤 엄격하게 말했다.

"좋다. 네가 안 들으면 나는 네가 들을 때까지, 네가 깨달을 때까지 말하겠다."

"……."

고집스러운 아이는 아예 두 손으로 귀를 틀어막았다.

용언은 의자에 앉아 천천히 마음을 가라앉혔지만, 가슴은 여전히 욱신욱신 아팠다. 그녀는 예전에 요괴를 물리치다가 다친 뒤 매일 약을 먹었지만 이제 지병이 되어 점점 심해지는 병세를 생각했다. 그러다가 고개를 들어 등불에 비친 반항하는 아들의 모습을 보고는 자기도 모르게 눈을 감았다.

한참 후 그녀가 누그러진 말투로 말했다.

"사야, 나는 평생 네 곁에 있을 수 없다. 언젠가는 너를 지켜볼 수도, 너에게 주의를 줄 수도 없어. 그러니 난 그저 네가 앞으로……."

그녀는 더는 말을 이어 나갈 수 없었다.

남궁사가 바닥에 쪼그리고 앉아 작은 몸을 웅크린 채 그녀가 건 법술 결계 속에서 울고 있었기 때문이었다. 그녀의 아이가, 항상 쾌활하고 명랑하던 사가 그녀의 꾸지람에 흐느끼며 울었다.

용언은 한참을 멍하니 있다가 천천히 일어나 법술 결계 앞에 서서 손을 들었다. 그녀는 결계를 풀고 아이를 안아 올려 빨갛게 부어오른 볼을 어루만지고 이마에 입을 맞추고 싶었다.

그러나 그녀는 참았다. 그녀는 결국 모질게 가만히 서 있었다.

그녀가 나지막이 말을 이어 나갔다.

"너 스스로 깨우쳐야 한다. 탐욕, 원망, 기만, 살인, 음란, 절도, 약탈은 유풍문 군자가 해서는 안 되는 일곱 가지라는 것을."

"저는 몰라요. 알고 싶지 않아요. 저는…… 저는……."

남궁사는 눈물을 가득 머금은 눈을 들어 결계 밖에 서 있는 어머니를 보며 울며불며 소리 질렀다.

"저는 어머니가 싫어요! 당신 같은 어머니는 필요 없다고요!"

그 순간, 결계 밖에 서 있던 용언의 얼굴에서 핏기가 빠져나갔다. 항상 차갑기만 하던 얼굴이 슬픔과 절망으로 물들었다.

이십 년이 넘는 세월 동안 그 얼굴이 나오는 꿈을 꾸다 깰 때면 남궁사의 베개는 흠뻑 젖어 있었다. 그때 자신은 맹독을 품은 전갈이나 다름없었다. 자신이 집게발을 휘둘러 끔찍한 독액을 어머니의 심장에 힘껏 찔러 넣은 것이다.

아팠다. 너무 아팠다.

그 고통은 평생을 살아도 사라지지 않을 것이며, 그는 자신을 영원히 용서할 수 없을 것이다.

셋째 날, 용언은 그의 처소에 오지 않고 시녀를 통해 그에게 동백꽃이 수놓인 전갑과 서신을 보냈다.

서신 속 어머니의 필체는 단정했다. 군더더기 없이 그저 네가 요즘 활쏘기를 좋아한다고 들어 등에 메는 화살 주머니를 만들었다고만 쓰여 있었다. 그리고 아버지와 함께 금성호에 다녀온 후 〈소요유〉를 잘 읽었는지 확인할 테니 한눈팔지 않으면 좋겠다고 쓰여 있었다.

그런데 그는?

그는 어떻게 했던가?

앙금이 남아 있던 그는 원망을 품은 채 칼로 어머니가 만든 전갑을 북북 긋고, 어머니가 쓴 서신을 화로에 던져 한 줌의 재로 만들었다. 그리고 탁상에 놓인 〈소요유〉를 갈기갈기 찢으며 통쾌함을 느꼈다.

그는 그녀에게 복수했다.

그는 그녀가 미웠다.

그래서 그녀에게 형편없는 어머니의 가르침은 평생 듣지 않을 것이고, 절대 타협하지 않을 거라는 걸 알려 주고 싶었다…….

그는 악랄하게 웃으며 반항할 계획을 짜는 데 온 신경을 쏟았다.

그는 어머니가 그에게 고개를 숙이고 잘못을 인정하길 바랐다. 어쩌면…… 그때의 그는 가련한 제 악의를 이용해 어머니의 다정한 말 한마디와 포옹을 얻어 내고 싶었던 것뿐일지도 모른다.

하지만 그는 그 무엇도 얻지 못했다.

잘못에 대한 인정도, 포옹도, 후회도, 다정한 그 무엇도.

그는 만반의 준비를 하고 득의양양하게 그녀에게 다시 한번 선전포고를 하려고 기다렸다.

그러나 그에게 돌아온 것은 그녀의 시신이었다.

"유풍문 장문께서 한밤에 습격을 당했고, 부인이 몸을 던져 보호하려다 심장을 관통당해 돌아가셨습니다."

운구 행렬이 돌아왔을 때, 남궁사는 하늘 높이 우뚝 솟은 유풍문의 성루에 멍하니 서 있었다. 하얀 천과 종이돈이 흩날렸고, 그는 유일한 적자로서 제일 앞에 서서 기다렸다. 풍습에 따라 장로가 질그릇을 깨자 부인의 관이 화로를 넘어 문파로 들어

왔다. 이때 적자는 바닥에 꿇어앉아 통곡하며 머리를 땅에 부딪치며 돌아온 어머니의 영혼을 맞이해야 했다.

그러나 남궁사는 눈물이 나오지 않았다.

그는 믿기지 않았다. 모든 것이 가짜 같았다. 땅에 반사된 햇빛이 눈을 찔렀다. 눈앞이 어지럽고 구역질이 났다.

진짜가 아니야.

……사실이 아니라고!

사실이면 그는 어떡하라고? 그가 이 생을 어떻게 받아들일 수 있을까……. 죽음으로 영원히 헤어지기 전, 어머니가 마지막으로 그에게 했던 당부는 '탐욕, 원망, 기만, 살인, 음란, 절도, 약탈은 유풍문 군자가 해서는 안 되는 일곱 가지다'였다.

그런데 그는 어머니에게 뭐라고 했던가?

그는 떠올리고 싶지 않았다. 그러나 하필 그날 어머니가 너무 미워서 저 스스로도 잊지 못할, 가슴에 사무칠 말을 내뱉었다. 결계 밖 어머니의 얼굴은 너무도 비통해 보였다.

아팠다.

너무 아팠다.

그가 했던, 그가 이 생에서 어머니에게 했던 마지막 말은…….

저는 어머니가 싫어요!

당신 같은 어머니는 필요 없다고요!

관이 옮겨지고, 장로가 옆에서 그릇을 깨자 수많은 사람이 무릎을 꿇고 애달프게 울었다. 관 옆에 서 있던 아버지는 진작부터 소리 죽여 울고 있었다. 남궁사는 그저 옆에 서서 자신이 칼로 망쳐 놓은 동백꽃 전갑을 손에 꼭 쥐고 있었다.

선홍빛 꽃잎과 담황색 꽃술, 내려앉은 눈에도 아랑곳하지 않고 꿋꿋하게 피어 있는 꽃. 마치 그녀의 따스한 손가락이 방금 비단을 건드려 아름다운 꽃을 피워 낸 것 같았다. 어머니가 죽음을 예감한 것인지 우연인지 모르겠지만, 어머니는 매우 꼼꼼하게 수를 놓았다. 그 생동감 넘치는 꽃은 그녀가 차마 입 밖으로 꺼내지 못했던 사랑의 말을, 그녀가 살면서 해야 했을 당부와 조언을 한 땀 한 땀 수로 놓아 이 작은 전갑에 담은 듯했다.

남궁사는 전갑을 꽉 움켜쥐었다.

그것은 그의 모친이, 그의 어머니가 이 생에서 그에게 마지막으로 남긴 물건이었다.

165장 사존, 저는 사존이 욕먹는 것이 싫습니다

환영은 남궁사의 고통에도 사라지지 않고 잔인하게 계속되며, 피로 범벅된 과거의 진실을 빠짐없이 사람들 앞에 드러냈다.

금성호 호숫가. 남궁류는 발로 식인 물고기의 얼굴을 짓이기며 주변을 살피더니 말했다.

"짐승 새끼."

"짐승이 부인의 영핵을 달라고 해도 존주께서 안 주면 그만 아닙니까."

서상림이 말했다.

"그런데 존주께선 신무를 얻기 위해 부인을 팔아넘기셨지요."

"팔긴 뭘 팔아. 듣기 거북한 소리 마라. 용 사저는 원래 건강이 좋지 않았어. 임령서에서 가장 뛰어난 의원을 데려와도 모두 그녀가 살날이 많이 남지 않았다고 했다. 그녀가 건강했다면 내가 어떻게 그녀를 못된 짐승 새끼한테 바쳤겠어."

서상림은 미간을 살짝 찌푸릴 뿐 별다른 말은 하지 않았다.

식인 물고기를 잠시 응시하던 남궁류는 별안간 화가 치밀었는지 버럭 원망 섞인 말을 했다.

"운명은 불공평해."

명예와 재물을 모두 손에 쥔 그가 운명 탓을 할 거라고 생각 못 한 서상림은 조금 어이가 없어서 실소를 터뜨렸다.

"뭐라고요?"

"운명은 불공평하다고."

"……."

"다른 사람은 신수가 나타나 꽃을 따 달라거나 노래 한 곡 불러 달라고 하는데 하필 나는 괴수를 소환했고, 하필 부인의 목숨을 요구했어……. 내가 뭐 어쩌겠어? 무슨 선택을 해야 했지?"

남궁류는 몹시 분해 보였다.

"그때 금성호에서 신무를 구할 때 너도 봤겠지만 시종들은 입을 닫고 종사는 지적질을 했었다. 초만녕 그놈…… 젠장할, 열대여섯밖에 안 된 어린놈이 감히 그런 식으로 인의니 도덕이니 들먹이며 내 심기를 건드리다니……. 남의 일이라고 쉽게 말한 게지! 그에게 선택을 하라고 했으면 그도 병든 아내와 무시무시한 위력을 가진 신무 중에서 신무를 선택했을 것이야!"

서상림이 웃었다.

"그건 모를 일입니다. 그렇게 저를 보지 마십시오. 전 있는 그대로 말씀드리는 겁니다. 그 같은 정인군자가 무슨 생각을 하는지 존주는 영원히 알 수 없을 겁니다."

"무슨 생각을 하겠어? 고작해야 역사에 길이 이름을 남기고 천하의 칭송을 받을 생각이나 하겠지. 내가 그들을 몰라?"

남궁류는 생각할수록 분통이 터져서 저주를 퍼부으며 물고기를 걷어찼다.

"장문인이 된 후로 나는 늘 서러웠지. 저주는 말할 것도 없고, 매일같이 웃는 얼굴로 사람들을 대해야 했어……. 내가 화를 참을 줄도 알고 모진 치욕을 견딜 줄도 알아 다행이지, 그렇지 않았으면 신무를 얻었던 그해에 초만녕의 손에 죽었을걸."

"존주의 말이 맞습니다."

서상림은 여전히 배시시 웃고 있었다.

"제가 봐도 그때 초만녕은 정말 존주를 죽이려 했습니다. 존주께서 그를 설득할 수 있으리라고는 생각도 못 했죠. 비단 그의 천문에 죽을 뻔한 고비를 넘겼을 뿐 아니라 그의 입까지 막아 금성호에서 존주가 하신 일이 천하에 알려지지도 않았으니, 목숨을 지키는 일에서는 장문 선군이 정말 뛰어나신 것 같습니다."

"유풍문이 어지러워지면 안 되는 것을 아니 제까짓 것이 아무리 열받아도 어쩌겠어."

남궁류가 말했다.

"게다가 내겐 사라는 패도 있었지. 어머니가 요괴를 죽이다 중상을 입고 죽었다고 아는 것이 사실을 아는 것보다 충격이 덜할 테니."

서상림이 한숨을 쉬더니 옳다며 고개를 끄덕였다.

"그러니 그가 떠났지요. 제가 그였어도 존주가 역겨웠을 겁니다."

"내가 원해서 그런 것 같아? 내게 선택권이 있었어? 내가 말했잖아."

남궁류가 이를 갈며 말했다.

"운명은 불공평하다고."

여기까지 본 사람들이 슬며시 초만녕을 보며 수군거렸다.

"용 부인 일을 초 종사가 알고 있었던 모양이군?"

"알면서도 남궁류를 위해 천하에 알리지 않고 숨기다니."

"무서웠겠지. 그때 그도 겨우 열대여섯이었잖나. 정말 유풍문의 눈 밖에라도 나면 두고두고 시달렸을 거야."

누군가 조용히 초만녕의 편을 들어주었다.

"내 보기에는 그게 아니야. 그도 작은 걸 고민하다가 큰 걸 놓친 거지. 남궁류가 말했잖아, 초 종사는 남궁사가 알고 상심할까 봐 진실을 말하지 않았다고."

"그렇다면 그가 사리 분별을 못 한 거지. 아이가 중요해, 아니면 문파 장문인의 청렴과 공정함이 중요해? 에잇, 그가 진작에 말했으면 유풍문도 이 지경이 되진 않았을 텐데."

"그렇게 말하면 안 되지. 그때 그가 정말 밝혔다면 상수진계는 아마 아수라장이 됐을 거야. ……어쨌든 선택은 각자의 몫이야. 입장 바꿔서 생각해 봐. 자네도 아마 나서지 않았을걸."

"흥, 그건 아니지. 나였으면 분명 바로 남궁류의 본색을 까발렸을 거야. 이런 일을 손 놓고 방관하는 건 공범자가 되는 거나 다름없어."

그들의 목소리는 작았으나 귀가 좋은 묵연에게 몇 마디 흘러들어 갔다. 화가 치민 그가 따지고 들려던 찰나, 누군가 그의 소매를 잡아당겼다.

"사존!"

초만녕이 덤덤한 얼굴로 고개를 가로저었다.

"따질 필요 없다."

"하지만 사실과 다르잖아요! 저 사람들 제대로 못 알아들은 거 아닙니까? 그 상황에서 사존이 어떻게 사실을 알려요? 누가 사리 분별을 못 하는데요? 분명……."

초만녕이 담담하게 물었다.

"화나느냐?"

묵연이 끄덕였다.

초만녕이 또 물었다.

"뭐라도 해야겠느냐?"

묵연이 또 끄덕였다.

초만녕이 말했다.

"좋다. 그럼 내 귀를 막거라."

"……."

"나는 괜한 언쟁을 하고 싶지도, 듣고 싶지도 않다. 그러니 귀를 막고 있다가 이야기가 끝나면 놓거라."

묵연은 정말 초만녕의 뒤로 가서 손을 들어 한 손으로 하나씩 그의 귀를 막았다. 그는 눈을 내리깔고 앞에 있는 초만녕을 봤다. 분하면서도 마음이 아팠다. 아무리 생각해도 이해되지 않았다. 왜 초만녕이 그렇게 잘해도 불만을 품는 사람이 생기는 거지? 이 사람은 전생에서건 현생에서건 남을 위해 사는 사람처럼 단 하루도 사리사욕을 채우지 않았다. 그런데 왜 고작 한 번 논란을 일으켰다고, 겨우 한 번 일 처리의 옳고 그름이 분명하지 않았다고 이렇게 많은 사람이 뒤에서 욕을 하는 거지?

세상은 항상 이런 식이다. 사람들은 악인이 한 번 베푼 선행에 감격해 눈물을 흘리면서, 선인이 사소한 잘못이라도 하면 물고 놓아주지 않는다.

전생의 답선군은 수많은 사람을 죽이다가 어느 날 약을 잘못 먹었는지 무비사의 대사들에게 각각 황금 만 냥을 내렸다. 그러자 사람들은 입을 모아 칭송하며 답선군이 개과천선했다고 말했다. 그 사소한 일 하나로 답선군은 한동안 온몸에서 빛이 나는 사람처럼 묘사되었다.

그런데 초만녕은? 초만녕은 논란의 여지가 없는 당당한 종사였고, 천하에서 제일 선량하고 인덕이 높은 선존이었다. 그래서 그가 아주 사소한 잘못만 해도 사람들은 악의적으로 끝없는 의심과 추측을 내놓았다.

항상 그랬다.

초만녕이 모질게 행동하면, 사람들은 그가 냉혈한이라고 욕했다.

초만녕이 무르게 행동하면, 사람들은 그가 겁낸다고 의심했다.

심지어 묵연이 오 년 동안 떠돌 때, 누군가 채접진의 진 원외 일을 언급하며 초만녕이 사람들의 환심을 사기 위해 원외에게 채찍을 휘둘렀다고, 평범한 사람을 해쳤다고 말하는 것을 들었다.

– 그는 양심도 없는 목석같은 사람이야. 생각해 봐. 정상인이라면 친한 벗이 서넛은 있잖아? 그런데 초만녕은 열다섯에 회죄대사 문하에서 내쫓긴 뒤 줄곧 혼자였어. 세상에 다른 사람도 많은데 누가 그의 벗이 되려고 하겠어?

– 맞아. 채접진의 진 원외가 아무리 잘못했어도 의뢰인인데

그렇게 심하게 때리다니, 문파의 체면과 선문의 규율은 고려하지도 않은 거지. 내가 봤을 때 그는 외톨이로 산 지 너무 오래돼서 심성이 꼬인 것 같아.

심성이 꼬여?

꼬인 게 누군데 그래?

그가 얼마나 희생했는데 아직도 부족해?

그의 고혈을 다 짜내고 살을 뜯어 먹고 뼈까지 제물로 바쳐야 그래야 옳은 거고, 그래야 훌륭한 거고, 그래야 하늘에 부끄럽지 않은 명실상부한 초 종사라는 거야?

묵연은 그의 귀를 막고 있었다. 초만녕은 키가 크지만, 묵연 앞에 서니 정수리가 묵연의 턱에 닿았다. 초만녕은 결코 나약한 사람이 아니었다. 그렇지만 고개를 숙여 그를 보고 있자니 왠지 그가 너무 가엽게 느껴지면서 무한한 사랑과 따뜻함이 샘솟았다.

묵연은 그 어느 때보다도 그를 안고 싶었다.

한 점의 욕정도 싣지 않고 순수하게 그를 안아 주고 싶었다. 이 매정한 세상에서 육체로 그에게 조금이나마 온기를 나눠 주고 싶었다. 그뿐이었다.

생각도 하지 않고 무턱대고 내뱉는 의심, '나였다면 분명 이렇게, 저렇게 했을 거야' 식의 말에 초만녕은 묵연보다 훨씬 익숙해서 아무렇지 않아 보였다.

마침 금성호에서의 기억이 끝나고, 기억의 파편이 흩어졌다가 다시 모였다. 초만녕은 시선을 남궁사에게 돌렸다.

남궁사는 그를 등지고 여전히 무릎을 꿇은 채 앉아 있었다.

초만녕은 옅은 한숨을 쉬었다.

그와 남궁사는 비록 사제지간은 아니었지만, 사제지간의 정은 가지고 있었다. 가능하다면 그는 정말 남궁사가 평생 용언이 요괴를 죽이려다 불행하게 죽은 것으로 알기를 바랐다. 그러나 바람과 달리 오랜 세월이 흐른 오늘, 비밀은 결국 남김없이 드러나고 말았다.

초만녕의 눈에 지금 무릎을 꿇고 있는 남궁사의 모습과 기억 속의 빈소에 무릎을 꿇고 있던 아이의 모습이 겹쳐 보였다.

아이는 서툴게 〈소요유〉를 외웠다. 하지만 자꾸 더듬거려서 앞뒤가 잘 이어지지 않았다. 그래서 그는 눈물을 닦으며 천천히, 천천히 그의 어머니에게 들려 드렸다.

– 북쪽 바다에 물고기 한 마리가 있는데, 그 이름은 곤이다. 곤은 너무 커서 크기가 몇천 리에 이르는지도 알 수 없다. 물고기가 변해 새가 됐고, 이름을 봉이라고 했다…….

그가 더듬거리며 말을 멈출 때마다 앳된 얼굴에는 그 나이에 겪지 않아도 될 고통의 흔적이 묻어났다.

– 세상이…… 칭송해도…… 더 칭송받고자 노력하지 않으며, 세상이…… 비난해도…… 낙담하지 않는다. 내외의…… 내외의 차이를 명확하게 구분하고…….

아이의 여린 목소리가 뚝 그쳤다. 그는 더 외우지 않고 바람에 흔들리는 버드나무처럼 작은 몸을 가느다랗게 떨었다. 그는 결국 얼굴을 감싼 채 더는 참지 못하고 큰 소리로 통곡하기 시작했다.

– 어머니…… 제가 잘못했어요, 사가 잘못했어요……. 일어나 보세요, 어머니……. 다시는 꾀부리지 않을 테니 일어나서 저 좀 가르쳐 주세요, 네?

나중에 〈소요유〉는 남궁사가 매일 아침 조강에서 외워 쓰는 문장이 됐다. 그렇게 〈소요유〉는, 유년 시절부터 패기 넘치는 유풍문의 공자가 될 때까지 그와 함께했다.

떠난 용 부인은 더는 그를 가르칠 수 없었다.

그리고 얼마 후 초만녕도 떠나서 다시는 돌아오지 않았다.

남궁사는 계속 스승을 두지 않았고, 기운 자국이 뚜렷한 낡은 전갑과 '탐욕, 원망, 기만, 살인, 음란, 절도, 약탈은 유풍문 군자의 7대 금계다'라는 말에 기대어 결국 속을 알 수 없는 천하제일 문파에서 그의 아버지와 전혀 다른, 바른 영걸로 거듭났다.

그리고 용 부인이 세상을 떠난 지 십오 년 가까이 흘렀다.

환영이 다시 생겨났다. 이번에 사람들 앞에 펼쳐진 것은 남궁류의 침전이었다. 만월의 밤, 남궁류는 침상에 웅크리고 누워 있었다. 침상에 돗자리가 깔려 있고 죽부인이 놓여 있는 걸 보니 여름이 분명했다. 그런데 남궁류는 이불을 겹겹이 두른 채 덜덜 떨었고, 입술은 퍼렇게 질려 있었다.

초만녕이 묵연의 손을 톡톡 건드렸다.

"봐라. 계속 보겠다."

묵연이 말했다.

"안 보셔도 돼요. 제가 들려 드릴게요."

그는 초만녕의 귀를 막은 손을 내리고 싶지 않았지만, 초만녕이 또 건드리자 그의 고집을 꺾지 못할 걸 알고 어쩔 수 없이 손을 내렸다. 그는 어두운 표정으로 주변을 둘러보며, 누가 또 초만녕을 험담한다면 남몰래 기억해 두었다가 나중에 따로 담판을 짓겠다고 생각했다.

환영 속에서 서상림이 들어와 대충 예를 갖춰 인사했다. 버르장머리 없는 모습이었지만, 남궁류는 익숙한 듯 신경도 쓰지 않았다. 그가 핏발 선 눈으로 벌벌 떨며 물었다.

"상림, 약은? 약은 어딨지?"

"조제에 실패했습니다."

남궁류는 '아아' 하며 탄식하더니 눈물 콧물을 쏟았다.

"어떻게…… 어떻게……. 분명 할 수 있다고 했잖아……. 못 참겠다. 온몸의 뼈에 가시가 돋아 나를 찌르는 것 같아! 빨리 창문을 꽉 닫아라. 달빛이 한 자락이라도 들어오면 안 돼. 단 한 자락도 안 돼……."

"이미 꽉 닫혀 있습니다. 오늘은 만월이라 문밖으로 나가지 않아도 아프실 겁니다."

서상림이 말했다.

"소용없습니다. 피할 수 없어요."

"싫어, 안 돼! 약은?"

남궁류는 미치기 직전이었다.

"약, 약, 약! 조제할 수 있다면서! 널 믿었는데! 약을 내놔라!"

"제가 다시 자료를 읽어 봤지만 조제할 수 없었어요. 너무 강한 저주라서 풀려면 반드시 필요한 것이 하나 있습니다."

"그게 뭐지? 네가 말하는 건 모두 주겠다! 약만 다오! 약만!"

"저주를 내린 사람의 영핵이 필요합니다."

"!"

남궁류는 얼굴이 순식간에 창백해졌다.

"영핵이라니……. 네가 말하는 게…… 그의 영핵인가?"

"있으십니까?"

"있을 리가!"

남궁류가 산발한 채 침을 질질 흘리며 울부짖었다.

"누가 저주를 내렸는지 알잖아! 내 잘난 사존이, 그 몹쓸…… 쓸모없는…… 군자 놈! 라풍화! 내 자리를 빼앗은 그를 자리에서 내쫓았을 때 갈기갈기 찢어 죽였다! 심지어 유골은 위험하다는 혈지에 던져 버리고, 그의 영혼은 무간지옥으로 보내 영원히 환생하지 못하게 만들었어! 그의 시체는 이미 썩어 없어졌고! 그런데 그의 영핵을 찾아오라고? 내가 어떻게 찾아? 어떻게 찾냐고!"

서상림은 남궁류의 고함이 멈추고 그의 목구멍에서 점차 절망 섞인 흐느낌이 비집고 나오자 그제야 천천히 말했다.

"방법이 있기는 한데, 조금 어렵습니다. 그래도 들어 보시겠습니까?"

"그…… 그래, 어서 말해라!"

"라풍화가 죽기는 했지만 존주도 아시다시피 ≪망인록(亡人錄)≫에, 무간지옥에 떨어진 영혼은 영원히 환생할 수 없지만 삼혼칠백을 모으면 생전의 피부와 뼈를 갖춘 귀신 태아가 된다고 기록되어 있습니다. 처참하게 죽은 자일수록 귀신 태아가 강하며, 심지어는 귀신 태아 겉에 거대한 해골을 만들어 혼백이 흩어지지 않도록 보호한다고 합니다."

"그래서? 그렇다고 내가 무간지옥에 가서 그의 시체를 꺼내올 수도 없잖아……."

"존주는 가실 수 없지만, 그는 올 수 있지요."

서상림이 은근한 미소를 지었다. 촛불에 비친 편안한 얼굴은 마치 오늘 밤 어느 벗의 집에 놀러 가 차를 마실지를 이야기하는 것 같았다.

"귀계와 이승은 결계로 분리되어 있습니다. 지극히 순수한 5대 영기만 모으면 무간지옥 쪽에 구멍을 낼 수 있습니다."

"무간지옥에…… 구멍을 낸다고?"

서상림이 웃으며 말했다.

"네. 구멍을 내고 찢어 벌려서 라풍화의 귀신 태아를 유인해내는 겁니다. 귀신 태아는 생전의 모습과 똑같고 영핵도 있으니, 존주께서 그의 피와 살을 먹고 영핵을 꺼내면 저주가 분명 풀릴 겁니다."

그는 잠시 주저하다가 말을 이었다.

"다만 5대 영기를 모으기가 어렵습니다. 정화의 영체가 있으면 가장 좋지요……. 조급해하지 마세요. 제가 조금 더 고민해 보겠습니다."

남궁류는 뭐라고 말하려는 듯 입을 달싹였지만, 나오는 것은 끔찍한 비명뿐이었다. 그는 눈물 콧물을 쏟으며 침상에 엎드려 격렬하게 떨었다.

"그리도 아프십니까?"

서상림이 한숨을 쉬었다.

"존주의 사존은 존주께 죽어서 정말 원통했나 봅니다. 그러니 반지에 이렇게 악독한 저주를 걸었겠지요. 하늘도 가엽게 여길 겁니다."

"윽……."

"이런, 조금만 참으세요. 날이 밝으면 아프지 않을 겁니다."

서상림은 말하면서 침상 가장자리에 앉아 가부좌를 틀고 한쪽 턱을 괸 채 한 손으로 발을 만지작거렸다.

"저와 담소나 나누시지요. 다른 곳에 집중하면 그렇게까지 아프지 않을 겁니다."

이불 깊숙이 파고 들어간 남궁류는 그 속에서 숨을 헐떡였다.

"무슨 이야기를 할까요? ……사의 이야기는 어떠십니까? 그 아이도 참 안됐습니다. 흉포하게 날뛰는 영핵을 가지고 태어나서 주화입마에 빠지기 십상이니 말입니다. 남궁가의 고질병인 것 같던데, 그의 증조부도 같은 병을 앓았다고요?"

남궁류는 솜이불 속에 웅크린 채 침을 삼켰다.

"그래."

"앞으로 어쩔 생각이십니까?"

"뭘 어떻게 해."

남궁류의 목소리가 떨렸다.

"그 애 병은 나보다 나아. 통제할 수 있다. 나중에 아내를 맞이하면…… 쌍수[#28]로 영류를 억제할 수 있어. 너는…… 내 저주나 신경 써라……."

#28 **쌍수** 雙修. 수련 방법의 일종으로 음양 교합을 통해 영류를 다스리거나 수련의 경지를 높이는 것

"지금 존주의 저주를 신경 쓰고 있지 않습니까? 생각할수록 더 아픈 법이라니까요."

서상림은 발가락을 긁으며 싱긋 웃는 얼굴로 다시 화제를 돌렸다.

"그런데 그렇게 쌍수를 하면 부인의 건강에 별로 안 좋을 것 같은데요? 사의 증조모도 젊은 나이에 돌아가셨다고요."

"허, 허튼소리."

"이런, 저는 그냥 물어본 것인데 정말 쌍수 때문에 일찍 돌아가신 거였군요."

서상림은 감탄했다.

"유풍문도 정말 대단합니다. 장문이 부인의 목숨으로 위기를 넘기려 하다니."

"여인의 목숨은…… 원래…… 쓸모없는 것이다."

서상림이 웃으며 말했다.

"여인을 너무 하찮게 여기시는군요."

"태장문의 가르침을 모르는 것도 아니잖아."

"잘 모릅니다. 태장문께서 뭐라고 하셨습니까?"

"유풍문은 군자가 이끈다."

"맞는 말씀이지요."

"군자가 무엇이냐? 바로 남자다. 알겠느냐?"

"……푸흡, 불경한 말 한마디 하겠습니다. 존주는 그 말을 잘못 해석하신 듯합니다. 영웅묘에 누워 계신 태장문께서 기가 막혀서 살아 돌아오시겠습니다."

남궁류가 덜덜 떨며 말했다.

"너는 혼인을 안 해 봐서 모른다. 여인은…… 쓸모가 없어. 여인의 유일한 책무는…… 대를 잇는 것이다. 조모가 조부를 위해 헌신한 것도 자신이 원해서 그리한 것이지……."

"원했다고요?"

서상림이 웃었다.

"그럼 존주도 사를 위해 기꺼이 목숨을 걸고 그와 쌍수할 사람을 찾으셔야겠군요?"

"……이미 찾았다……."

서상림은 깜짝 놀랐다.

"네? 누굽니까? 누구예요?"

그는 재밋거리를 찾았다는 듯 침상 위로 기어 올라가 남궁류를 이불 속에서 꺼낼 기세로 말했다.

"어서요. 벌써 마음속에 유풍문 소주의 부인을 점찍어 두셨다니, 어서 제게도 알려 주시지요."

남궁류가 이불을 돌돌 말고 침상 깊숙이 파고들며 고통을 잠시 참더니 갈라진 목소리로 말했다.

"네 수양딸 엽망석이다."

"!"

166장 사존, 미친 사람이 있네요

환영 속 서상림의 눈이 커졌다. 환영 밖의 사람들 대부분도 그 자리에 굳어 버렸다.

여기까지 본 묵연은 어렴풋이 무언가 잘못됐다는 느낌이 들었다.

그는 두 번의 삶을 산 사람이었다. 남궁류와 서상림의 대화는 전생의 어떤 일들과 이어져서 꺼림칙하게 느껴졌던 사소한 부분을 되짚게 했다.

묵연은 남궁사를 향한 엽망석의 마음을 알고 있었다. 사실 엽망석이 죽기 전 남궁사와 함께 묻어 달라고 했기 때문만이 아니라, 전생에서는 엽망석이 여인이라는 사실이 일찌감치 밝혀지고 남궁류가 그녀를 남궁사의 아내로 지목했기 때문이었다.

이제 보니 그것은 순전히 아버지가 아들에게 쌍수 상대를 구해 준 것이나 다름없었다. 그러나 둘의 혼인이 결정되고 얼마 뒤 남궁사는 비명횡사했고 엽망석은 살아남았다……. 묵연은 문득 이런 생각이 들었다. 남궁사의 죽음이 정말 우연이었을까?
그는 아닐 거라고 생각했다.
환영 속 서상림은 두 주먹을 불끈 쥐었으나, 얼굴에는 여전히 미소를 띤 채 약간 냉랭하게 말했다.
"엽이를 사에게 시집보내시려고요?"
"그래. 그 아이가 가장 적당해."
"뭐가 적당합니까?"
서상림이 실소했다.
"원래 그 아이를 암위의 수장으로 키우려고 남자도 여자도 아닌 모습으로 만드시더니, 이제 와서 사에게 시집보내겠다니요. 사가 그 아이를 싫어할까 걱정 안 되시나 봅니다."
"언짢아했지. 사가 엽망석과 늘 웃고 떠들며 잘해 주길래 어느 정도 쉽게 받아들일 줄 알았어. 그런데 내가 혼사 이야기를 꺼내자 성을 내면서 자기는 엽망석을 안 좋아한다고, 여인이 암성에서 지내기 힘들 것 같아서 잘해 준 것뿐이라고 하더군. 그러면서 혼사는 받아들일 수 없다고 했어."
서상림은 아무 대꾸도 하지 않았다.
"그렇다고 어떻게 그냥 넘어가겠느냐? 우리는 크게 싸웠다. 그 애는 내가 자기 결정을 존중하지 않고 혼인이란 큰일을 마음대로 정한다며 소리를 질렀어. 그러더니 엽망석을 차갑게 대하고 멀리하고 피했지. 내가 설득하려고 할수록 태도는 더 나빠졌고, 나중에는 내가 엽망석을 편들고 일방적으로 아껴 주는 꼴이 됐다. 녀석, 뭐가 좋은지도 모르고."
남궁류가 화냈다.

"엽망석이 볼품없이 생겨서 그런 거겠지."

서상림은 제법 공정한 사람이었다.

"……만약 선대 장문께서 존주께 갑자기 좋아하지 않는 여인과 혼인하라면 하셨겠습니까? 제가 봤을 때 이건 외모 문제가 아닙니다. 존주께서 그 아이를 존중해 주지 않으셨어요."

"뭘 몰라서 그러는 거다! 아내는 쓸모 있고 어진 여인으로 맞아야 해. 예쁜 여인이 좋다면 몸부터 안정시킨 뒤 첩을 들이면 될 것 아니냐?"

남궁류가 한숨을 쉬었다.

"휴, 모두 내가 처음에, 콜록…… 사를 향한 엽망석의 마음을 알아차리지 못한 탓이지. 그 아이가 원래 모습 그대로라면 사도 분명 좋아했을 텐데."

"그건 너무 터무니없습니다."

서상림이 말했다.

"그래도 사는 받아들이지 않았을 겁니다."

"죽고 싶다면 그랬겠지. 그 아이처럼 영핵이 흉포하게 날뛰는 사람과 쌍수를 하면 극심한 고통이 뒤따른다. 평범한 여인이라면…… 아예 견디지 못하겠지……."

남궁류가 숨을 몰아쉬었다.

"엽망석은 그 아이를 좋아하니 기꺼이 견딜 것이다."

"어찌 원하겠습니까?"

"내가 물어봤다."

"……네?"

"내가 물어봤다. 이 일을 이미 이야기했다고."

남궁류가 말했다.
"엽망석은 자기가 죽는 것보다 사의 병을 더 걱정했어."
서상림은 무슨 생각을 하는지 고개를 떨군 채 한참을 있다가 말했다.
"멍청하기 그지없군요."
묵연은 거의 확신했다. 전생의 남궁사가 악질로 비명횡사했다고? 십중팔구 서상림이 직접 그를 죽였을 것이다.
남궁사가 죽어서 엽망석은 살았다.
이번 생에서 남궁사가 여전히 살아 있는 건 우연히 송추동이 나타난 덕분일 것이다. 송추동은 접골미인석이라 쌍수를 하기에 딱 맞는 체질이었다. 그녀가 남궁사에게 시집간다면 아비로서 당연히 반대할 리 없었다. 심지어 하늘에서 호박이 굴러떨어졌다고 해도 될 정도였으니, 엽망석과 남궁사의 혼사를 강제로 밀어붙이지 않았을 것이다.
엽망석과 남궁사의 혼사가 깨져서 서상림이 이번 생에서 남궁사를 해치지 않았다고 보는 것이 일리 있었다. 그러나 묵연은 아무리 생각해도 이해되지 않는 것이 하나 있었다. 지금의 서상림은 이성을 잃고 미쳐 날뛰는 악마가 따로 없었다. 그런데 이런 악마가 왜 엽망석을 이토록 아끼는 걸까? 분명 양녀에 불과하지 않은가……. 기이하고 무섭고 속을 알 수 없는 그가 뭐에 집착하는 거지?
원하는 것이 대체 무엇일까?
이번 기억은 금방 끝났다. 다시 밝아진 환영 속 시간은 한참 앞으로 가 있었다.

남궁류는 지금보다 훨씬 젊은 모습으로, 살집이 붙기 전이었다. 그는 푸른 광채로 반짝이는 작은 물건을 손에 올린 채 위아래로 가볍게 흔들고 있었다. 자세히 보니 유풍문의 장문 반지였다.

반지는 한 번 끼면 자리에서 물러나는 날까지 뺄 수 없다. 환영 속 남궁류가 아직 손에 끼지 않았으니 그가 유풍문의 진정한 주인이 되기 전이라는 걸 알 수 있었다.

시종이 들어와 무릎을 꿇고 예를 갖췄다. 시종의 옷에 피가 묻어 있는 걸 보니 막 격전이 끝난 것 같았다. 이번 기억은 남궁류가 스승을 죽이고 장문 반지를 되찾은 날 밤이었다.

"장문님, 라풍화의 시신은 어떻게 처리할까요?"

남궁류는 반지를 만지작거리며 고민하다 말했다.

"영웅묘에 묻어라. 어쨌든 내 스승이었으니 체면은 세워 줘야지."

"네!"

시종이 물러갔다.

묵연은 이상함을 느끼고 미간을 미세하게 찌푸렸다. 방금 봤던 기억대로라면, 남궁 형제의 스승인 라풍화는 분명 남궁류에 의해 시신이 갈기갈기 찢겨 혈지에 던져지고 악귀가 되어 무간지옥에 떨어져 영원히 환생할 수 없었다.

그런데 여기서는 남궁류가 그의 스승을 멀쩡하게 영웅묘에 묻는다고?

푸른 광채를 뽐내는 장문 반지를 만지작거리는 환영 속 남궁류의 눈에는 복잡하면서도 기괴한 빛이 흘렀다. 두렵지만 욕망에 가득 찬 것 같았다.

그가 침을 삼키더니 천천히 손을 들어 촛불 아래서 엄숙하게 반지를 엄지손가락에 끼웠다.

그는 자신의 손을 이리저리 바라보았다. 그의 입꼬리가 서서히 말려 올라가며 찬란한 미소가 번지는가 싶더니, 활짝 피기도 전에 뚝 멈췄다.

남궁류가 비명을 지르며 갑자기 장문인 의자에서 굴러떨어지더니 경련이 인 것처럼 온몸을 떨었다.

"악! 아악!"

"존주!"

"존주, 왜 그러십니까?"

양쪽에서 황급히 그를 부축했다. 남궁류가 고개를 들자 뜻밖에도 피 칠갑이 된 얼굴이 드러났다. 방금까지 멀쩡하던 얼굴이 돌연 트고 찢어지면서 작은 상처가 무수히 생겨 있었다. 더구나 상처들이 아물었다 벌어졌다를 반복하면서 기괴한 상처에서 피가 끊임없이 흘러내렸다.

"어떻게 된 거야!"

남궁류는 당황스러웠다.

"아프다…… 너무 아파……. 어떻게…… 어떻게 이런 일이? 어떻게 이런 일이!"

문밖에서 발소리가 들렸다.

한 남자가 달빛을 등진 채 매끈한 맨발로 차가운 돌바닥을 밟으며 남궁류 앞으로 다가와 긴 장포를 펄럭이더니 한쪽 무릎을 꿇었다.

지금보다 젊은 서상림이었다. 그는 몸을 숙여 남궁류의 얼굴을 잡고 꼼꼼하게 살폈다. 남궁류는 계속 숨을 몰아쉬며 발버둥

쳤다. 눈물과 콧물 그리고 피가 한데 엉겼다. 서상림은 조금 역겨운지 미간을 찌푸리며 물었다.

"갑자기 왜 이러는 것입니까?"

"나도 모른다…… 몰라……. 상림 선생…… 살려 줘……."

당시 서상림은 남궁류를 보좌하는 책사였기 때문에 남궁류는 그를 장로가 아닌 선생이라고 불렀다.

서상림은 남궁류를 한차례 쭉 살핀 후, 남궁류의 오른손을 잡고 휘황찬란한 빛을 발하는 반지를 관찰했다. 그의 얼굴이 어두워졌다.

"여기에 만겁 저주가 걸려 있군요."

주위에 모여 있던 시종들은 저주의 이름을 듣고 헉 하고 숨을 들이마셨다. 유일하게 남궁류만 그 저주가 무엇인지 몰라 눈물을 머금고 망연한 표정으로 고개를 들었다. 콧구멍에서 흘러내린 투명한 콧물이 피와 섞여 돌바닥에 떨어졌다.

"그게 무엇이냐?"

"죽음의 저주입니다."

서상림의 안색이 매우 어두웠다.

"라풍화가 반지에 죽음의 저주를 걸었습니다. 그가 저주를 건 뒤 맨 처음으로 반지를 낀 사람은 달빛 한 자락만 닿아도 피부가 트고 찢어져 죽는 것만도 못한 고통에 시달리게 됩니다……. 매일 밤 그럴 겁니다."

"뭐라고?"

"그뿐만이 아닙니다."

서상림은 손으로 반지의 비취옥을 쓰다듬으며 눈을 감고 그

속에서 난폭하게 꿈틀대는 영류를 느꼈다.

"보름달이 뜰 때 문밖을 나가지 않고 달빛이 조금도 새어 들어오지 못하게 사방을 빈틈없이 막아도 수천만 개의 칼에 베이는 듯한 고통을 느낄 겁니다. 피하고 싶어도 피할 수 없고……."

그는 눈을 뜨고 바닥에 웅크린 처참한 몰골의 남궁류를 보더니 나지막이 덧붙였다.

"죽어야 벗어날 수 있습니다."

찐득거리고 더러운 피 얼룩 사이로 남궁류의 동공이 확 조여들었다. 그의 모습은 당황해서 허둥거리는 쥐 같기도, 어두운 동굴 속에서 머리를 내민 독사 같기도 했다.

그는 우스꽝스럽게 몸을 움찔하더니 중얼거리듯 말했다.

"죽어야 벗어날 수 있다고?"

"네."

"모, 못 풀어?"

"못 풉니다."

서상림이 말했다.

"적어도 지금은 풀 방법이 생각나지 않습니다……. 나중에……."

그의 말이 끝나기도 전에 남궁류는 그의 손을 뿌리치고 처참하게 웃으며 계단을 기어 내려갔다. 차갑고 깨끗한 돌바닥에 삐뚤빼뚤한 핏자국이 남았다. 그는 애처롭게 울부짖다가 큰 소리로 웃었다. 비틀리고 갈라진 목소리는 바늘처럼 날카로워, 환영 밖의 사람들도 참지 못하고 귀를 막았다.

"하하하, 나를 저주해? 나를?"

남궁류가 광기에 찬 목소리로 울부짖었다.

"라풍화! 당신은 남궁가의 장문 자리를 찬탈했어. 그런 당신의 시신을 온전하게 남긴 것만으로…… 할 도리는 다했거늘! 그런데 나를 저주해? 어찌 이리 매정해. 어찌 이리도 뻔뻔하냐고!"

그의 목소리가 분노로 파르르 떨렸다.

"나는…… 당신에게 가르침 받은 은혜를 생각해…… 당신을…… 영웅묘에 묻으려 했어……. 하! 영웅묘라고! 그런데 당신은 나를 밤마다 피부가 찢기는 고통에 몸부림치도록 만들다니. 그것도 죽을 때까지!"

그는 울부짖으며 천천히 대전 입구로 기어갔다. 그가 대전의 황동 빛 중문이 드리운 어두운 그림자 속에 엎드려 손을 덜덜 떨더니 갑자기 바닥을 세게 내리쳤다.

"죽을 때까지라니! 어찌 이리 독해! 어찌 이리도 모지냐고! 이 짐승! 짐승! 당신이 내 평생을 망쳤어!"

"존주……."

시종들은 차마 더는 두고 볼 수 없어서 다가가 그를 부축하고 싶었다. 그러나 포효하고 소리 지르는 남궁류는 미치광이가 따로 없었다.

그의 얼굴은 항상 나약함과 무능함으로 가득했으나 오늘은 달랐다. 피로 범벅된 그 얼굴에 새겨진 증오심이 들불처럼 그의 눈에서 타올라, 그의 이성을 태우고 그의 모든 것을 황폐하게 만들었다.

남궁류가 신경질적으로 소리 질렀다.

"장문으로서…… 나의…… 첫 번째 명이다……."

시종들은 무릎을 꿇고 명을 기다렸다.

"선대 장문인 라풍화는 극악…… 무도하여…… 용서할 수 없다! 그의 시신을…… 토막 내고…… 갈기갈기 찢어라!"

묵묵히 옆에 서 있던 서상림은 고개를 숙이고 있어서 표정이 보이지 않았다.

이때 새롭게 벌어진 상처에 남궁류는 참지 못하고 무너지며 또다시 울부짖었다. 그러나 그 와중에도 유풍문 장문으로서의 첫 명령을 한 글자씩 끝까지 잇새로 쥐어짜 냈다.

"그리고 시신을…… 혈지에 던져라……."

내가 죽을 때까지 피범벅이 되어 살아가게 저주를 내렸겠다?

나는 당신을 무간지옥에 떨어트려 영원히 환생하지 못하게 만들겠어.

환영의 마지막 장면에서 남궁류는 두 눈을 허망하게 뜬 채 망가진 피리처럼 심하게 갈라진 목소리로 웅얼거렸다.

"라풍화, 짐승 새끼…… 짐승만도 못한 놈……."

기억의 파편은 또다시 눈송이처럼 흩어졌다가 다시 모였다. 자리에 있던 사람들은 하나하나 드러나는 유풍문의 구린내 나는 비밀을 넋 놓고 지켜봤다. 엽망석과 남궁사는 당사자이기 때문에 볼 수밖에 없었지만, 다른 사람들은 모두 타인의 은밀한 비밀을 엿보는 쾌락에 흥분했다.

질투는 세상에서 가장 추악한 감정 중 하나다. 남궁사의 혼례에 초대받아 온 사람 중 진심으로 유풍문을 존경하고 따르는 사람이 몇이나 될까? 웅장한 세 개의 망루를 지나고 값비싼 영석을 지나, 이들이 가진 72개의 성을 보고 시기 없이 감탄만 하는 사람이 몇이나 될까?

하늘 높이 솟은 누각일수록 무너질 때 사람들의 시선을 더 끄는 법이요, 바닥은 구경하며 까먹은 해바라기씨 껍질로 뒤덮이고, 그들에 관한 입방아로 침이 10리는 튀기 마련이다.

타인의 고통은 영원히 거리와 골목, 찻집과 주점에서 오르내리기 좋은 이야깃거리인 것이다.

묵연은 더는 보고 싶지 않았지만, 의문점이 많은 중대한 일이었다. 비록 서상림의 기억은 아무 문제 없이 금성호와 도화원에서 벌어진 일을 설명해 주는 듯했지만, 그는 여전히 꺼림칙했다.

자꾸 이 기억들 속의 무언가가 유난히 찝찝하게 걸렸다.

……그게 무엇일까?

묵연은 인상을 쓴 채 깊은 생각에 잠겼다.

그러다 문득 곁눈질을 했는데, 멀리서 이상한 빛이 번쩍이는 것을 발견했다. 이곳에서 한 편 한 편 펼쳐지는 환영 때문에 숲 밖을 살피는 사람이 아무도 없어, 그 누구도 알아차리지 못했던 그것.

잠시 멈칫했던 묵연이 잿빛이 된 얼굴로 소리 높여 외쳤다.

"겁화[#29]다!"

모두가 고개를 돌렸다.

"겁화? 어디?"

"저쪽, 저쪽이다!"

"아니! 이쪽에도 있어!"

그 누구도 서상림의 과거 기억을 보는 동안 유풍문의 사방팔방에 있는 72개 성에서 새빨간 불길이 활활 타오를 거라고는 생

#29 겁화 劫火. 세상이 파멸할 때 일어난다고 하는 큰불

각지도 못했다. 불빛은 까마득히 멀었고, 그들이 있는 곳은 깊은 숲속이었다. 그래서 유심히 보지 않으면 아예 보이지도 않았다.

겁화는 악마의 화염 중 하나였다. 하늘에서 폭우가 내리지 않는 이상, 주변의 모든 것을 잿더미로 만들기 전까지 절대 멈추지 않았다.

연기가 자욱하게 피어오르고, 불길은 비단에 뿌린 물처럼 금세 주변으로 번져 갔다. 멀리 72개 성에서 반짝이는 유성이 사방의 들판으로 날아갔다. 그러나 자세히 보니 유성이 아니었다. 그것은 어검을 타고 불바다에서 도망치는 유풍문의 제자들이 분명했다.

숲속에 있던 사람들은 그 광경에 아연실색하여 외쳤다.

"어떻게 된 일이야?"

어떤 이는 곧장 몸을 돌려 시악전으로 달리며 일행의 이름을 외쳤다. 설정옹도 얼굴이 잿빛으로 변했다. 왕 부인이 아직 거기 있는 데다가 그녀는 어검술도 할 줄 모르기 때문이었다.

"연아! 옥형! 몽이를 부탁하네. 나는 부인에게 가야겠어."

묵연도 불안한지 고개를 끄덕이며 말했다.

"백부님, 어서 가서 백모님을 모시고 먼저 벗어나세요. 이곳엔 저희가 있으니 절대 설몽에게 무슨 일이 생기게 두지 않겠어요."

설정옹은 힘을 실어 그의 어깨를 두드리고는 불길이 치솟는 시악전으로 날아갔다.

갑자기 벌어진 충격적인 소란에도 조용히 그 자리에 서 있던 서상림이 환하게 웃으며 말했다.

"우두머리가 쓰러지니 도망치는 원숭이들과 다름없구나."

묵연은 고개를 휙 돌려, 서상림이 손가락을 튕겨 눈부신 눈송이 같은 기억의 파편을 손바닥으로 모으는 장면을 지켜봤다.

주위는 다시 불바다가 됐다. 아직도 열려 있는 무간지옥의 틈에서 금붉은 색 용암이 끊임없이 흘러내려 느릿느릿 숲으로 퍼졌다.

서상림을 지켜보던 묵연은 별안간 소름이 돋는 걸 느꼈다.

그 눈빛의 기운이 이상했다. 묵연에겐 너무도 익숙한 눈빛이었다…….

전생에 그는 초만녕이 죽은 뒤 텅 빈 무산전에서 매일 거울을 끌어안고 자신의 얼굴을 비춰 봤다. 그때마다 보인 것이 바로 저 소름 돋는 눈빛이었다.

광기와 피비린내가 진동하는, 자포자기한, 모두를 죽여 버리고 싶어 하는 눈빛.

"유풍문을 무너뜨리고 싶은 겁니까?"

묵연의 질문에 서상림은 그저 발가락만 꼼지락거렸다.

그러다 곧 미소 지으며 말했다.

"그러면 안 되나? 내가 내 집을 부수겠다는데, 네가 무슨 상관이지?"

"당신 집이라니……."

서상림이 흐르는 용암을 밟으며 남궁류 곁으로 가 그의 뒷덜미를 잡고 바닥에서 일으켜 세우더니 눈을 치켜뜨고 말했다.

"그래, 내 집."

그는 억지로 남궁류가 자신의 얼굴을 마주 보게 했다. 그러고는 능지과를 먹어 죽느니만 못한 고통을 느끼고 있는 남궁류의 얼굴을 보며, 다른 손으로 천천히, 조금씩 자신의 목 아래에서부터 살가죽을 찢기 시작했다. 조금씩 조금씩…….

찌익.

마지막으로 찢겨 나가는 소리가 나더니, 백 년 묵은 뱀 요괴의 허물로 만든 정교한 인면(人面) 모양의 가면이 벗겨졌다. 가면 뒤로 젊음이 사라진 얼굴이 드러났다.

남궁류는 움찔하더니 곧이어 격하게 덜덜 떨며 몸을 움츠렸다. 그는 기운이 바닥났음에도 힘겹게 목구멍에서 조그마한 목소리를 쥐어짜 냈다.

"너…… 너였어? 너…… 안 죽었어? 네가 어떻게…… 어떻게……."

"아직 안 죽었지. 네가 살아 있는데 내가 어떻게 먼저 죽겠어?"

서상림이 배시시 웃으며 말했다.

"나는 너보다 뭐든지 뛰어나잖아. 명줄도 마찬가지야. 네가 썩어 문드러져도 나는 멀쩡히 살아 있을걸. 왜? 오랜만에 다시 만나니까 너무 기뻐 말이 안 나와?"

그가 불을 만들어서 인면 가면을 태웠다. 불길이 번져 그의 손끝을 태웠지만 그는 개의치도 않았고, 아파하지도 않았다. 그가 손을 털고 까맣게 탄 손끝으로 남궁류의 입가를 누르더니 고개를 기울이며 웃었다.

"장문 선군, 오랜만이야……. 아니면…… 형이라고 불러야 하나?"

二哈和他的白猫師尊

바보 허스키와 그의 흰 고양이 사존 6

1판 1쇄 발행 2021년 10월 8일
1판 2쇄 발행 2023년 4월 20일
지은이 육포부흘육 **옮긴이** 어썸스토리 **감수** 치치
펴낸이 신현호
편집부장 김승신 **편집** 원서은
본문조판 양우연 **마케팅** 김민원
펴낸곳 (주)디앤씨미디어 **출판등록** 2002년 4월 25일 제20-260호
주소 서울시 구로구 디지털로 26길 111 제이앤케이디지털타워 503호
전화번호 02.333.2513
B-Lab 공식 트위터 twitter.com/B_lab_BL/

ISBN 979-11-278-6158-2 04820
ISBN 979-11-278-6152-0 (세트)

정가 13,000원

香江 文學城
WWW.JJWXC.NET

Published originally under the title of《二哈和他的白猫师尊》

Illustrated by dugong